青少年阅读丛书

一定要知道的民间故事

齐 冰 齐 越 杨小青 编著

吉林人民出版社

图书在版编目(CIP)数据

一定要知道的民间故事 / 齐冰, 齐越, 杨小青编著
. -- 长春 : 吉林人民出版社, 2012.4
(青少年阅读丛书)
ISBN 978-7-206-08766-0

Ⅰ.①一… Ⅱ.①齐… ②齐… ③杨… Ⅲ.①民间故
事 – 作品集 – 中国 Ⅳ.①I277.3

中国版本图书馆 CIP 数据核字(2012)第 071032 号

一定要知道的民间故事

YIDING YAO ZHIDAO DE MINJIAN GUSHI

编　　著:齐　冰　齐　越　杨小青
责任编辑:李　爽　　　　　　　封面设计:七　洱
吉林人民出版社出版 发行(长春市人民大街7548号　邮政编码:130022)
印　　刷:北京市一鑫印务有限公司
开　　本:670mm×950mm　　1/16
印　　张:13　　　　　　　字　　数:150千字
标准书号:978-7-206-08766-0
版　　次:2012年7月第1版　　印　　次:2023年6月第3次印刷
定　　价:45.00元

目录 CONTENT 1

目录
CONTENT
2

目录 CONTENT 3

目录 CONTENT 4

盘古开天地

相传万物之初，世界一片混沌，整个宇宙就如同一个大鸡蛋一般包裹着世间，其中漆黑一团，没有天地山川、日月星辰，更没有人类百姓、花鸟鱼虫。在这混沌黑暗中唯一生存的，便只有一个巨人，名叫盘古。

没人知道盘古是从何而来，只知道他一直在混沌中蜷缩成一团酣睡着，直到一万八千年后，才醒转过来。盘古醒来后发现自己生活在"大鸡蛋"里，身体像被绳子束缚一样难受，周围不见一丝亮光，心里也十分憋闷。于是他决定凭借自己的力量，破开混沌。盘古首先张开巨大的手掌向黑暗劈去，只听得一声巨响，四周开始出现裂缝，千万年的混沌被搅动了。他继续拳打脚踢，混沌黑暗都被打得凌乱纷飞。盘古伸张身体慢慢站立起身，原本紧紧缠住他的混沌，就这样被分离开来，其中又轻又清的东西渐渐散开并冉冉上升，变成蓝色的天空；而那些厚重混浊的东西则渐渐下降，变成了脚下的土地。

盘古头顶蓝天，脚踏大地，屹立于天地之间，心头豁然开朗，但他又很怕天地会再合拢成以前的原状。他意识到只有他继续保持现在的样子，将天地托住，世间才有可能保持光明，万物才会繁衍生息。于是盘古就继续手撑天、足踏地地站立了一万八千年。在这一万八千年间，盘古为了让天地之间更稳固，让自己的身体每天长高一丈，天地也随之每天增高一丈。一万八千年后，盘古的身体已经长到了九万里之高，天地也随之被他撑开了九万里，同时天也变得越来越高，地也变得越来越厚了。

盘古凭借神力终于将天地开辟成功，而他自己此时却感觉疲惫不堪。他抬头仰望天上，又低头俯视大地，断定天地之间的距离已经足够，不会再次合拢，心里松了一口气，终于躺下休息了。盘古这一躺下，就再没有醒来，这位开天辟地的巨人因为精力耗尽，在熟睡中死去了。临终之前，盘古想："天地虽然有了，但世间还是空荡荡一片，应该再造出日月星辰、山川河流、万物生灵。但我已经太累了，不能再亲手造物，就让我的身体来完成这些吧。"

于是盘古的左眼变成了灿烂耀眼的太阳，照耀天地，为白日送来热量；右眼变成了明亮温柔的月亮，为夜间送来光芒。盘古的头发和胡须变成了灿烂的星星，洒满空中。盘古的头变成了东山，他的脚变成了西山，他的身躯变成了中山，他的左臂变成了南山，他的右臂变成了北山。这五座圣山确定了四方形大地的四个角和中心，它们像巨大的石柱一样耸立在大地上，各自支撑着天的一角。

盘古临终前嘴里呼出来的气，变成了风雨云雾；声音变成了雷霆闪电。他的肉体融入大地，成了滋养万物生长的土壤；他的筋脉变为了道路，世间从此可以自由通行。盘古的骨骼牙齿成为深藏地下的矿藏宝物，血液变成了滚滚流淌的江河海洋。皮肤和汗毛变成了花草树木，思想精灵变成了鸟兽鱼虫。

从此，天上有了日月星辰，地上有了山川树木、鸟兽鱼虫，天地间从此有了世界，盘古开天辟地的丰功伟绩也被世代传颂。

神农尝百草

上古时候，五谷和杂草长在一起，药物和百花开在一起，哪些粮食可以吃，哪些草药能治病，谁也分不清。黎民百姓经常因为乱吃花草而生病甚至丧命。不得已，人们为了少吃粮草，只好打猎为生，但是飞禽走兽毕竟有限，人们因此常常饿肚子。这种情况一直持续到神农氏出现，他为了解除百姓的痛苦，亲自尝遍百草，分清了剧毒的药草，更找到了治病的药物。

传说神农氏样貌异于常人，他身材瘦削，头长双角，更奇特的是，他的身体除了四肢之外，都是透明的，五脏六腑可以从外面看得一清二楚。所以他只要吃下毒物，内脏就会呈现出黑色。凭借这个天赋，神农就下决心尝遍所有的东西，造福百姓。

在尝百草的过程中，神农随身带了两个口袋，一个放在身体左边，遇到好吃的就放在里面；另一个口袋放在身体右边，用来放置有毒的花草。一次他在一棵白花的常绿树上摘到一片嫩叶，吃下后发现这片叶子在肚子里从上到下、从下到上，到处流动洗涤，好似在肚子里检查什么，于是他就把这种绿叶称为"查"。神农惊喜地发现，"查"有解毒的功效，于是就把它珍重地放在左边的口袋里，后来又专门给它取了个名字叫"茶"。此后神农长年累月地跋山涉水，尝试百草，每天都得中毒几次，全靠茶来解救。

有一天神农进入一个峡谷，他见谷中生长了许多从未见过的奇花异草，十分高兴，正要上前之时，不料四周慢慢围上一群狼虫虎豹，把他团团围住。神农毫不畏惧，他从腰里拔出皮鞭就向离得最近的一条老虎抽去。神农勇气过人，武艺高强，挥舞着神鞭对付野兽，打走一批，又来一批，一直打了七天七夜，才打走了所有的猛兽。而那些虎豹身上被鞭子抽出来的条条块块的伤痕，也就成了今天它们皮毛上的斑纹。

神农每天白日里翻山越岭尝草，到了天黑便在火光下仔细地记下：哪些草是有毒的，哪些花是可以治病的。神农还尝出了谷、黍、麻、麦、豆能充饥，他把种子带回去，让黎民百姓种植，这就是后来的五谷。他左边的口袋里的花草根叶有四万七千种，右边的达到了三十九万八千种，人们也凭借着他的传授懂得了避毒和吃药。

又有一次，神农走到一座高山脚下，这座山直耸入云端，四面都是悬崖峭壁，十分险峻。为了能攀上山顶采摘花草，神农砍木杆，割藤条，靠着山崖搭成架子，一天搭上一层，从春天搭到夏天，从秋天搭到冬天，不管刮风下雨，还是飞雪结冰，从来不停工。整整搭了一年，一直搭了三百六十层，才搭到山顶。传说后来人们盖楼房用的脚手架，就是学习神农的办法。神农凭借木架爬上这座高山，只见峰顶上漫山遍野的是五颜六色的花草，便迫不及待地品尝起来。七七四十九天后，他把这座山上的花草尝遍后准备下山，但低头一看，当初搭的那些木架不见了。原来，那些搭架的木杆，落地生根，淋雨吐芽，年深月久，竟然长成了一片茫茫林海。神农正在为难，突然天空飞来一群白鹤，把他接上天庭去了。为了纪念神农尝百草、造福人间的功绩，老百姓就把这一片茫茫林海，取名为"神农架"。

仓颉造字

相传黄帝时期有一个名叫仓颉的人，他头上生了四只眼睛，凡见过他的都说他肯定会是个大有作为的人。黄帝知道后也召见了仓颉，果然发现他聪明非凡，于是便命他做了史官。

当黄帝统一华夏之前，人们都是用在绳子上打结的办法来记录事情，即"结绳记事"。后来黄帝统一了神州大地，他感觉结绳这种办法太过麻烦，又满足不了要求，于是便命仓颉再想别的办法。仓颉领命之后，就在当时的洧（wěi）水河南岸的一个高台上造屋住下来，专心致志地开始想办法。可是，他苦思冥想，想了很长时间也没想出什么点子。

说来凑巧，有一天仓颉正在冥思苦想之际，只见天上飞来一只凤凰，嘴里叼着的一件东西掉了下来，正好掉在仓颉面前，仓颉拾起来，看到上面有一个蹄印，可仓颉辨认不出是什么野兽的蹄印，就问正巧走来的一个猎人。猎人看了看说："这是貔貅（pí xiū）的蹄印，与别的兽类的蹄印不一样。就算是别的野兽的蹄印，我一看也能认出来。"仓颉听了猎人的话很受启发。他想，万事万物都有自己的特征，如能抓住事物的特征，画出图像，大家都能认识，用这种图像来记录事情不就方便多了吗？

从此，仓颉便注意仔细观察各种事物的特征，譬如日、月、星、云、山、河、湖、海，以及各种飞禽走兽、应用器物，并按其特征，画出图形，造出许多象形字来。这样日积月累，时间长了，仓颉造的字也就多了。仓颉把他造的这些象形字献给黄帝，黄帝非常高兴，立即召集九州酋长，让仓颉把造的这些字传授给他们，于是，这些象形字便开始应用起来。

仓颉造了字，黄帝十分器重他，人人也都对他交口称赞，他名满天下，随之也有些头脑发热，人逐渐变得眼高于顶，傲慢无礼，造的字也马虎起来。黄帝得知了仓颉的变化很是恼怒，但是他又十分珍惜仓颉的才华，为了让仓颉认识到自己的错误，黄帝召来了身边最年长的老人商量。这老人长长的胡子上打了一百二十多个结，表示他已是一百二十多岁的人了。老人沉吟了一会，就独自去找仓颉了。

仓颉正在教各个部落的人识字，老人默默地坐在最后，和别人一样认真地听着。仓颉讲完，别人都散去了，唯独这老人不走，还坐在老地方。仓颉有点好奇，上前问他为什么不走。老人说："仓颉啊，你造的字已经家喻户晓，可我人老眼花，有几个字至今还糊涂着呢，你肯不肯再教教我？"仓颉看这么大年纪的老人都这样尊重他，很高兴，催他快说。老人说："你造的'马'字，'驴'字，'骡'字，都有四条腿吧？而牛也有四条腿，你造出来的'牛'字怎么没有四条腿，只剩下一条尾巴呢？"仓颉一听，心里有点慌了：自己原先造"鱼"字时，是写成"牛"样的，造"牛"字时，是写成"鱼"样的。都怪自己粗心大意，竟然教颠倒了。

老人接着又说："你造的'重'字，是说有千里之远，应该念出远门的'出'字，而你却教人念成重量的'重'字。反过来，两座山合在一起的'出'字，本该为重量的'重'字，你倒教成了出远门的'出'字。这几个字真叫我难以琢磨，只好来请教你了。"

这时仓颉羞得无地自容，深知自己因为骄傲而铸成了大错。这些字已经教给了各个部落，传遍了天下，改都改不了。他连忙跪下，痛哭流涕地表示忏悔。老人拉着仓颉的手，诚恳地说："仓颉啊，你创造了字，使我们老一代的经验能记录下来，传下去，你做了件大好事，世世代代的人都会记住你的，但你可不能骄傲自大啊！”

从此以后，仓颉每造一个字，总要将字义反复推敲，还拿去征求人们的意见，一点也不敢粗心。大家都说好时，才定下来，然后逐渐传到每个部落去。

王母娘娘蟠桃会

传说中玉皇大帝是众仙之首，在天上的凌霄宝殿里统领群神。王母娘娘则是玉帝的妻子，她是天宫最受尊奉的女神仙，在天上掌管宴请各路神仙之职，在人间管婚姻和生儿育女之事。同时，天上天下、三界十方，女子得道登仙者，都隶属于西王母管辖。

王母娘娘有两个法宝：一是吃了可以长生不老的仙丹，二是蟠桃。月宫中的嫦娥，就是偷吃了王母仙丹后飞上月宫的。而王母娘娘种的蟠桃更为神奇——小桃树三千年一熟，人吃了体健身轻，成仙得道；一般的桃树六千年一熟，人吃了白日飞升，长生不老；最好的九千年一熟，人吃了与天地同寿，与日月同辰。

农历三月三日是王母娘娘的诞辰，这一天她会在瑶池大开盛会，以蟠桃为主食，宴请众仙赴宴，天上地下的各路神仙也都赶来为她祝寿，这盛会便称为蟠桃会。

蟠桃会是盛大而庄严的，低层次神仙们在蟠桃会上要注意行为举止，稍有不慎就有可能被严厉惩罚。卷帘大将因为在蟠桃会上失手打破一个琉璃盏，就被罚落入凡间，他就是后来的沙和尚；而天蓬元帅则因为蟠桃会饮酒后调戏嫦娥，被罚转世到凡间，并且因失误转为猪身，成了后来的猪八戒。

还有一次，王母娘娘开蟠桃会时按例邀请了各路神仙，蟾蜍仙也在这被请之列。吃过酒席，品尝完蟠桃，蟾蜍仙就准备下界了，但此时他恰好在王母娘娘的后花园内巧遇鹅仙女。这一遇可不打紧，蟾蜍仙立刻被鹅仙女的美丽所倾倒，大动凡心，上前对她大献殷勤。但鹅仙女丝毫不为所动，正义凛然地呵斥了蟾蜍仙后更一状告到了王母娘娘面前，说蟾蜍仙调戏她。王母娘娘平时最注重天宫的礼仪规范，对此类事一向深恶痛绝，她听完鹅仙女的话大怒不已，随手将嫦娥月宫中献来的月精盆砸向蟾蜍仙。那月精盆乃是月中桂花树下一块宝石，吸取了九千年的月华精髓，采纳了九千年的桂花仙露，修成了一只可解百毒的宝盆，内分七七四十九层。每年端午时这只有灵性的宝盆就会躲藏起来，过了午时方再出现。

话说那月精盆化作一道金光侵入蟾蜍仙体内，王母又悔将月精盆失手砸出，失去了一件宝物，懊恼不已，随即下令将蟾蜍仙贬下凡间做一只癞蛤蟆，命癞蛤蟆磨难结束后要将月精盆完璧归赵，方可重列仙班，并命雷神在旁监督。众仙见此纷纷嘲笑蟾蜍仙不自量力调戏美人，流传广了也成了一句俗语——"癞蛤蟆想吃天鹅肉"。

蟾蜍仙糊里糊涂到了凡界，他想起月精盆有七七四十九层，不知何时才能把它吐出，不知何年才能重列仙班，一时灰心丧气。雷神平时和蟾蜍仙交情甚好，他告诉蟾蜍，遇虫吃虫，保护庄稼，每年吃满七七四十九万九千只活虫，就可将月精盆第一层脱下，并马上吃掉，吃满四十九层，就可功得圆满，重回仙界。脱皮时雷神会来助功，雷声阵阵，金光照满每个角落。蟾蜍得到天声天光，就将那月精盆壳脱下吃掉。而蟾蜍脱下之壳，《本草纲目》上称之为"蟾宝""月魄"。后命名为"蟾衣"。

彭祖的故事

彭祖，是上古五帝中颛顼（zhuān xū）的玄孙。他经历了尧舜、夏商诸朝，到殷商末纣王时，已七百六十七岁。而传说中他活了八百多岁，是世上最懂养生之道、活得最长的人。而他之所以能这么长寿，据说因为他是神仙转世。

传说彭祖和陈抟老祖两人，都在天宫玉皇大帝身边主事。一个管着诸神的生死簿，一个管着功德簿。有一天，陈抟对彭祖说："我劳累过度，想好好睡一觉。如有要紧事，你把我叫醒。"彭祖答："好，你尽管放心睡觉去吧！"彭祖一见陈抟去睡觉，想乘此机会到凡间游玩一番。这时他又想起陈抟专管生死簿名单，而他的名字也在上面，不由得思忖起来："如果我到凡间被玉帝发现了，就会很快派人把我召回。"于是他灵机一动，把生死簿上写有"彭祖"名字的那一页纸撕了下来，捻成纸绳订在本子上，从此，这个生死簿上，再也找不到彭祖的名字，他才放心地下凡去了。

彭祖流落人间，在朝廷中做了士大夫。他先后娶了四十九个妻子，生了五十四个儿子，都一一衰老死亡，而彭祖却始终年轻力壮，行动洒脱。当他娶了第五十个年轻貌美的妻子后，就辞官了，带着妻子到处游山玩水。彭祖觉得在人间好不快活，一心只想继续逍遥，再不返回天庭。

当彭祖的第五十位妻子由当年的美丽少女变成鹤发老妪时，彭祖带着她定居到了宜君县一个小山村。这时彭祖已八百岁了。有天晚上，夫妻俩睡在床上聊天，妻子问他："我是快死的人了，我死后你还会再娶妻子吗？"彭祖毫不介意地说："当然还要娶，你之前我已经娶了四十九个了，你也不会是最后一个，否则漫漫人生，我岂不是太寂寞了。"妻子又问："你为何一直不会衰老呢？难道生死簿上没有你的名字吗？"彭祖得意地笑道："我是永生不死之人，生死簿上虽然有我的名字，但是没人能找到。"妻子接着问："那你的名字在什么地方？"彭祖一时得意，便把自己在天宫之事一一道出，妻子这才明白彭祖一直不死的奥秘。

彭祖的这位妻子死后，不甘心彭祖一人在人间继续逍遥，于是便上天庭向玉皇大帝诉说了此事。玉帝听后恍然大悟，命差神赶快去叫陈抟老祖。谁知陈抟这时还没有睡醒，玉帝只好另派二位差神下凡去找彭祖。

由于年代久远，派下来的差神根本不认识彭祖，找寻许久毫无音讯。这两位差神不敢轻易地回到天宫交差，只好遍跑人间，四处打问。

一天，二位差神来到宜君县彭村，乘木匠吃饭之机，偷走解板大锯，到打麦场上使劲地锯一个碌碡（liù zhóu）（用来轧谷物的圆柱形石头农具），一下招来很多乡亲围着看稀奇。用锯来锯石头，大家都觉得此事非常可笑，这时，彭祖也前来观看。人们七嘴八舌，议论纷纷，彭祖也依仗自己年事高，经历广，乘机讥笑说："我彭祖活了八百岁，没见过有人锯碌碡。"话音刚落，二位差使把锯一扔，当场就锁住了彭祖。这天夜里，彭祖就去世了，享年八百余岁。

八仙过海

传说中的八仙是八名交情非常好的神仙，他们经常一同结伴而行，所以天上地下都称他们为"八仙"。

八仙之首是铁拐李，他算得上是其他七个人的师傅。之所以叫他这个名号，是因为他姓李，由于瘸了一条腿，常年拄着一根铁拐杖。铁拐李性情豪放，即使是一名神仙，也是不修边幅，他常年黑面蓬头，满脸胡须，只用一个金箍在头上束着头发，身后背着一个大大的酒葫芦，看上去就像是人间普通的乞丐。但他的那个大葫芦里装的酒可治百病，是不可多得的灵丹妙药；那根铁拐杖更是神乎其神，扔在空中立时就能化作一条呼风唤雨的神龙。

汉钟离传说成仙前是汉朝时的一名武将，他早年驰骋疆场，立下了许多汗马功劳，到了晚年他痴迷道法，机缘巧合之下拜仙人东华子为师，学会了长生不老的秘诀，位列仙班。汉钟离额头宽大，双臂过膝，大腹便便，满面红光，头顶上梳着两个大抓髻，手中拿着一把大摇扇，样貌威武之外更带着几分和气。

吕洞宾是一位面目清秀的儒生，他身背仙剑、手拿玉箫，风度翩翩、文采过人，被人誉为集"剑仙""酒仙""诗仙"于一身。因为仙法高超，又样貌英俊，所以吕洞宾行事略带傲慢，但他侠义心肠，常常下凡扶危济困，深得人间百姓的敬重。

何仙姑是八仙中唯一的仙女，她美貌非凡，平常拿着的法器是一只粉红的荷花。何仙姑成仙前是人间的一位普通姑娘，生活在西子湖畔，每日里采菱摘荷。王母见她相貌美丽，性情温柔，十分喜欢，于是便赐了她几个仙桃，何仙姑吃了后便得道成仙了。

张果老外貌是一位年逾花甲的老人，他须发全白，面容和蔼，经常手持鱼鼓，骑驴而行。张果老日常行路时总是倒骑着他的毛驴，这头毛驴可不容小觑，这是由张果老用仙力变化而成的，平时它只是一只白纸折成的驴子，但只要张果老轻轻吹上一口气，它就能立刻变化成真的毛驴，上天下海，日行千里，无所不能。

曹国舅成仙前是当朝国舅，他虽身为皇亲国戚，但是心系百姓，敢于直谏，为民申冤。上天为他的正直所感动，特许他位列仙班。曹国舅成仙后的装扮也是一副官员相，身穿大红官袍，头戴乌纱官帽，手持朝笏，正义凛然。

韩湘子是唐代著名文学家韩愈的侄子，据说他放荡不羁，不爱读书、求取功名，只一心留恋山水美景，终日里饮酒取乐，后来他机缘巧合之下受吕洞宾点化，得道成仙。韩湘子平日里是一副儒生装扮，精通音律，尤其善于吹笛。

蓝采和是八仙中看起来年纪最小的，外貌就像个十五六的少年一般。他生性活泼诙谐，总是手拿一副三尺长的大拍板，随时喜欢跟着拍板的节奏唱上几句。

农历三月三王母的生日又到了，八仙结队来到瑶池向王母贺寿。瑶池上仙雾弥漫，仙乐飘飘，八仙齐聚一桌，因为他们八个人正好坐满一张桌子，所以这种方桌也被后人称为"八仙桌"。八仙在寿宴上开怀畅饮,一直到酒宴结束才尽兴而归。八仙出得天宫,来到东海上空,只见海面辽阔,波浪滔天,十分壮观。此时蓝采和提议道:"平时过这东海总是腾云驾雾的,怪没意思的。今天咱们来个花样,每人都不许腾云,而要用自己拿手的法宝过得海去,大家来比一比,看谁的法力最高、法宝最神通广大,那样岂不有趣很多?"其他七人正是酒足饭饱之时,兴致正高,于是也就一口答应了。

只见铁拐李率先将自己的宝葫芦从背上解下,一把扔进海里,那葫芦瞬间变得有如一间房屋大小。铁拐李降下云头,纵身一跳上了葫芦,优哉游哉地向前驶去。汉钟离将手中的蒲扇一挥,只见蒲扇也变成了一人多高,汉钟离躺在扇上,随着波浪起伏飞速向前。吕洞宾不落人后,他的宝剑虽然没有变化大小,但飘在海上也是稳稳当当,吕洞宾站立剑上,破浪而行。张果老这时又取出了纸折的小驴,吹了一口气,转眼间纸驴变化成了活蹦乱跳的真驴,下到海中。张果老跳到驴上,渡向对岸。何仙姑、曹国舅和韩湘子渡海用的也都是自己看家的法宝荷花、朝笏和笛子,而蓝采和的神通最为好看,他将手中的花篮投向大海,篮中的鲜花转眼间便铺满了海面,色彩斑斓,美不胜收,"踏歌蓝采和,世间能几何?"蓝采和打着拍板,唱着歌谣,踩着万朵鲜花得意扬扬地向前走去。

八仙各自用自己的宝物在海面上悠然前行,惊动了东海里虾兵蟹将,他们都纷纷浮上海面竞相观看,不由自主地欢呼道:"八仙过海,真是各显神通啊!"这时东海龙王也得到了消息,他一见八仙大显其能遨游海上,心里不由得生了嫉恨之情,上前阻挠八仙,说这里是自己的海域,不容他人在此放肆。八仙不忿,双方争吵起来。

争斗中,东海龙王趁八仙不备,将蓝采和擒入龙宫。八仙见此大怒,立刻上前厮杀,虾兵蟹将抵挡不住,纷纷败下海去,隐伏水底。八仙则在海上往来叫战。东海龙王请来南海、北海、西海龙王,合力翻动五湖四海,掀起狂涛巨浪,八仙运用法宝,傲立水上,安然无恙。四海龙王见状,急忙调动四海兵将,准备决一死战,正在这时,恰好南海观音菩萨经过,喝住双方,并出面调停,直至东海龙王释放蓝采和,双方罢战。八仙拜别观音菩萨，各持宝物，兴波逐浪邀游而去。

牛郎织女

　　传说很久很久以前，在南阳城西的牛家庄里有一个叫牛郎的小伙子，他自幼父母双亡，跟着哥哥嫂子生活。牛郎的哥哥常年在城里打工，嫂子在家操持家务，牛郎种地放牛。

　　牛郎的嫂子心肠狠毒，她觉得牛郎长大娶妻以后必定要分走家产，所以就一心要趁早把他赶出家门。一天，嫂子叫来牛郎让他去放牛，说道："牛郎，家里这九头牛你带到山上去放，到了天黑必须要带十头牛回来。否则你就别进家门！"牛郎愁眉苦脸地赶着牛群上了伏牛山，心想平白无故的，去哪才能再找到一头牛呢，看来这家是回不去了。正在此时，忽然平地出现了一个须发皆白的老者，他和蔼地告诉牛郎："小伙子，我知道你的心事。你一直向西走，就在那伏牛山的半山坡上，一头老牛正等着你呢。"牛郎急忙谢过了老者，赶往伏牛山，在那果然发现了一头生病的老黄牛。牛郎把老牛带回家中，嫂子见了也没了话说。牛郎因此特别感激这头黄牛，每天都对它悉心照料。

　　牛郎的嫂子一计不成，又生一计，干脆想害死牛郎一了百了，她平时对牛郎特别苛刻，包饺子时只许他吃荞面的，不许吃白面的。这天她设下毒计，又包了两种饺子，将毒药放在了白面饺子的里面。牛郎这时正在外面放牛，突然发现老黄牛满眼泪水地开口说话了："牛郎啊牛郎，你的嫂子想毒死你，你今天回家吃荞面饺子吧，千万别吃白面的。"牛郎一听，也明白了几分。回到家后，牛郎的嫂子殷勤地招呼他："好兄弟，你平时辛苦了，今天我特意给你包了白面饺子，你快吃吧。"牛郎假装不知，拿起荞面饺子就吃，边吃边说："嫂子，我吃荞面的习惯了，还是吃这个吧。"说着就很快地把荞面饺子都吃光了，嫂子在一旁气得脸色发青也毫无办法。

第二天，嫂子又把毒下到了荞面饺子里，没想到的是老牛又在外面对牛郎示过警了。牛郎这次回家拿起白面饺子说道："好嫂子，我平时都没吃过白面饺子，这次就让我换换口味吧。"说着又把没毒的饺子吃了精光。

嫂子见几次三番都没能赶走牛郎，于是一不做二不休，把牛郎的哥哥叫回家里，张罗着分家。牛郎的哥哥十分懦弱，他虽然心疼弟弟，但是更惧怕妻子，也就没办法同意了。在嫂子的主意下，牛郎只分得了半亩薄田、一间破屋和那头老黄牛，便出了家门自己顶门立户过日子去了。

分家后牛郎每天带着老牛犁地耕田，早出晚归，十分清苦。有一天在出门下地时，老牛突然挣脱了绳索，向山上跑去，牛郎急忙追赶，一人一牛就又上了伏牛山。在一个湖泊旁边老牛停了下来，它转身向牛郎开口道："牛郎，你独自一人太辛苦了。片刻后会有一位仙女来此沐浴，到时你悄悄藏起她的衣裙，她就会跟你回家了。"牛郎闻言又惊又喜，于是便和老牛一起藏在了湖边的树丛里。过了一会儿果然见到一片祥云在湖面上降落，一位清丽脱俗的仙女下了云头。仙女先观望了四周，然后缓缓脱下了外衣，进入湖中洗浴。牛郎见仙女果然美丽非凡，十分爱慕，便偷偷地取走了她挂在树梢上的衣服。

仙女沐浴完毕，发现衣服不见了，却有一个少年郎站在面前。她又羞又臊，又无处躲藏，只得站在湖里一动不动。牛郎对着她深施一礼，说道："姑娘不要惊慌，在下不是歹人。我名叫牛郎，家住在这山外的牛家庄，无父无母，一人过活。今天见了姑娘，心生爱慕。姑娘若不嫌弃，请随我回到家中，你我男耕女织，牛郎虽不敢保证姑娘锦衣玉食，但也一定尽我所能呵护姑娘周全。姑娘若不愿意，在下也绝不勉强，马上将衣服交还，只希望不要怪罪在下的无礼之举。"

仙女听了牛郎的一番话后，仔细将他上下打量了一番。她见他虽然衣着朴实，却也是相貌堂堂，举止大方，说出来的话也是十分诚恳，不由得想："我虽是神仙可以长生不老，但每天每日只在天宫苦守寂寞，又有何乐趣。怎比得凡间夫妻虽是粗茶淡饭，却也快活美满？"想到此，她下定决心，神色大方地回答牛郎说："牛大哥，不瞒你说，我是天上云房内负责织云的织女，今日你我巧遇也是天缘凑巧，我可随你回到家中成亲，只希望你我夫妻和顺，共度百年。"

牛郎闻言喜不自胜，马上将衣服还给了织女，二人一同下山回到了家中，当晚便拜了天地，结为夫妻。自此后，每天牛郎耕田种地，织女纺布织绢，二人夫唱妇随，感情融洽，相亲相爱。这样的日子一直过了三年，三年中，织女还生下了一对活泼可爱的龙凤胎。一家人的生活虽不富裕，但也是和乐融融。牛郎觉得有生以来从未如此心满意足，织女也毫不后悔抛弃天宫生活、下凡成亲。

天有不测风云，正当牛郎织女一心想白头偕老之时，织女私下凡间的事被王母娘娘察觉了。原来天上一日，人间一年，织女在凡间的三年，只相当于天宫的三日。王母娘娘发觉接连三日天宫没有云彩，派人查询，才发现云房的织女已经下凡成亲了。她勃然大怒，立刻派遣天兵将织女捉拿回了天宫。

织女被擒之时，牛郎正在田中耕种。他只见天空中原来还是晴朗一片，瞬间便乌云密布，电闪雷鸣，心里十分不安，待他赶回家中，已经不见了织女，只有一对儿女在床上痛哭。牛郎知道事情不妙，心急如焚，却也毫无办法。这时老黄牛又开言道："织女是被擒回了天宫，你凡人肉体无法腾云驾雾。如果还想再见她，就把我杀了，披上我的皮上天去吧。"牛郎闻言坚决不肯："牛大哥，你虽是牲畜，却也和我同甘共苦，几次三番救我不提，又竭力促成我和织女的姻缘。今天我怎能为了一己之私害你性命！此事万万不可！"老牛闻言热泪盈眶，又说道："牛郎，我知道你的一片心意，只是你可知道，我不是这人间的普通牲畜，而是天上的金牛星被贬下界，见你善良纯朴才一直在旁协助于你。今天我的罪责已满，可以重返天庭，你也快借我的牛皮去追赶妻子吧！"牛郎只好忍痛杀了黄牛剥下牛皮，将皮披在身上，用扁担挑起两只箩筐，一双儿女坐在筐内，三人驾起祥云，一路追上了天庭。

话说王母将织女擒回之后，要她斩断尘缘、悔过自新，织女一心惦记丈夫儿女，执意不从。王母更加气愤，正要责罚织女，又接到天兵报告，说牛郎居然上天来寻妻子，已经到了天宫门口。织女回头一看，只见牛郎果然挑着一双儿女，已经近在眼前。她喜不自胜，急忙迎上前去，眼见一家人就要团聚，不想王母娘娘突然拔下头上金簪，在织女和牛郎中间划下一道，霎时间，一道波涛滚滚的天河横空出现，一家人只能隔河相望，织女在岸边肝肠寸断，牛郎和孩子在对岸痛哭流涕。

一旁观望的神仙都被此场景感动，但又惧于王母的威严，没人敢上前帮忙。王母此时也为这一家人的真情软了心肠，叹了一口气道："王法不碍乎人情，织女违反天条私下凡间，生儿育女，该有此罚，但他们一家人情真意切，现特许牛郎可以留在天庭，就在每年的七月初七，让他们见上一面吧。"

从此后，牛郎带着儿女就在天河岸边住了下来，和织女隔着天河遥遥相望。二人的真情感动了天上人间的众多生灵，每年一到七月初七，就有无数喜鹊成群结队地来到天河，它们自动地用身体搭起"鹊桥"，让牛郎织女可以从岸边走到桥上相聚。

财神的故事

话说后羿射日拯救万民，而那九个太阳被射下后，丧了性命，失了仙体，只剩下精魄化作了九只大鸟，从天上掉落到了青城山上，其中八只鸟化作了鬼王，怀着满腔悲愤继续为祸人间，只有第九只心地善良，不肯继续作恶，反而转生成人，投胎在终南山下的赵家村。

转生成人的"日精"姓赵名朗，字公明，他自幼家境贫寒，但天生力大无穷，因而长大后以背运木材为生。他为人诚实守信、仗义勇为，深得朋友信任。后来，赵公明有了些许积蓄，他凭借着自身的胆识和诚信，开始独自贩运木材。赵公明眼光远大，在几年内就以出色的生意手段积累了巨额的财富。但他发家后也不改本性，一次有人向他借了百金做生意，不料想遭遇天灾亏了本，无力偿还。赵公明得知后毫不在意，只让他还了一双筷子了事。

赵公明不仅仗义疏财、济困扶危，而且还十分关注国事，每次国家有战争发生他都不遗余力地资助军饷，有时甚至还参军亲自上战场，十分英勇。到了晚年，赵公明在一次行商途中到了青城山，遇到了张天师，二人一见非常投缘，赵公明在青城山也了悟了自身的前生因果，于是便舍弃了家业，跟随张天师修道炼丹。

赵公明精诚修道，张天师一次炼成仙丹，也分给了他一颗。服下仙丹后，赵公明学会了万般变化，张天师于是命他镇守玄坛，称他为"玄坛元帅"。得道后的赵公明道法高超，可以驱使雷电，唤雨呼风，除瘟祛病，驱邪避祸。百姓有冤无处诉的被他知晓，他会伸张公道；商人有诚实交易要求财的，他也能使其获利发家。

后来，赵公明带领招宝天尊、纳珍天尊、招财使者和利市仙官，统管了人世间一切金银财宝。百姓对这位正直善良的神仙十分敬仰，每到除夕和赵公明的诞辰都诚心供奉，希望这位财神可以保佑家宅平安、富贵吉祥。

灶王的故事

灶王是我国古代传说的一个重要神仙，他是玉皇大帝派到每家每户监管炉灶的官吏。百姓世世代代都习惯于在家中供奉灶王，而农历的十二月二十三"小年"这一天是民间祭灶的日子。据说每到这一天，灶王爷都会返回天庭向玉皇大帝报告这一家人的善恶，让玉皇大帝进行赏罚。所以祭灶时，人们会供奉上甜甜蜜蜜的关东糖讨好灶王爷，灶王爷吃了糖后嘴就被黏上了，这样他就不能在玉帝面前说坏话了。

据说灶王在成仙之前是人间的一位富户，本姓张。他的妻子丁香温柔端庄，勤俭持家，夫妻俩感情和谐，生活得很是美满。但是好景不长，一次张生出外做生意时遇到了一个名叫海棠的妓女，他见海棠妖娆美貌，便动了心思。海棠看张生年少多金，也对他大献殷勤。两人当下便勾搭在了一起。不久后，张生更不顾与丁香的夫妻情谊，给海棠赎了身，将她娶回了家中做了二房。

海棠到了张生家中后，两人便整日在一起厮混，张生也逐渐无心理会生意。丁香见此便屡屡规劝，让他不要贪恋女色，荒废了家业，张生这时一心只在海棠身上，不但不听规劝，反倒说丁香是因妒生恨、不贤惠。海棠本来就嫉恨丁香是正室夫人，掌管家事，这时看她和张生之间起了嫌隙，就趁机添油加醋，说丁香的种种不是，要张生休妻。张生禁不住海棠的软磨硬泡，完全不念丁香的往日好处，写下一纸休书就把她赶出了家门。

丁香走后，张生迫不及待地将海棠扶做了正室。亲朋好友看他为了一个妓女抛弃发妻，都恨恨地和他断绝了关系。生意上的伙伴也都嫌他糊涂，渐渐和他绝了来往。但张生不以为意，只顾着每天和海棠一起寻欢作乐。这样的日子过了不到两年，张生就坐吃山空，把原有的家财都挥霍尽了，只剩下祖传的一座房屋。海棠见张生穷困潦倒，就悄悄地偷出了房契，变卖了房子后拿着银钱溜走了。

这时的张生孤独一人，不仅身无分文，而且连住处都没有了。他又不敢去投亲靠友，无奈之下只好白日里沿街乞讨，到了夜间就在破庙、寒窑中存身，日子过得苦不堪言。在一个大雪纷飞的日子，他又饿又冻，终于昏倒在一个尼姑庵的门前。这时恰好一个小尼姑出门，见他不省人事，便急忙把他扶进厨房，并禀告了庵主。

片刻后，张生缓缓醒来，这时女庵主也正好前来看望她，张生十分惊讶，原来这庵主不是别人，正是两年前被他抛弃的丁香。原来当年丁香被休后，便进了这尼姑庵削了头发出家为尼。原来的庵主见她身世可怜且知书达理，便叫她帮自己打理日常事务，后来老庵主去世，丁香便接替了她做了庵主。

丁香想不到昔日的风流丈夫居然落到这步田地，不由得愣在了当场。张生见了丁香后，想起自己两年来的所作所为，只觉得羞愧万分，无地自容，只想找个地方藏起来不用面对。他急忙起身，慌不择路地居然一头钻进了旁边的炉灶里。丁香这时才反应过来，急忙上前拉出了张生，但是炉火熊熊，张生已经被烧死了。丁香想起前因后果，心里不禁万分忧郁，不久后也郁郁而终了。

玉皇大帝知道这件事后，觉得张生虽然生前糊涂，但临终前还是知晓了自己的错处，又因为他和自己一样，都姓张，便把他的魂魄招上天庭，封他为灶王，入住百姓家中，监管百姓日常善恶。百姓们又敬重丁香贤淑知礼，便把她和灶王一起供奉，并称他们为"灶王爷、灶王奶奶"。

门神的故事

门神是民间百姓过年时都喜欢贴在门上的神像，希望可以让这大门上的神仙帮忙驱邪避鬼、守卫门户，而尽管都是保家护院门神，各家各户所请的却又有些不同，有的是一对手拿大板斧的神人，有的则是两个威风凛凛的将军，而民间也流传着关于这些门神的动人的故事。

传说上古时期的桃都山上生长着一棵大桃树，枝干盘曲三千里，树上有一只金鸡，太阳出来的时候就会鸣叫。这棵桃树的东北一端，有树梢一直弯下来，挨到地面，就像一扇天然的大门。桃都山里住着各种妖魔鬼怪，他们要出山就需要经过这扇"鬼门"。而每当清晨金鸡啼叫的时候，夜晚出去游荡的鬼怪就必须赶回山里。

在鬼门外常年生活着两位神仙，神荼、郁垒。他们是兄弟二人，是黄帝手下的两位神将，领了黄帝的命令专门负责在此看守鬼门，如果鬼魂在夜间干了伤天害理的事情，神荼、郁垒就会立即将它们捉住，用绳子捆起来，送去喂虎，因而所有的鬼魂都畏惧神荼、郁垒。这样在民间就流传开用降鬼大仙神荼、郁垒和桃木驱邪、避灾的风习。他们用桃木刻成神荼、郁垒的模样，或画出神荼、郁垒的画像，挂在自家门口，刻画出的他们身披盔甲，手持青铜大板斧，很是威风，而这种桃木板也被称作"桃符"。

唐代以后，民间又开始供奉两个新的门神，秦叔宝和尉迟敬德。那是在贞观年间，长安附近的泾河老龙王与一个算命先生打赌，老龙王为求一时之胜，滥用权力，触犯了天条，其罪当斩。玉皇大帝便委派魏征在第二天午时三刻监斩老龙王。为了保命，泾河龙王在行刑前一天跑来向唐太宗李世民求情，让他在第二天拖住魏征，好让自己躲过一劫。李世民觉得魏征是自己的臣子，这事情当然容易解决，于是就满口答应。

第二天，李世民宣魏征入朝，并将魏征留下来陪自己下棋。李世民的目的就是用这个办法困住魏征，让他无法脱身，当然也就不能监斩泾河龙王了。谁料午时三刻之际，正下围棋的魏征却打起了瞌睡，李世民也没太在意，而魏征就利用这个短暂的瞌睡，灵魂出窍，梦斩龙王。被斩了的泾河龙王恼羞成怒，怨恨李世民言而无信，因而阴魂不散，夜夜到唐宫里来大吵大闹，呼号讨命。李世民既惭愧又难过，每夜都被泾河龙王的冤魂吵得无法入睡。

大将秦叔宝得知了此事后，上奏道："臣愿同尉迟敬德戎装立门外以待。"李世民应允了秦叔宝的奏本，当天二人就在李世民的寝宫外站立了一夜。秦叔宝和尉迟敬德是李世民称帝之前就陪伴身边的两位大将，都是忠心耿耿又威风八面的难得人才。鬼魂惧怕他们的正义凛然和过人武艺，不敢上前骚扰，李世民终于安睡了一个晚上。

这夜过后，李世民十分感激二位大将，秦叔宝和尉迟敬德也提出要继续为皇上守门。而李世民不忍让他们如此辛苦，遂命宫廷画家将他们的形象描在画布之上，并张贴于宫廷的正门。二位将军能镇鬼的故事传到民间，百姓也学模学样，将秦叔宝和尉迟敬德的画像贴在自己家的大门上，与神荼、郁垒两位神人并存，慢慢地，这两员大将便成为千家万户的守门神了。

和合二仙

和合二仙是我国民间的爱神。他们手持的物品件件都有讲究。那荷花是并蒂莲之意，盒子则是象征"好合"，而五只蝙蝠则寓意着五福临门，大吉大利。和合二仙本是肉身凡胎，并非仙人，相传他们都是唐代的僧人，一位叫寒山，另一位叫拾得。

据说那是在唐朝初年，天台山国清寺的丰干禅师出门化缘，在道边捡到一个被人抛弃的男婴。禅师心怀慈悲，把他抱回国清寺抚养。寺庙里的众僧因为不知其父母姓氏，便按他的来历，叫他"拾得"。拾得长到六七岁时，被派在寺庙的厨房内打杂。

国清寺外面，有个年岁同拾得相仿的乞儿，他也是自幼便被人遗弃，父母来历俱不清楚。众人只知他很小的时候，便常来寺庙前"骂山门"。和尚们吓唬他，他却哈哈大笑，并不害怕。后来，众僧才发现这个乞儿就住在寒岩的石穴内，便叫他"寒山"。寒山性情乖僻，但是才情过人，尤其是特别善于吟诗。

拾得见寒山与自己出身相近，又敬仰他的才华，于是便常将国清寺内的一些残羹剩菜送给寒山吃。寒山虽然对别人都十分不客气，但是却也对忠诚朴实的拾得心怀感激，二人因为性情相投，不久便情同手足。寒山有时会混进寺庙里，找拾得一起去庙外游玩。拾得也常把斋饭盛在一个圆形的食盒中，带到寒山住的石穴内，与他分享。丰干禅师见寒山、拾得如此要好，便让寒山进寺和拾得一起在厨下打杂，自此后，他俩朝夕相处，寒山在诗文上功底深厚，又非常佩服拾得的佛学造诣，于是他俩常一起吟诗答对，更加亲密无间。

冬去春来，时光飞逝，寒山、拾得由无知孩童成长为了一对少年郎。但他们依旧不修边幅，嘻嘻哈哈，不知道忧愁为何物，直至一天一位姑娘的出现。这位姑娘住在天台山下的村落里，美丽活泼，偶尔一次上山进香认识了寒山和拾得。他们年龄相近，性情相投，便经常在一起玩耍。时间长了，寒山和拾得都不由自主地喜欢上了这位姑娘。寒山首先察觉了拾得的心思，他决意割断情丝，让兄弟可以和心上人长相厮守。主意既定，寒山便悄悄离开了国清寺，一个人去苏州枫桥边结庐修行。拾得先为寒山的突然失踪困惑不已，等知道真相后，心内悔痛交加，焦急之下一腔情思烟消云散。

离开国清寺后的拾得，一边用食盒募化斋饭，一边打听寒山的音讯。因为他们俩的模样和性情太相像了，所以询问时十分顺利。没过多久，拾得便循着寒山走过的路程，来到了苏州。这时寒山也听说了拾得来寻找自己的消息，忙折一枝盛开的荷花，迎接于五里之外。寒山用荷叶给拾得掸尘，拾得捧上食盒，与他共享刚募化来的饭菜，二人说说笑笑，很快又回到了无忧无虑的境界中。

经过这一次小小的情劫，这两个天资聪颖、生有慧根的少年，彻底解脱了尘缘。二人从此受戒为僧，结伴募化，后来又立了自己的寺庙，这就是名动天下的"姑苏城外寒山寺"。而寒山寺据说也是他们二人最终修成正果之处。

后来，寒山与拾得两位笑口常开、乐为大家排解祸难的高僧，被民间奉为欢喜之神，并将他们俩少年时的形象画成瑞图，专门悬挂在举行婚礼的喜堂上，以示祝福。寒山手执荷花，谐个"和"字；拾得拿个食盒，谐个"合"字，暗寓夫妻和谐合好，人们也将他们称为"和合二仙"了。同时，在二人的图像上还常常附有小诗一首："和气乃众合，合心则事和；世人能和合，快活乐如何。"

嫦娥奔月

传说世间原本有十个太阳，他们都是天帝的儿子，按照规矩他们十个应该轮流当班，每天有一个为万物送去光明和热量。但是这十个太阳忽然有一天心血来潮，结伴一起来到了空中，嬉戏玩耍。他们这一玩闹可苦了人间的百姓，十个烈日共同放出的热量，烤焦了大地，点燃了森林和作物，干涸了河流和海洋，人们在炽热中挣扎着生存，苦不堪言。

天帝手下有个神射手名叫后羿，他不忍看到苍生受苦，便瞒着天帝用弓箭射下了九个太阳，只留一个继续照耀人间。天帝失去了九个儿子，怒不可遏，他下令将后羿打下凡间，永不得再返仙界。

后羿无奈带着妻子嫦娥下到了凡间。因为他拯救了苍生，百姓都对他万分敬仰，后羿也为人们脱离苦海而高兴，觉得自己所作所为都是值得的，在人间生活一世也心甘情愿。但嫦娥却终日愁眉苦脸，她本来是天宫中最美貌的一名仙女，所嫁的丈夫又是年轻有为的神射手，每天生活得顺心如意，没想到会被突然打下凡间，吃苦受罪。她想念天宫生活，向往长生不老的神仙日子，只要一想起是因为后羿射日才使二人落到这步田地，便和后羿吵闹不休。后羿对妻子十分愧疚，也知道她害怕人间的生老病死，于是便决定去向西王母求取长生不老之药。

西王母住在大地西边的昆仑山，周围人迹罕至，后羿一路上跋山涉水，终于在昆仑山顶找到了西王母。讲明来意后，西王母敬佩他拯救众生的勇气，也理解他为妻子求药的心情，便把一包仙药交给了他，并嘱咐说："这包药一人吃了便可得道成仙，你和嫦娥两人分吃则都可长生不老，切记切记。"

后羿千恩万谢地辞别了西王母，带着仙药回到家中。嫦娥看到药也是格外兴奋，她听了后羿的话后，一心想着重回天庭做神仙，于是便趁着后羿不在家中，自己将一包仙药都吃了。仙药下肚后，嫦娥只觉得身体越来越轻，不知不觉地双脚便离了地面，整个人开始向空中飞去。此时她仿佛听到西王母在她耳边说道："本是夫妻二人分享的长生不老药，被你一人独吞，这样重返天庭，你就不怕被众神耻笑吗?！后羿对你一片真心，你就这么弃他而去，你心中难道就能安稳?！"

嫦娥此前被重新上天做神仙的想法冲昏了头脑，此时已经成仙飞升，又听得西王母的一番话，不由得幡然悔悟，无奈已是悔之晚矣。她自觉已经没有脸面去见昔日的旧友，又无法返回人间，环顾四周，只见一轮圆月近在眼前。这月宫独立于天宫之外，里面只有一座广寒宫，平日里冷清寂寥，除了受天规处罚的吴刚在砍伐桂树，从没有其他神仙在此居住。嫦娥哀叹一声，觉得现在只有这里才是自己的栖身之所，于是便凄然地飞进了广寒宫中。

再说人间的后羿回到家中，不见了妻子，急忙四处寻找，猛然间一抬头，发现月中好像比平时多了个人影，而这个影子又恰好与嫦娥十分相似。嫦娥此时也看到了后羿，她哭泣着向丈夫倾诉懊悔，后羿见此也是心痛万分，嫦娥又说道："平时我没法下来，明日八月十五，乃一年中月亮最圆的时候，届时你用面粉作丸，团团如圆月形状，放在屋子的西北方向，然后再连续呼唤我的名字。到三更时分，我就可以回家来了。"第二日，后羿照妻子的吩咐去做，届时嫦娥果然由月中飞来，夫妻重圆，到了第二天，嫦娥就又无奈地返回月宫。中秋节做月饼供嫦娥的风俗，便是由此形成。后来后羿在人间去世，而嫦娥只能空守着冷清的广寒宫，在寂寞与悔恨中长生不老。

麻姑献寿

　　传说很久很久以前有个出名的残暴将领叫作麻秋。麻秋某日夜里做梦，梦见自己从江水中垂钓上来一朵含苞欲放的荷花。第二天早上醒来，他的妻子便生下一个粉雕玉琢的女婴，取名麻姑。麻姑不仅貌美不凡，而且特别聪慧，出生三天后便可咿咿呀呀说话，一个多月后便能跟父母学读诗文。更神奇的是，她居然可以撒米成珠，就是说，一把普通白米从她手里落到地上，就能变成光华璀璨的明珠。

　　时光飞逝，麻姑转眼到了十八岁，长成了一个袅袅婷婷的大姑娘。由于麻秋生性暴虐，在他管辖的麻城役使百姓筑城时，下令严加役使，役工头用皮鞭迫使百姓们每天从日出干到日落，又从日落干到鸡鸣方可休息片刻。百姓个个疲惫不堪，叫苦不迭。麻姑与父亲不同，她心地善良，见此惨状十分同情百姓，于是便私下自学口技，不久便可以惟妙惟肖地学鸡啼鸣。她在天刚黑时便学鸡鸣，附近的其他公鸡即使是在夜里听到也会跟着一起叫，民工便也可以随之早早休息，多多休息。

　　不久麻姑学鸡叫的事被麻秋知道了，他十分生气，把麻姑关进了大牢。但麻姑即使是在夜里，也会每天傍晚学鸡叫引起四邻鸡鸣。麻秋盛怒之下几乎下令将女儿斩首，幸亏麻姑的母亲苦苦哀求。麻姑的母亲又多次劝导要她认错，并不要再犯，但麻姑心系受苦的百姓，始终不为其所动。后来，麻姑将米粒丢掷地上化为宝珠，在狱卒追捡宝珠之际逃出监牢。麻秋率兵随后追赶，追至深谷边，麻姑走投无路，刚想投谷而去，恰好王母娘娘经过此处，于祥云中拔下玉簪扔下谷去，玉簪立时化作一道玉桥，麻姑登上玉桥得救，逃到对岸。

　　麻姑又在王母娘娘的指点下，乘清风白云走了九天九夜，来到海上一座仙山。这里云缭雾绕，松青柏翠；坡上桃林，果大味美；谷底泉水，穿过坚石巨岩，潺潺声似箫音笙韵。于是麻姑在此仙山净土处潜心修炼，并精心培育仙果，采集灵芝酿造美酒，数年后，终于修炼成仙。

麻姑升仙后，本事惊人，能穿着木屐在水面上行走。太上老君还教给她攘除灾厄之法，之前她可以掷米成珠，现在更能掷米成丹，将米粒化为能治百病的灵丹妙药。麻姑还一直惦记着下界的受苦百姓，她会每年下到凡间，为乡亲除病消灾，保家宅兴旺，五谷丰登。人们感激麻姑，修建麻姑庙纪念这位仙姑，还把最好的米叫作麻姑米，最好的茶叶叫作麻姑茶，最好的酒叫作麻姑酒。

传说中麻姑看见过东海三次变为桑田，她还说现在的蓬莱水也浅于旧时的一半，将来还会变成陆地。沧海变成一次桑田，大概要经过千万万年。麻姑已经见过三次沧海变桑田，虽说她长得像十八九岁的大姑娘，可她的实际岁数是无法估算的，但做个女寿星总是当之无愧。麻姑为了感激王母娘娘的点化之情，每年总会在农历三月三王母寿辰这天，带着酿好的美酒和采摘的仙桃，升空去拜见王母娘娘，这就是所谓的"麻姑献寿"。

刘海戏金蟾

相传在五代时期的辽国，有一名叫刘操的人。他生于官宦世家，自己也自小就勤学苦读，所以十几岁就中了进士，后来仕途顺利，一路高升，到了五十几岁就已经做了宰相，可以说是名满天下，志得意满。

有一天，刘操的府门外来了一位道士要求见他。刘操这时虽然已经做了宰相，但还是平易近人，而且他一直对道教很有兴趣，所以听说有道士求见，就很快地出来了。

见面后，刘操见那道士大额宽目，双手垂地，虽然是面貌奇特，但是气宇轩昂，自有一份仙风道骨，便不敢轻视，规规矩矩地向其行礼，问道："不知道长来到舍下有何要事？"那道士不说来意，只是说要向刘操借一枚金钱，十颗鸡蛋。刘操虽然感觉奇怪，但也是吩咐下人照办。

道士将金钱和鸡蛋拿到手后，将十颗鸡蛋一个接一个地竖立于金钱眼儿上。很快地，蛋串就摇摇欲坠了。刘操急忙地说："这太危险了，快别再放了。"道士只微微一笑，说道："这些鸡蛋虽然高高在上，但是已经摇摇欲坠，垒得越高，危险越大。你手握重权，身居高位，早已到了危若垒卵的境地，难道还执迷不悟吗？"

刘操本就有慧根，一听此言更是如同醍醐灌顶，当下就对道士说："多谢师傅点悟，还望师傅不要嫌弃，容许弟子跟随在旁，习学道法。"道士只笑不言，转身就走。刘操也马上脱下蟒袍玉带，追随道士而去。刘家人闻讯都急忙出来阻止，但二人转眼便没了影踪。大家才知道刘操这是遇到了仙人点化，无奈之下也只好罢了。

刘操跟着道士日行千里，一路便上到了华山。原来这道士乃是八仙之一的汉钟离，他给刘操赐道号"刘海蟾"，又称"刘海"。刘海出家后潜心研究，刻苦修炼，终成大道，成为一代宗师。但他虽然已经得道成仙，但还是喜欢下界游玩或者为民造福，除暴安良。

在那个年代，妖怪的数量众多且形状千奇百怪，百姓苦不堪言，对妖怪又恨又怕。而刘海心系百姓，为民除害，收服了不少妖精。有一次刘海收服了一只三脚金色蟾蜍，将它打回原形。这只蟾蜍虽然已经修炼成精，但是并没有为祸人间，反而可以口吐金钱。刘海因此便把它留在身边，让它跟着自己伏妖助人。每遇到心地善良、家境穷苦的百姓，刘海便让金蟾吐出金钱帮助他们。

话说康熙年间在苏州有一贝姓的财主家，一天有一个少年找上门来，说要卖身为仆。贝家人见他生的浓眉大眼，十分讨喜，于是也就留下了他。到了正月十五元宵夜，阿宝抱小主人上街观灯，过了大半夜才回来，急坏了主人。没想到孩子回来后却手舞足蹈地十分兴奋，说道："阿宝说了，咱们苏州的灯不好看，就带我去了趟福建。那边的花灯果然好得多，荔枝也好甜呢。"贝家大人不信，心想：只不过才两三时辰，苏州福建两地相隔千里，怎可打来回呢。但孩子学说的地方和场景确实是福建，并且手里拿的鲜荔枝也是福建所产，家人不由得迷惑不解。

又过了几个月，阿宝从贝家水井中钓出一只三脚金蟾蜍，用彩绳拴了，背在肩上，飘然而去。有人认识这只可以助人转贫为富的金蝉，于是才明白，阿宝原来就是返老还童的仙人刘海。原来，这只蟾蜍趁刘海不注意溜了出来，刘海四处寻访，终于在贝家找到了它。

白 蛇 传

传说很久以前，在四川峨眉山的一个山洞里住着两条蛇精，一条白蛇已经修炼了一千年，另一条青蛇也已经修炼了八百年。这两条蛇精拜黎山老母为师，千百年来潜心修行，从不杀生害命。

山中岁月寂寞，两条蛇精有时也变化成人形，下山游玩散心。变化后的她们是两位美貌的年轻女子，白蛇就叫白素贞，青蛇就叫小青，扮作丫鬟陪伴白素贞左右。一天她们又结伴来到杭州游春，其时山色苍翠青碧，西湖波光潋滟，二人观赏湖光山色，流连忘返。

俗话说，天有不测风云，一时间忽然平地狂风四起，天上乌云密布，电闪雷鸣，眼见就是大雨将至。白素贞和小青没有携带雨具，又处在湖边的空旷之地无法避雨。焦急之中恰巧一艘小船驶到岸边，一位年轻公子在船上招呼白、青道："姑娘快上船来避雨吧。"主仆二人上船后在攀谈中得知这书生名叫许仙，父母已经过世，他现在一家药店中做学徒，平日寄住在姐姐家中。白素贞见许仙仪表堂堂，举止有礼，不禁生了爱慕之心；许仙也对温柔美丽的白素贞心生好感。小青十分伶俐，见状也想撮合二人，于是便悄悄作法，令将要停息的风雨再次大作。船行到金门时，白素贞与小青就要下船，许仙见风雨猛烈，便主动把自己的伞借给了白素贞，白素贞见许仙借出雨伞，自己要冒雨回家，心中更喜欢他的忠厚，于是便跟他约好，明日到许仙家中还伞。

第二天，白素贞和小青按照许仙留下的住址找到了他在钱塘门的家中，许仙热情地接待了她们。小青告诉许仙，白素贞出身官宦之家，父母双亡后来到金门投亲，但不想亲戚已然寻不到了。小青同时在言谈之中表露了白素贞要与许仙结亲之意，白素贞在一旁羞得满面红云，只笑无语；许仙更是从心中高兴，一口答应了婚事。

许仙和白素贞结婚后带着小青搬出了姐姐家自立门户，在西湖旁开了一家药店。许仙品性纯良，医术高超，很受当地百姓的爱戴，再加之白素贞神通广大，应对各种疑难杂症都不在话下，因此药店的生意十分红火。另外，许仙夫妇宅心仁厚，对穷苦百姓经常不计报酬地施医赠药，百姓都交口称赞许大夫仁心仁术，还尊称白素贞为"白娘子"。

许仙和白素贞夫唱妇随，感情日益深厚，生活得十分美满。白素贞也在此时发现有了身孕，夫妻二人都十分高兴。时光飞逝，转眼便到了端午佳节，这日许仙给店中的伙计都放了半日假，准备提前关张回家团聚过节。正在要关门上板之际，一个和尚忽然上门化缘，他一见许仙便十分吃惊地说："施主，你面带妖气，平日必与妖物为伍，时日久了，定会伤了自身性命！"许仙十分疑惑：自己家中只有白素贞与小青主仆二人，哪来的妖精呢。那自称法海的和尚却十分笃定，并告诉许仙，若是不信，可以回家给白素贞饮用一杯雄黄酒，到时她便会现出原形。所谓雄黄酒，就是在酒中加入适量的雄黄，原本是一道中药酒。蛇类最惧雄黄，闻到雄黄的气味都会敬而远之，端午节时人们喝一点、抹一点雄黄酒，一方面是庆贺节日，另一方面也是因为雄黄有解毒驱蛇的作用。

许仙将信将疑地回到了家中，并在家宴上劝白素贞喝雄黄酒以庆佳节。白素贞原本不愿饮用，但一方面不愿使夫君失望，一方面又怕引起他的怀疑，同时又依仗自己有千年修行，少喝一点可能也无关紧要，于是便喝了一小杯雄黄酒。这杯酒刚入腹，白素贞便觉得头晕目眩，四肢无力，急忙回房休息。许仙见白素贞回房许久也不见动静，便也前去查看，没想到回到房中掀开床帐一看，一条身长数丈的白蛇盘踞在床上，昏昏沉睡。许仙见此吓得魂飞魄散，"哎呀"一声倒地不起，当场身亡。

许仙的叫声惊醒了白素贞，她化成人形下床一看，不由得悔恨交加，忙唤来小青二人一齐将许仙的尸身抬到了床上。她们一商量，决定要去盗取灵芝草救活许仙。这灵芝草生长在灵山之上，是可以起死回生的仙药，常年有得道成仙的仙鹤仙鹿看守，从不容许有人随意采摘。白素贞和小青腾云来到灵山，惊动了仙鹤仙鹿，四人一番恶战，只杀得难解难分。白素贞虽然道行深厚，但无奈身怀有孕，体力不支，只是为了救丈夫一命，苦苦支撑，发奋苦斗。就在此时，只见灵山山主南极仙翁忽然现身，白素贞忙上前拜见，仙翁见她救夫情切，一番恶战下来也是气喘吁吁，披头散发，不由得动了怜悯之心，说道："你虽是牲畜，却也是深情似海。这仙草你就拿去救你的丈夫吧。"白、青二人喜出望外，忙叩谢了仙翁，带着仙草赶回家中。

许仙服下仙草后，慢慢地醒转过来。白素贞使法术变化出了一条巨蛇，告诉许仙道："官人，那条吓着你的白蛇已经被我杀了，就在后院。"许仙见了假蛇，仍然心有余悸，对白素贞也是半信半疑，他将法海的话又思量再三，还是拿不定主意，终于找了一天借口要去金山寺还愿，独自动身去找法海了。法海见了许仙，便把他留在寺中，再三向他保证白、青必是妖怪，只要他留在金山寺，便有把握收服二妖。许仙开始也听信了法海，但后来想起妻子的温柔多情，现在又有了身孕，不由得慢慢后悔起来，想要回家。法海见状便令徒弟把许仙看管起来。

几日之后，白素贞见许仙还没有回家，心中不安，便偕同小青一起到金山寺寻夫。法海左手托金钵，右手持法杖，在寺门口拦住二人道："大胆妖精，竟敢下凡作乱，迷惑世人，老衲今日便要将你们打回原形！"小青听此言不由得火冒三丈，说道："老秃驴，原来是你不让我姐夫回家！我姐姐姐夫夫妻恩爱，关你什么事。今天让你见识见识我们的厉害！"说着便也拔出宝剑，和法海战在一处。白素贞顾及腹中胎儿，没有上前作战。她拔下头上金簪，迎风一舞，瞬间滔滔江水汹涌而来，蔓延四方，虾兵蟹将成群结队，杀上金山寺。法海见状忙脱下袈裟，在空中一抖，罩住金山寺。洪水每涨一尺，金山寺便随之升高一尺；洪水每涨一丈，金山寺也跟着升高一丈。只见洪水滔天，金山寺却安然无恙，只是苦了四边的百姓，家园遭淹，苦不堪言。白素贞见此也心中不忍，哀叹一声，退了洪水，和小青一起回了杭州。

话说许仙见了法海和白素贞斗法，心中也终于明白了妻子并非人类，不过此时他心中也明白了，妻子虽是妖精，却心地善良，对自己也是一片真心，是人是妖又有何妨呢?! 恰巧金山寺经此一战后确有些忙乱，许仙便趁乱溜下山来，一路赶向家中。路过西湖时，在断桥边正好遇见在此歇息的白素贞和小青。小青一见许仙就火冒三丈，说道："许仙，我姐姐一心一意待你，我们虽是妖精，却也从没有杀生害命，反倒一心行善积德，比那些狼心狗肺的人不知强了多少。你却听信他人谗言，帮着那老秃驴来害我们。事到如今，你还有什么脸面来见我们?!"许仙悔恨不已，泪流满面地恳求妻子原谅，白素贞见他言辞恳切，顾念夫妻之情，也就原谅了他。三人当下一同回家，和好如初。

几月过后，白素贞生下了一个活泼讨喜的男婴，一家人都欣喜不已。婴儿满月这天，许仙特意操办了满月酒，亲朋四邻皆上门道贺。但就在这天，法海也上得门来，闯进内室，悬起金钵向白素贞扣来。可怜白素贞产后身体虚弱，法力不济无法反抗，被一道金光收进了钵中。许仙急忙上前恳求法海，求他放妻子一条生路，法海却说："施主，你不要被她们迷惑，只要是妖精，就一定会害人，老衲收了她也是为你好。"小青见状要上前找法海拼命，白素贞在钵中忙喊道："小青，你道行不够，切莫冲动，保命要紧，快逃！"小青也只得含恨退下。

法海将金钵带到了西湖边，把白素贞压到了雷峰塔下，自己也在西湖边的净慈寺住了下来看守雷峰塔。从此后，许仙和白素贞夫妻二人一个在雷峰塔下苦苦被压，一个在西子湖畔思念爱妻，苦不堪言。岁月如梭，转眼就过了十八年，许仙和白素贞的儿子许士林已经长大成人，他熟读诗书，满腹经纶，进京赶考中了头名状元。状元回乡祭祖，许仙将他的身世仔细告之。许士林得知自己的母亲一直在雷峰塔下受苦，非常难过，当下便带领侍从前往塔边拜祭。状元拜塔也感动了周边百姓，大家都纷纷称赞许士林的孝心。许士林在雷峰塔前的焚香祷告上达天庭，玉帝也被他感动，又考虑到白素贞虽是妖精，却一直与人为善，积了许多恩德，便命天兵下界，开启雷峰塔，放了白素贞出塔。这时，在峨眉山修炼了十八年的小青也回到了西湖，她来到净慈寺找法海报仇，法海此时年迈体衰，更加上上天放了白素贞出塔，令他害怕不已，几下交手便败下阵来，灰溜溜地逃之大吉。

许仙一家终于团聚，而慌忙逃窜的法海躲进了一只螃蟹的壳子里，据说至今人们还可以在螃蟹壳里看见缩成一团的法海。

宝 莲 灯

西岳华山峰峦叠嶂、风景秀丽，自古以来就吸引了众多游人驻足流连，更有许多优美动人的故事自此流传，而"宝莲灯"的传说就是其中最家喻户晓的了。

很久很久以前，掌管华山的是一位仙女——二郎神杨戬的妹妹杨婵。她居住在莲花峰顶的圣母殿中，有丫鬟灵芝常伴身边，此外她身边还携带着华山的镇山之宝宝莲灯。这宝莲灯乃是王母娘娘所赐的一盏神灯，法力无边，杨婵善良仁慈，对前来圣母殿求签问卜的百姓有求必应，用宝莲灯广播福泽，百姓对她感激不尽，都亲切地称她为"三圣母"。

话说这一天，一位叫刘彦昌的年轻书生上京赶考路经华山，他久闻圣母殿香火灵验，所以特来进香。刘彦昌进到殿中后，一见莲花宝座上的圣母塑像便愣住了。原来三圣母貌美异常，这塑像也雕刻得活灵活现，刘彦昌不由自主地被吸引住了，取出笔墨在大殿的墙壁上题诗一首："只疑身在仙境游，人面桃花万分羞。咫尺刘郎肠已断，寻她只在梦里头。"

三圣母隐身一旁，她见刘彦昌年少风流，文采不凡，心中又羞又喜，也生了爱慕之心，灵芝看出了主人的心意，她悄悄使出法力令三圣母突然现身。刘彦昌一见三圣母真身喜出望外，急忙上前倾诉心意，三圣母手足无措，满面红云，羞羞答答地答应了他。二人当时就在圣母殿内叩拜了天地，在灵芝的见证下结为夫妇，从此后他们在华山之上游山玩水，耳鬓厮磨，恩爱无比。

时光飞逝，科考之期近在眼前，二人分别在即。此时三圣母已经怀了身孕，刘彦昌临别之前赠送给三圣母一块祖传的沉香，二人约定产下孩儿便取名"沉香"。

刘彦昌依依不舍地辞别了三圣母前往京城，三圣母在灵芝的陪伴下在华山安心待产。谁知此时突生变故，二郎神得知了三圣母私嫁凡人，勃然大怒，觉得妹妹不仅违反了天规，更败坏了自家门风，丢了自己脸面。他怒气冲冲地来到华山，向三圣母兴师问罪。

三圣母面对兄长的责备据理力争："我与刘郎两相情愿，心意相投，违反了天规又有何妨；我待刘郎一片真情，又有何处丢了兄长的脸面？我情愿舍弃仙身也要与他相守一世！"二人话不投机，动起手来。二郎神仙法高强，三圣母有宝莲灯护身，原本也能与他抗衡，无奈她此时有了身孕，为了保护身上的孩儿，法力大打折扣，不多时便败下阵来，宝莲灯也落入了二郎神手中。

二郎神抓住了三圣母，再次劝她打消凡心，三圣母坚决不从，二郎神怒不可遏，命手下的天兵将三圣母打下了莲花峰顶的黑云洞中，要让她永生永世不见天日。丫鬟灵芝更不是二郎神的对手，只得忠心耿耿地在洞外守护主人。数月后，三圣母在暗无天日的黑云洞里生下了一名男婴，她怕孩子再遭二郎神的毒手，于是便拜托洞外的灵芝让她将孩子带走。灵芝不愿舍弃主人，她将婴孩交给华山土地，令他带着孩子去寻找刘彦昌。华山土地只是一个小神，虽然也惧怕二郎神的淫威，但他更为三圣母的坚贞不屈所感动，所以便偷偷地带着小沉香踏上了寻找刘彦昌的路途。

话说满腹经纶的刘彦昌上京后考场得中，朝廷派他去洛州出任知县。土地得知了这个消息便马上抱着沉香找到了他。刘彦昌见了土地和沉香，知道了分别后三圣母的遭遇，痛不欲生。他知道自己一介凡人根本无法与二郎神抗衡，只能欲哭无泪地接过沉香，父子二人一同前往洛州去了。

转眼间十年过去了，刘彦昌自知和三圣母团圆无望，于是又娶了位夫人名叫王桂英，生了个儿子取名秋儿。沉香不明自己身世，一直以为王桂英就是自己的生身母亲。秋儿与沉香年纪相仿，两人一同在私塾读书，同学中还有一位名叫秦官保的男孩是告老还乡的秦太师的儿子，他生性顽劣不堪，经常仗势欺人，同学们都对他敢怒不敢言，沉香也一向都看不惯秦官保的行径。这一天秦官保因为功课被先生训斥，他不但不受教，还恶言顶撞先生，侮辱先生是个"没用的穷酸"。沉香见了怒上心头，上前抓住秦官保与他打了起来。没想到扭打时，沉香不慎失手，竟将秦官保的头撞在了桌角上，一时血流如注，不到片刻，秦官保已经气绝身亡了。

沉香毕竟还是个孩童，见自己杀了人也是一时没了主意，慌忙和弟弟一起逃出学堂。回到家中，沉香知道这事瞒不住，于是就向刘彦昌和王桂英坦白说在学堂失手打死了太师的儿子。秋儿和沉香兄弟情深，他怕沉香受责罚，于是抢着说打死人的是自己，不是沉香。王桂英袒护自己的儿子，直说肯定是沉香杀人。刘彦昌先是又气又怕，此时见妻子偏向秋儿，又想起沉香没娘的孩子实在可怜，于是便斥责了王桂英，随后命沉香赶快逃出城去。沉香含泪辞别家人，他前脚刚出家门，秦家就领人闹上门来，要刘彦昌交出杀人凶手，刘彦昌见状也只好狠心交出秋儿抵罪。

事有凑巧，沉香离家后一路无目的地游荡，居然走到了华山脚下，遇到了当年送他下山的土地。土地见了他悲喜交加，并对他一五一十地言明了身世。沉香得知母亲为了自己父子遭罪受难，心痛不已，发誓一定要救出母亲。这时恰好霹雳大仙从此路过，他见沉香虽然小小年纪，但是一片孝心天地可鉴，十分感动，于是便收他为徒，带他回了自己的住所，教导他法术武功、六韬三略。六年后，沉香已学得一身本领，他向霹雳大仙辞行，腾云驾雾再次来到华山，登上莲花峰顶。

守候在黑云洞外十六年的灵芝看到长大成人的沉香喜出望外，为了帮助沉香救母，她从天宫盗出神器萱花开山斧交给沉香，自己却因为冒犯天规化作了一块石头。这时二郎神也听到消息，赶到了华山。仇人见面，分外眼红，沉香与他立刻战到了一起。他们云里雾里，刀来斧往，山里水里，变龙变鱼；从天上杀到地上，再从人间杀回天宫；直杀得山摇地动，翻江倒海，天昏地暗。这件事惊动了太白金星，他在云端里看了一阵，觉得二郎神无情无义，欺人太甚。于是就暗中助了沉香一臂之力，偷偷地将宝莲灯从二郎神身上转移到了沉香手里。沉香得了宝莲灯，越斗越勇，越战越神，二郎神再也招架不住，只得落荒而逃。

沉香得胜归来，重新来到莲花峰上。他用尽全力举起萱花神斧，向莲花峰顶劈下。只听得轰然一声巨响，好似天崩地裂一般，莲花峰慢慢地裂开了一道巨大的缝隙，三圣母从中缓缓走出。沉香哭泣着跪倒在地，三圣母百感交集，与沉香抱头痛哭，分别了十六年的母子终于得到了团聚。

兔爷的故事

在月上的广寒宫里不仅住着美貌的嫦娥、砍桂树的吴刚，同时还有一只雪白可爱的玉兔。这可不是普通的兔子，他修炼多年，还精通医术，每日里经常拿着药杵捣药。玉兔不仅医术高超，而且心地善良，至今民间还流传着他为百姓送药治病的故事。

那是很久以前，一次京城闹瘟疫，家家有人病倒，任是吃什么药也都不见效，人们纷纷焚香向上天祈祷。玉兔见百姓烧香求医非常焦急，善良的嫦娥也不忍心看到许多百姓受苦，于是就派玉兔到人间洒药播福，驱散邪气。

玉兔受嫦娥派遣下到凡间，来到京城内。他为了不让大家认出他的原形，就要不停地变幻样貌。在医治病人的途中，他走了一家又一家，望闻问切，无偿赠药，治好了很多病人。人们为了感谢都想要送给他一些东西，可玉兔什么也不要，只是向每户人家借衣服穿。这样，他每到一处就可以换一身装扮，有时扮成书生，有时扮成算命的，有时扮成做小买卖的，有时还扮成妙龄女孩子的样子……但毕竟得病的人太多了，京城又太大，玉兔一天走得再快，也看不了几家病人。为了能走得更快一点，给更多的病人治病，玉兔就骑上马、象、狮子、老虎、麒麟等各种坐骑，不辞辛苦走遍了京城内外，医治好了所有患病的百姓。

玉兔消除了北京城的瘟疫，就回到月宫中去了。老百姓为了感谢他，用泥塑造了玉兔的形象，千姿百态，而且神态都特别可爱，人们都亲切地称其为"兔爷"。因为玉兔来自月宫，所以每年农历八月十五，家家都会供奉兔爷，摆上好吃的瓜果菜豆，用来酬谢他给人间带来的吉祥和幸福。

京城的百姓还都特别热心，大家看着玉兔这么可爱，而且为了给大家治病那么辛苦，又借衣服，又借坐骑，很心疼他。就想出要找个媳妇来辅助他，当然也是希望玉兔能留下，可玉兔给大家治病后还是回月宫了。于是，人们每年祭拜他的同时，还把给他说的媳妇也就是"兔奶奶"一起来祭拜。

孟姜女哭长城

传说秦朝时有一户姓孟的人家，孟家虽然世代务农，但是家境殷实，只有一点不足就是夫妻两个到了不惑之年仍然没有子女，十分寂寞。有一年孟家在自家园内种了一棵瓜，然而瓜秧却顺着墙爬到姜家，结了个硕大无比的瓜。瓜熟蒂落，孟家人打开瓜一看，里面居然有个白白胖胖的女婴。孟家夫妻喜出望外，把女婴带回家中抚养，并给她起了个名字叫孟姜女。

时光荏苒，孟姜女长大成人，她美貌善良，心灵手巧，十里八村的都知道孟家出了个天仙似的好姑娘，孟家夫妇更是把她当成掌上明珠一般。

这时候，秦始皇开始到处抓壮丁修长城，一时间天下人心惶惶，青壮年纷纷离家逃避。有一个叫万喜良的公子也吓得从家里跑了出来，逃跑途中误打误撞地进了孟家的后花园。他跑得口干舌燥，刚想歇息一会，却忽听见一阵人喊马叫，原来抓壮丁的人马也来到了此处。这时恰巧孟姜女也出来逛花园，她猛然看见丝瓜架下藏着一个人，吓得刚想喊叫，万喜良就赶忙钻了出来，上前打躬施礼哀告说："姑娘不要声张，我是逃难到此的，还望姑娘大发慈悲，救我一命！"

孟姜女看万喜良长的斯文俊秀，不像歹人，于是便带着他去见了自己的父母。孟家二老也是忠厚老实之人，他们询问了万喜良的家乡住处，姓甚名谁，何以跳墙入院。万喜良一五一十地做了回答。他们见万喜良为人诚恳、知书达礼，就答应把他暂时藏在家中。万喜良在孟家藏了些日子，老两口见他一表人才，就有意招他为婿。他们和女儿一商量，孟姜女早就对万喜良生了情意，便也羞答答地答应了。他们再问万喜良，万喜良也十分爱慕孟姜女的美丽善良，这门亲事就这样定了。孟家二老择了个吉日良辰，请来亲朋好友，左邻右舍，摆了两桌酒席，欢欢喜喜地闹了一天，俩人就拜堂成亲了。

　　婚后的万喜良和孟姜女夫妻感情和谐，一同孝顺孟家二老，一家人生活过得很是美满。谁知好景不长，抓壮丁的人马再次来到了孟家所在的村庄。万喜良这次没有逃过，被凶神恶煞般的官差带走了。小夫妻难舍难分，抱头痛哭。分手时，他们约好三年后一定夫妻团聚。

　　万喜良走后，孟姜女终日思念，以泪洗面。为解除思念之苦，孟姜女天天爬上村后的高山顶上，在那里盼望丈夫回来。可是，天天望，月月望，就是不见万喜良的影子。这时已是深秋季节，北风四起，芦花泛白，天气一天比一天冷了。这天夜里，孟姜女做了一个梦，梦见万喜良在远方修筑长城，天寒地冻，他的身上瘦骨嶙峋，衣服破烂不堪，在冰天雪地里浑身发抖，还要遭受士兵的毒打。孟姜女醒来，伤心欲绝地哭了一场，心中更加惦记丈夫。她想起丈夫远在北方修长城，一定十分寒冷，就日夜赶制了一套御寒的冬装，要亲手给万喜良送去。孟家二老看她执拗的模样，知道无法阻拦，就无奈地答应了。

　　孟姜女整理了行装，收拾好了寒衣，辞别父母启程上路，踏上了寻夫的行程。一路上，孟姜女不知经历了多少艰难，吃了多少苦，才来到了长城脚下。谁知修长城的民工告诉她，万喜良早已积劳成疾，死在了工地上，而尸骨也因为无处掩埋，被官兵填进了城墙里。

　　知晓真相后，孟姜女只觉得这个消息犹如晴天霹雳一般，整个人马上支撑不住，一下子昏倒在地，醒来后，她伤心地痛哭起来，只哭得天愁地惨，日月无光；只哭得寒风悲号，海水扬波。不知哭了多久，忽听得天摇地动般的一声巨响，长城崩塌了几十里，露出了数不清的尸骨。看着无数的白骨，孟姜女无法辨认哪个才是万喜良。她咬破手指，把血滴在一具具的尸骨上，并在心里暗暗祷告：如果是丈夫的尸骨，血就会渗进骨头，如果不是，血就会流向四方。终于，孟姜女用这种方法找到了万喜良的尸骨。她抱着这堆白骨，又伤心地痛哭起来。

　　这时正逢秦始皇带着大队人马，巡察城墙，从这里路过。他听说居然有人哭倒了城墙，立刻火冒三丈，暴跳如雷。他率领三军来到角山之下，要亲自处置孟姜女。可是他一见孟姜女眉清目秀，如花似玉，就起了不良之心，提出要纳她为妃，并许下荣华富贵。

孟姜女内心对秦始皇的荒淫无道痛恨到了极点，但皇帝的权威无法违抗，她恨不能立刻自杀以免受辱。但她又想起丈夫的冤仇未报，黎民的怨仇没伸，便强忍着愤怒假意答应了他，但要求秦始皇先办三件事：请高僧给万喜良念四十九天经，超度亡魂，然后把他好好地埋葬；秦始皇要亲自率文武大臣哭祭万喜良；埋葬万喜良后，孟姜女要去游山玩水，三天以后才能成亲。

秦始皇虽然觉得这些要求有辱体面，但又贪图孟姜女的美色，只得答应了她。前两件事办完以后，秦始皇兴致勃勃地准备出海游玩，孟姜女也踏上了专门修造的大船。她环望四周，只见茫茫大海波涛汹涌，心内也涌起无限悲愤，她指着秦始皇大声呵斥道："昏君，你为了一己之私修筑长城，刻薄民工，害得我夫客死异乡，尸骨不全；害得无数百姓妻离子散，家破人亡。孟姜女虽然一介女流，也不屑与你为伍，辱没了自身！"一番话说完，不待秦始皇反应过来，孟姜女便纵身跳进了波涛滚滚的大海。

孟姜女虽然跳海身亡了，但是大家都为她的坚贞所感动，孟姜女千里寻夫、哭倒长城的事迹也被百姓流传开来。

梁山伯与祝英台

传说在东晋时期，浙江上虞县的祝家庄里，有一大户人家，主人祝员外财大气粗，但膝下寂寞，只生有一个女儿名叫祝英台，员外爱如掌上明珠。

祝英台生得十分美貌，自幼也聪慧过人。祝员外一心只想她学习女红刺绣，将来嫁个门当户对的人家。但祝英台却心高气傲，她仰慕古时的班昭、蔡文姬等才女的才学，但祝家庄里并没有好的先生，她便想出外到杭州求学，不过这个要求一经提出便被祝员外一口拒绝了。

祝英台求学心切，定下一计。一天，祝家门外来了个算卦的道士，他对祝员外说："令爱在家中心绪不宁，还是出外的好。"祝员外还在纳闷这人怎么知道自己家中事宜，便见那算卦人脱了外衣小帽，原来是英台化装而成的。他见女儿乔扮男装，毫无破绽，又禁不住她的一再哀求，为了不使她失望，只得勉强应允，并要求她三年后必须返家，不得多生事端。

祝英台欣喜不已，当下便打点行装，辞别了家人，带着丫鬟银心一起女扮男装，前往杭州。途中，祝英台邂逅了同样赴杭求学的书生梁山伯。因为目的相同、性情相投，二人一见如故，相谈甚欢，当时就在草桥亭上撮土为香，义结金兰。

几日后，梁山伯与祝英台一同来到了杭州城的万松书院，拜师入学。从此，梁祝二人同窗共读，形影不离，感情愈加深厚。梁祝同学三年，英台觉得山伯忠实可靠，才学过人，心中渐生爱慕之情，但山伯心地单纯，始终不知英台是女子，只念兄弟之情，并没有特别的感受。

三年后，祝员外思念英台，来信催她速速回家。梁祝二人依依不舍，山伯从书院送出一十八里。在相送途中，英台不断借物抚意，暗示爱情。一会以鸳鸯自喻，一会求观音做媒，但山伯忠厚纯朴，始终不解其中缘故。英台无奈，只得谎称家中有个小九妹，品貌与自己酷似，愿替山伯做媒。山伯觉得英台相貌和品行都已是人上人，如果有个和他酷似的女子做自己妻子，那真是想不到的美事，于是便欣喜地答应了。二人当时相约，要山伯日后上门求亲。

祝英台回乡后，见了分别三年的家人，十分高兴，并在无人处悄悄向父亲禀明了自己与山伯的亲事，她认为父亲一向宠爱自己，山伯又人才出众，两人一定能终成眷属。不料祝员外一听此事勃然大怒，认为英台不顾父母之命私结姻缘，大逆不道，且山伯一介书生，贫寒出身，与自家门不当户不对。他怒斥了英台，并告诉她，已经将她许配给了太守之子马文才。英台心系山伯，执意不从，但祝员外严命相逼，并将她软禁家中，只待时日一到，便将她嫁到马家。

这时梁山伯如约来到祝家，却被祝员外拒之门外。银心偷偷出外告知了山伯事情真相，山伯终于得知了朝夕相处的英台就是九妹，她对自己一往情深。但事已至此，美满姻缘，已成泡影。梁祝二人在银心的帮助下，瞒着祝员外在楼台相会，泪眼相向，倾诉愁肠，最终凄然而别。临别时，梁祝立下誓言：生不能同衾，死也要同穴。梁山伯自楼台回家后，思念英台，忧郁成疾，不久便身亡了。英台得知噩耗后，心痛不已，决心以身殉葬。

英台打定主意，在被迫出嫁时，便命轿夫绕道去梁山伯墓前祭奠。来到坟前，英台撕裂身上嫁衣，露出了里面穿戴的孝服。她哀恸号哭道："梁兄，不想楼台一别，竟成永别。你我同窗三年，情深刻骨，无奈有缘无分，天人永隔。英台曾对你许下的誓愿永不悔改，你若有灵，就把英台接走吧！"

英台的一番哭诉使得观者伤心，闻者流泪。忽然间天空中风雨大作，雷电交加，梁山伯的坟墓突然爆裂，英台见此立刻起身跃入坟中，一旁的家丁刚想上前阻拦，不料坟墓马上合拢了。此时风停雨霁，彩虹高悬，旁观的家丁轿夫目瞪口呆、手足无措。不多时，只见一对彩蝶自坟中飞出，蹁跹起舞。众人明白了，这是梁山伯与祝英台真情动天，生虽不能相守，死后却化作一对蝴蝶，成双成对，永不分离。

月老的故事

唐朝时有一名叫韦固的书生，他从小父母双亡，孤身一人，因此当长大成人后便十分想早些娶妻成家。但不知什么缘故，韦固虽然多方求婚但一直没有结果，后来，他婚姻的成功据说还是因为一位月下老人。

一次韦固前往清河访友，途经宋城居住在客栈中。同住的一名客人交谈中得知韦固求婚心切，便为他撮合了一位女子，并约好要二人第二天在城西龙兴寺门口相见。韦固急于见到相亲的女子，于是大半夜的便起身前往会面之地。

到了寺前，正是夜深人静之时，韦固惊奇地发现除了他之外还有另外一人在场。那是一位须发皆白、面容和蔼的老者，身旁放着一只硕大的口袋，正在皎洁的月光下翻看着一本十分厚重的书籍。韦固走近观看，见那书并非经史子集，也不是佛书梵文，里面的文字也是怪异得很，一个也不认识。韦固看得一头雾水，便问那位老者道："老人家，你这正在看的是什么书？"老人抬头看了他一眼，说道："这是记载天下所有男女婚姻的书。"然后又低头继续翻阅。

韦固感觉特别奇怪，心想自己苦读诗书十数年，"姻缘书"却是闻所未闻。他又看看老者身旁的大袋子，好奇地问："那老人家，这袋子里装的又是什么呢？""这里面装的都是红线，普天下所有人的姻缘都要靠它成就。只要用一根红线将一对男女的脚系在一起，那么不管他们是各在天涯海角，还是之间有国仇家恨，最终都会结为夫妻。"

韦固听说此事有关姻缘，更是提起了兴头，继续追问道："果然如此吗？那么老人家，我的婚姻是否也在您的掌控之中，我的未来妻子是何人你也知道吗？"老人微笑着放下手中书籍，言道："当然了，你的妻子现在就住在宋城北面市场中，她的父母就是市场上卖菜的那对夫妇。"韦固想起自己白天见过那对夫妇，忙问道："那对夫妇年纪与我相仿，那女儿才多大？""今年两岁。"

韦固一想自己一个读书人居然要娶个市井小贩的女儿，而且这女孩年纪如此幼小，看来还要等上许多年自己才能成亲，不由得非常懊恼。老人看出了他的心思，笑着说道："书生，你不要觉得这份姻缘委屈了自己，总有一天你会感激我的。"话音刚落，老人便平地消失了。

韦固知道自己是遇到了神仙，这个妻子应该就是注定的了，但是又心有不甘，几番思忖不由得起了坏心。他叫来了随身仆人，让他去市场上那户人家杀掉女孩，认为这就能彻底地断绝后患。仆人领命去了市场，但是一想自己要杀的是个两岁的孩子心里还是十分不忍，犹豫不决。在见到女孩后，他紧张地一刀刺去，失了准头，只伤到了她的眉毛。市场上人头攒动，仆人不敢再贸然伤人，只得逃之夭夭了。

时间一晃过去了十四年，韦固已经科考中举做了官员，但由于种种原因，还是没能娶到妻子，后来终于有相州刺史王秦把女儿许配给了他。韦固欢欢喜喜地和新娘拜过天地入了洞房，掀开盖头一看，妻子十六七岁的年纪，生的端庄秀丽，只在两眉中间有一道浅浅的疤痕。韦固问起这道疤，妻子如实答道："这是我儿时的伤了，那时我才两岁，跟随卖菜的父母在市场上玩耍，不知为何一人突然举刀向我刺来，伤了我的眉毛，落下这道疤痕。"

韦固大吃一惊，忙问起妻子的父母家乡，得知原来这就是十四年前宋城里那个两岁女孩，如今机缘巧合做了刺史王秦的义女，又被许配给了自己。韦固不由得又羞又愧，立刻跪倒向妻子认错，将陈年往事一一诉说。没想到妻子大方明理，丝毫没有怪罪，反而安慰他说："看来你我夫妻都是上天的缘分，你也不必如此自责，日后我们好好相处即可，这样才不辜负那位月下老人的一片恩情。"

韦固从此对妻子又敬又爱，夫妻二人感情和谐，共度百年，而那位主宰姻缘的月下老人的故事也随之被传颂开来。

麒麟送子

麒麟是传说中的神兽，能活两千年之久，雄的称为"麒"，雌的称为"麟"，合称为"麒麟"。麒麟形状似马，生有龙头、牛尾、马蹄、鱼鳞，威风凛凛，口能吐火，声音如雷。麒麟性情温和，不伤人畜，不踏花草，人们因此称它为"仁兽"，又把它看作是祥瑞的象征，更有"麒麟送子"的故事流传民间。

相传那是春秋时期，山东曲阜有一条阙里街，街上有一户姓孔的人家，男主人名叫孔纥。孔纥到了六十六岁时，有许多女儿，儿子却只有一个，叫孔孟皮，无奈这个儿子还是天生跛足。孔纥感觉孟皮有残疾无法继承家业，十分忧虑，就常常和妻子颜徵一起到尼山祈祷，希望上天可以再赐给他们一个儿子。

俗语有云，心诚则灵，不久后颜徵便怀孕了。这天夜里，一头金光闪闪的麒麟脚踏祥云来到阙里街，它举止优雅，不慌不忙地从口中吐出一块方布，布上写的是："水精之子孙，衰周而素王，徵在贤明。"第二天，麒麟消失不见了，而孔纥的家中传来了一声响亮的啼哭声音，孔纥的次子诞生了。众人都说，这是麒麟送来的孩子，布上的意思就是说这孩子有帝王的德行，却不居帝王之位，是个难得的贤能人士，一定能使家族兴旺。

孔纥有了这个儿子后分外高兴，因为和妻子常去尼山祈祷，又因为孩子刚出生时头顶的中间凹下，像尼丘山。所以给孩子起名为丘，字仲尼。而这个孩子长大后便是历史上大名鼎鼎的圣人——孔子。

鲤鱼跳龙门

龙门是我国第二大河黄河的咽喉，龙门山横跨黄河两岸，高山对峙，悬崖壁立，河流奔腾湍急，险不可测，黄河奔流其间，波涛汹涌，咆哮如雷。据说龙门是当年大禹治水时所凿开的，而在未开凿前之时，此处也流传下来了"鲤鱼跳龙门"的故事。

那是在很早很早以前，龙门还未凿开，水流到这里后就会被龙门山挡住，在山南积聚了一个大湖。居住在黄河里的鲤鱼听说龙门风景秀丽，都想去游玩。它们从河南孟津的黄河出发，通过洛河，又顺伊河来到龙门水溅口的地方，但龙门山上无水路，上不去，这群鲤鱼只好聚在龙门的北山脚下。

"我有个主意，咱们跳过这龙门山怎样？"一条大红鲤鱼对大家说。"那么高，怎么跳啊？""跳不好会摔死的！"，伙伴们七嘴八舌拿不定主意。大红鲤鱼便自告奋勇地说："我先跳，试一试。"

大红鲤鱼说完就鼓足了一口气，从半里之外就使出全身力量，像离弦的箭般纵身一跃，一下子跳到半天云里，仿佛飞在了空中，带动着空中的云和雨向前行进。突然间，一团天火从身后追来，烧掉了它的尾巴。它忍着疼痛，继续朝前飞跃，终于越过龙门山，落到山南的湖水中。

此时怪事发生了——落在湖水中的大红鲤鱼眨眼间就变成了一条金光熠熠、威风凛凛的巨龙。山北的鲤鱼们只见到大红鲤鱼被天火烧身，一个个被吓得缩在一块，不敢再去冒这个险了。这时，忽见天上降下一条巨龙说："不要怕，我就是你们的伙伴大红鲤鱼，因为我跳过了龙门，就变成了龙，你们不要畏惧，也来大胆地跳吧！"

鲤鱼们听了巨龙的话，不禁摩拳擦掌，开始一个个地奋力跳跃龙门山。可是除了个别的跳过去化为龙以外，大多数都过不去。凡是跳不过去，从空中摔下来的，额头上就落一个黑疤。直到今天，这个黑疤还长在黄河鲤鱼的额头上呢。

百鸟朝凤

凤凰是中国神话中的神异动物和百鸟之王，生有五彩斑斓的羽毛和有如天籁的歌声，是吉祥和谐的象征。但是传说中最早的凤凰只是一只平凡无奇的小鸟，因为他的善良和真诚，后来才被推举为百鸟之王的。

那是在很久很久以前，凤凰只是一只其貌不扬的小鸟，在百鸟中毫不出色。但它有一个不同于他人的习惯：勤劳。那时候，世间风调雨顺，从未有过灾祸，万物也都自由自在地生长生活，从不知忧虑。森林中的鸟儿也都是每天只会吃喝玩耍，只有凤凰从早到晚忙个不停。他将别的鸟吃剩或者扔掉的果实、五谷都一颗一颗捡起来，收藏在洞里。因为没有时间和其他鸟一起玩耍，凤凰身边并没有朋友，而其他鸟见他每天兢兢业业地收藏食物也都非常不理解，尖嘴利舌的喜鹊讥笑它是财迷精，连笨嘴拙舌的乌鸦也讽刺它是大傻瓜。听了这些冷嘲热讽，凤凰既不生气，也不灰心，还是照常地做着群鸟瞧不起的工作。

不久后的一年，世间遇上了前所未有的大旱灾，山上的草烤枯了，树上的叶子也长不出来。树根草皮都被吃光以后，百鸟再也找不到能吃的食物了，他们有的饿得头昏眼花，有的饿得奄奄一息。昔日里热闹无比的森林变得凄凄惨惨，毫无生机。正在百鸟都绝望的时候，凤凰从很远的地方采食归来了。他看见这光景，急忙打开山洞，把自己多年积存的食物分给了大家。这时百鸟才明白了凤凰昔日辛劳的意义，他们不仅为自己从前刻薄凤凰感到羞愧，更决定以后也要学习凤凰勤劳采摘，努力存储，再不一味玩耍。

凤凰的义举使大家渡过了难关，旱灾过后，百鸟为了感谢凤凰的救命之恩，都从自己身上选了一根最漂亮的羽毛，集在一起，做成一件五光十色、绚丽耀眼的百鸟衣，献给了凤凰。从此，凤凰成了最美丽的鸟，大家也一致推选它为百鸟之王。

以后，每逢凤凰生日之时，四面八方的鸟儿都会飞来向凤凰表示祝贺，这就是传说中的"百鸟朝凤"。

老鼠嫁女

很久很久以前，一对年迈的老鼠夫妇住在阴湿寒冷的黑洞里，眼看着自己如花似玉的女儿一天天长大。夫妻俩许诺，要为闺女找一个最好的婆家，要让闺女摆脱这种不见天日的生活。于是，老鼠夫妇出门寻亲。

刚一出门，他们看见天空中光芒四射的太阳。于是就想道，太阳是世间最强大的，任何黑暗鬼魅，都惧怕太阳的光芒。女儿嫁给太阳，不就是嫁给了光明吗？太阳听了老鼠夫妇的请求，皱着眉头说："可敬的老人们，我不是你们想象的那样强壮，黑云可以遮住我的光芒。"老鼠夫妇哑口无言。于是，他们来到黑云那里，向黑云求情。黑云苦笑着回答："尽管我有遮挡光芒的力量，但是只需要一丝微风，就可以让我'云消雾散'。"老鼠夫妇思考着，就又找到了克制黑云的风。风笑道："我可以吹散黑云，但是只要一堵墙就可以把我制服！"老鼠夫妇又找到墙，墙看到他们，露出恐惧的神色："在这个世界上，我最怕你们老鼠，任凭再坚固的墙也抵挡不住老鼠打洞，最终崩塌。"

老鼠夫妇面面相觑，说道："看来还是咱们老鼠最有力量。"两个老人商量着，我们老鼠又怕谁呢？对了！自古以来老鼠怕猫！于是，老鼠夫妇找到了花猫，坚持要将女儿嫁给花猫。花猫哈哈大笑，满口答应了下来。

在迎娶的那天，老鼠们用最隆重的仪式送最美丽的女儿出嫁。只见张灯结彩，喜烛高照，老鼠新娘头戴翠花，身穿新衣坐在花轿之内，由四个老鼠抬着，新郎官也由傧相陪同，在前引路。迎亲送女，前呼后拥，锣鼓喧天，唢呐欢唱，好不热闹。但仪式结束后，意想不到的事情发生了，花猫从背后窜出，一口吃掉了自己的新娘。

十二生肖

混沌初分，天干地支刚定时，玉皇大帝下令普召天下动物，要按子、丑、寅、卯、辰、巳、午、未、申、酉、戌、亥十二地支选拔十二个属相。消息传出后，惊动了所有的动物。

那时猫和老鼠还是两个交情甚好的朋友，他们得知消息后也跃跃欲试。猫对老鼠说："明日咱们一同去天庭应选，我平时嗜睡，怕误了时辰，五更出发时你可记得喊我一声。"老鼠连声道："好说，好说！"但是第二天五更时分，不讲信义的老鼠却偷偷起床不辞而别了。

到了灵霄宝殿上一看，天上地下的飞禽走兽都云集此处。老鼠暗中窃喜，心想猫没来正好，自己少了个竞争对手。开始应选后，玉帝按天地之别，单挑了龙、虎、牛、马、羊、猴、鸡、狗、猪、兔、蛇、鼠十二种水陆兽类来作十二属相。公鸡当时因为长着两只美丽的角，也被列入兽类里。

玉帝选好了十二种兽类后，刚要给它们排一下座次，只见黑猪闪了出来。他讨好地奏道："玉帝既已选好首领，小臣愿替君分忧解愁，当个公证人，为兄弟们依次排位。"玉帝闻言也表示同意，嘱咐猪要秉公而断，自己便退朝了。

玉帝一走，十二生肖就闹成了一锅粥。几番争论后，大家一致推选温和、宽厚的老黄牛居首位，连威武的老虎、苍龙也敬它几分，表示同意。可是，缩在墙角的老鼠却钻了出来，提出抗议。它说："论大数我大，不信咱们到人间比试比试，听听百姓的评论。"于是，老黄牛和老鼠来到街头闹市。牛在人群中走过时，人们毫无反应。这时，老鼠"哧溜"一下子爬到牛背上打起立桩来，街上的人们纷纷乱嚷："好大的老鼠！"等人们拿出棍棒赶来扑打时，老鼠早已跑远了。

老鼠回来大吹大擂，大家都替黄牛打抱不平，只有黑猪暗自高兴，他觉得只有这样大小不分，好坏难辨，才能鱼目混珠，自己也从中渔利，于是，他大笔一挥先挑了老鼠，后排了老牛。

这可惹恼了在一旁的老虎和苍龙，他俩大声喧叫起来，觉得自己居然排在老鼠的后面，真是岂有此理。老虎和苍龙的怒吼震得众动物们瑟瑟发抖，大家忙向龙、虎朝拜，一致推选老虎为山中之王，苍龙为海中之王，统管天下。猴子还专为老虎写了"王"字金匾，挂在老虎的前额上，而公鸡把两只角送给了苍龙。老虎、苍龙有了人间权势，也就甘居老鼠和老黄牛之后了。

这时，又跳出一个多事的野兔，他冷笑一声说："嘿嘿！论长相我和老鼠差不多，论个子我比老鼠大，我是山王的护卫，应该排在海王前面。"

苍龙一听大怒，说："你休得胡搅蛮缠，不服气咱就比试比试。"狗和鸡素来不和，它见鸡讨好龙，把自己的双角献上，便想借机捉弄他们一下。狗于是选了条荆棘丛生的跑道，暗地里对兔说："你的尾巴太长了，会妨碍比赛的，要忍痛割爱。"他给兔子剪断了一大截尾巴，只剩下一点尾巴根。

比赛开始了，苍龙腾云驾雾，片刻间就飞到了前面去了，可是，当他跑到灌木丛中时角就被树藤挂住了，怎么也摘不下来。野兔上蹿下跳，一口气跑到了终点。于是黑猪不顾众动物的反对，把兔子排在了苍龙之前、老虎之后。

狗去给野兔贺喜，他说："要是不选这样的跑道，不帮你割断尾巴，你怎能取胜?！"野兔正捧着那截粗大的尾巴惋惜，听了狗的话，不屑道："哼！我是凭本领取胜的，没有你，我还丢不了这条漂亮的尾巴呢！"狗一听，眼都气红了，上前就和野兔厮打到了一起。为此事，狗也受了处分，被排到最后头。

而苍龙比赛失败后，抱怨那对角连累了自己，公鸡听到了又后悔又伤心，它对龙说："龙大哥，既然这两只角对你毫无益处，那就请你还给我吧！"龙狡猾地说："这双角虽然害了我，但能装饰我的仪表，还你不难，要等太阳出西山，月亮下东海。"说完，便一个猛子扎下海底去了。天真的公鸡信以为真，它每天天不亮就起来，盼望太阳从西山出来，还不时伸长脖子，向大海呼叫。而公鸡也因为失去了两只角，被排在后头。

此时只剩下猴、蛇、马、羊、猪的排位没有确定了。猪又别有用心地煽动起来："猴弟是陆上的杂耍大王，蛇弟是水中的泅渡能手，你们谁先谁后呢?"经过一番议论，他们决定再到人间进行一次民间测验，进行杂技表演。青蛇邀了红马，猴子邀了山羊，让他俩帮忙。

当时，蛇腹下有十二条腿，行走起来又笨又慢。红马一心为他着想，不声不响地用薄皮给蛇做了一身龙衣，龙衣上面用马鬃编了方格花纹，煞是好看。红马又从腹下刮了一层油脂涂在龙衣上，使龙衣非常滑腻。青蛇穿上龙衣，遮住了笨腿，用滑行代替了步行，既灵敏又美观。

山羊平时就讨厌猴子，嫌他整天蹿上跳下，踩坏了自己要吃的青草，所以对猴子的帮助不那么热心。比赛那天，青蛇披着龙衣，一会儿在树枝上盘卷如藤，一会儿在水面上滑行如梭。他昂起头颈，只用尾尖着地，表演各种杂技，人们连连喝彩。轮到猴子表演了，只见他攀杠子、荡秋千，也赢来不少喝彩，但这些都是人们平时见过的，所以都认为还是蛇的表演比较精彩。就这样，青蛇和红马排在了前面，山羊和猴子排在了后面。

给众动物排完座次，黑猪把自己写在榜首，心想自己这次可是名利双收了。他来到灵霄殿，见了玉帝。玉帝接过座次表，看了一眼便心知肚明，他提起笔来就把前面黑猪的名字勾掉，填在了最后。于是，玉帝让太白金星按地支排写成：子鼠、丑牛、寅虎、卯兔、辰龙、巳蛇、午马、未羊、申猴、酉鸡、戌狗、亥猪十二生辰表，并降下一道谕旨，到人间发布。

老鼠回到家里，高兴地捋着三根半胡须跳起舞来，把熟睡的猫惊醒了。猫问："还不到时候吗？"老鼠说："早过了，咱还争了第一呢！"鼠向花猫绘声绘色地吹嘘起自己的乖巧。猫十分恼怒，起身便向老鼠扑去，老鼠吓得一下钻进了洞里。于是，猫和老鼠就此绝交，并成了世代的冤家。

舜帝与湘妃竹

上古时期的帝尧有两个女儿，大的叫娥皇、小的叫女英。据说这两个女儿分别是由尧的前妻和继娶的后妻所生，两人虽然不是一母，但之间也互敬互爱，感情很好。

那时王位实行禅让制，就是说当首领老去时，他会选择一位英明多才、四海敬重的青年将帝位让给他。帝尧经过一番比较、选择，最终决定了将王位禅让给舜，并想将两个贤惠的女儿嫁给舜，以辅助他管好国事。而关于娥皇、女英同时嫁给舜后，究竟谁为正宫，谁当妃子，尧和夫人争论不休。尧认为，娥皇年纪大，而且性格沉稳，应当为正，而他的夫人偏向自己所生的女英。后来两人最后决定了一个办法：当时舜要前往蒲坂，尧命娥皇和女英同时由平阳向蒲坂出发，哪个先到哪个为正宫，哪个后到，哪个为偏妃。

娥皇和女英姐妹情深，但是又不想违背父母的意愿，只好收拾了行装，准备上路。不过二人约定，不管谁为正、谁为偏，都不影响姐妹情谊。娥皇和女英商议定后，一齐向蒲坂进发。娥皇性情朴实，她跨了一头大马飞奔前进，而女英年纪略小，自小娇生惯养，她选乘了一辆骡车前往，而且觉得这样才够气派。

当时正值盛夏，烈日炎炎，娥皇和女英所乘的骡马都浑身淌汗，当路过西杨村北时，终于出现了一湾溪水，二女决定休息片刻，让牲口饮水解渴，以便继续赶路。饮过水后正要启程时，不料女英车前的母骡，突然要临盆生驹，因此车不得不停。这时娥皇的乘马已奔驰在遥远的前方，而女英受了这番的影响，便做了偏妃，她自己心中不以为意，但尧的夫人却十分气愤，斥责骡子今后不准生驹。而传说骡子不受孕、不生驹，都是受此事的影响。

娥皇、女英嫁给舜后，同心协力助他处理政事，三人之间非常和睦。但舜的父亲非常愚蠢，后母又嚣张，还非常偏心恶劣的弟弟，曾多次联手差点把舜害死，幸亏娥皇女英的帮助舜才得以脱险。

舜在位期间，体察民情，为百姓做了许多好事：他命人按时播植百谷，挖沟开渠以利灌溉；他命人疏通河道，治理洪水。舜还知人善用、选用能人，任命了许多官职：命禹担任司空，治理水土；命弃担任后稷，掌管农业；命契担任司徒，推行教化；命皋陶担任"士"，执掌刑法；命垂担任"共工"，掌管百工；命益担任"虞"，掌管山林；命伯夷担任"秩宗"，主持礼仪；命夔为乐官，掌管音乐和教育；命龙担任"纳言"，负责发布命令，收集意见。他还规定三年考察一次政绩，由考察三次的结果决定提升或罢免。这些人都建树了辉煌的业绩，而其中禹的成就最大，他尽心治理水患，身为表率，凿山通泽，疏导河流，终于治服了洪水，使天下人民安居乐业。可以说，舜开创了上古时期政通人和的局面，成为中原最强大的盟主。

当舜执政三十九年以后，九嶷山一带发生战乱，舜想到那里视察一下实情。舜把这想法告诉娥皇、女英，两位夫人想到舜年老体衰，争着要和舜一块去。舜考虑到山高林密，道路曲折，于是，只带了几个随从，悄悄地离去。娥皇、女英知道舜已走的消息后，也立即起程追赶。当二人追到扬子江边时遇到了大风，不得不停下来，让一位渔夫把她们送上洞庭山，二人在山顶遥望远方，等待丈夫的消息。

后来传来消息，舜不幸死在苍梧之野，葬在九嶷山上。两位夫人闻此噩耗，便一起去南方寻找舜王。二女在湘江边上，望着九嶷山痛哭流涕，她们的眼泪，挥洒在了山下的竹子上，竹子也挂上了斑斑的泪痕，变成了现在南方的"斑竹"，也称"湘妃竹"。因为舜的亡故，娥皇、女英痛不欲生，她们痛哭着跳入波涛滚滚的湘江，化为湘江女神，人称湘君（娥皇）、湘妃（女英）或湘夫人。

姜太公钓鱼

历史上商朝的最后一个王名叫纣，他性情暴虐，贪图享乐，特别是在得了美人妲己之后，他更是无休止地修建宫殿，并造了一个富丽堂皇的"鹿台"，把搜刮得来的金银珍宝都贮藏在里面。他把酒倒在池里，把肉挂得像树林一样，在酒池肉林中过着穷奢极欲的生活，根本不顾百姓死活。一旦有人反抗王命，他就会用各种酷刑镇压，有时甚至就把人捉起来放在烧红的铜柱上烤死，这种叫"炮烙"的酷刑使得朝廷上下人人自危。

纣的残暴行为，加速了商朝的灭亡。这时候，在西部的一个部落却正在一天天兴盛起来，这就是周。周部落此时的首领是文王姬昌，他待人宽厚，对待老年人很尊敬，对待幼儿又很爱护，所以百姓都很拥护他。姬昌尤其尊重贤能之士，请他们帮助他治理领地，因此许多能人志士都纷纷来投奔他。而周部落的强大，对商是个很大的威胁。有大臣就在纣王面前进言，说姬昌现在兵强马壮、德高望重，长此以往必将影响朝廷。

纣王听后便下了一道命令，将姬昌关押在了羑（yǒu）里(在今河南汤阴县一带)。周部落的贵族为了搭救姬昌，便把许多美女、骏马和金银珠宝献给纣王，又送了许多礼物给纣王的亲信大臣。纣王见了美女珍宝，十分高兴，又有大臣在旁劝说，说姬昌"忠心耿耿、绝不会谋反"，他便十分轻松地说："只是一项就可以赎姬昌了。"于是立刻把姬昌释放了。

姬昌见纣王昏庸残暴，丧失民心，经此一事后更下定决心讨伐商朝。可是他身边缺少一个有军事才能的人来帮助他指挥作战。他暗暗想办法物色这种人才，这时，一个名叫姜尚的人出现了。

姜尚曾经在朝歌宰过牛，又在孟津卖过面，岁月蹉跎，转眼已到了垂生暮年，两鬓白发苍苍，他隐居在陕西渭水边，此时的他虽然已经年近古稀，但他满腹才华，胸怀抱负，希望能引起姬昌对自己的注意，学以致用、建立功业。

姜尚常常在一小溪旁垂钓。一般人钓鱼都是用弯钩，上面接着有香味的饵食，然后把钩沉在水里，诱骗鱼儿上钩。但姜尚的钓钩是直的，上面不挂鱼饵，也不沉到水里，并且离水面三尺高。他经常一边高高举起钓竿，一边自言自语道："不想活的鱼儿呀，你们愿意的话，就自己上钩吧!"

一天，有个砍柴人经过溪边，见太公用不放鱼饵的直钩在水面上钓鱼，便对他说："老人家，像你这样钓鱼，一百年也钓不到。"姜尚闻言并不惊讶，而是微笑着举了举钓竿，说："对你说实话吧!我不是为了钓到鱼，而是为了钓到王侯。"

姜尚奇特的钓鱼方法，终于传到了姬昌那里。姬昌知道后，派一名士兵去叫他来。但太公并不理睬这个士兵，只顾自己钓鱼，并自言自语道："钓啊，钓啊，鱼儿不上钩，虾儿来胡闹!"姬昌听了士兵的禀报后，便改派一名官员去请太公来。可是太公依然不为所动，边钓边说："钓啊，钓啊，大鱼不上钩，小鱼别胡闹!"

姬昌这才意识到，这个钓者必是位贤才，要亲自去请他才对。于是他吃了三天素后，沐浴更衣，带着厚礼，前往渭水聘请姜尚。见了姜尚后，姬昌毕恭毕敬地深施一礼，说道："我祖父在世时曾经对我说过，将来会有个了不起的能人帮助我把周族兴盛起来。您正是这样的人。我的祖父盼望您已经很久了。"说罢，就请姜尚一起回宫。姜尚起身理了理胡子，整了整衣冠，跟着姬昌上了车辇，回到了朝中。

因为姜尚是姬昌的祖父所盼望的人，所以大家都叫他"太公望"，而民间的百姓都叫他"姜太公"。

姜太公果然是栋梁之材，他做了姬昌的国相，帮助他整顿政治和军事，对内发展生产，使人民安居乐业；对外征服个部族，开拓疆土，削弱商朝的力量。而姬昌在姜尚的辅佐下，先后打败了大戎、密须得部族，征服了嗜、阁等小国，并且吞并了从属于商朝的崇国，在崇国的地盘上营建了一个丰城，把都城从岐山南边的周原迁到了丰城。

到姬昌晚年的时候，周的疆土大大扩充，西边收复了周祖的老家，现在陕西、甘肃一带地方，东北进展到现在山西的黎城附近，东边到达现在河南沁阳一带，逼近了纣王的都城朝歌，南边把势力扩充到了长江、汉水、汝水流域。据说当时姬昌已经控制了当时天下的三分之二，为灭商奠定了可靠的基础。

孙武练兵

孙武，即孙子，字长卿，春秋末期的齐国人，是我国著名的军事家。孙武生活的那个时代，战乱频繁，他为避战祸，辗转奔波来到吴国。在吴国隐居期间，他刻苦钻研兵法，经过多年的努力，终于编成了《孙子兵法》，并等待时机，以实现自己为国为民、大展才华的抱负。

吴国这时的国王是阖闾，他为了富国强兵，广招贤才。一次偶然的机会下，有人向吴王推荐《孙子兵法》，他读后很是钦佩，盛赞孙武才华出众，是个难得的人才。吴王想亲自考察一下他的实际才能，便召见孙武，并对他说："可以试试练兵方法让我看看吗？"孙武说："可以。"吴王又问："你的练兵方法可以适用于妇女吗？"孙武答："可以。"

于是吴王挑出宫女一百八十人，交给孙武。孙武把她们编成两队，挑选吴王的两个最宠爱的美丽妃子，担任队长，让她俩持着战戟，站在队前。孙武对妃子和宫女说："你们都知道自己的前心、左右手和后背的位置吗？"美妃和宫女们说："知道。"孙武说："向前，就看前心所对的方向；向左，看左手方向；向右，看右手方向；向后，就看后背方向。一切行动以鼓声为准，大家都明白吗？"她们都说："明白。"

孙武部署已定，又命令士卒扛来执行军法的大斧，并指着大斧反复说明军队的纪律，违者处斩。战鼓擂鸣，孙武下达了向右转的命令。妃子和宫女不但不听命令，反而嘻嘻哈哈地笑了起来。孙武说："约束不明，令不熟，这次应由将帅负责。"于是重新又做了说明。然后又击鼓，发出向左的命令。美妃和宫女们又一次地哄笑起来。

孙武说："纪律和动作要领，已讲清楚，大家都说明白了，但仍旧不听从命令，这就是故意违反军纪。队长带头违犯军纪，应按军法处置。"于是，下令要斩左右队长，吴王在望云台上看见要杀自己宠爱的妃子，大为惊骇，急忙传令说："我已经领教了将军练兵的高明了，我没有这两个爱妃，饭都吃不下，请不要杀她们吧!"

孙武说："我既已受命为将，将在军，君命有所不受。"当即把两个队长一同斩首。又指定另外两位妃子任队长，继续操练。这时，再发出鼓令，不论向左、向右、前进、后退、跪下、起立，嫔妃和宫女全都服从命令，而且严肃认真，合乎要求。

孙武见已教练整齐，就派人报告吴王说："兵已经练好了，请大王检阅。这两队士兵，可任意指挥，即使叫她们到水里火里也不会抗命了。"吴王失去了两个爱妃，心里十分不悦，苦笑着说："行了，将军回舍休息吧!我不想检阅了。"

几天过后，孙武先向吴王谢罪，接着申述斩妃的理由："令行禁止、赏罚分明，这是兵家常法，为将治军的通则;用众以威，责吏从严，只有三军遵纪守法，听从号令，才能克敌制胜。"吴王听了孙武的解释，如同醍醐灌顶，怒气消散得无影无踪，当时拜孙武为将军，要他整顿三军，操练兵法。

后来，吴国军队在孙武的严格训练下，纪律严明，战斗力很强，在吴、楚大战中，吴军五战五捷，打败了楚国。以后，吴军又威震齐、晋两大中原强国，吴国在列国诸侯中威名远扬。

张良拾鞋

汉朝名臣张良出身于贵族世家，祖父曾经连任战国时韩国三朝的宰相，到了父亲张平时，也继任了韩国二朝的宰相。但是到了张良的时代，韩国已逐渐衰落，并终于被秦国所灭。

韩国的灭亡，使张良失去了继承家业的地位，更丧失了世代相传的显赫荣耀。他家学渊源，自小苦读诗书，但却失去了报效国家、大展才华的机会。同时，统一了六国的秦始皇此时的统治十分严苛、暴虐，百姓民不聊生，张良不由得把一腔亡国亡家的愤恨集中到了秦始皇身上，想要刺杀他以报国仇家恨、救百姓于水火之中。

　　张良到东方拜见仓海君，共同制定了谋杀秦始皇的行动计划。他散尽家财，找到了一个大力士，为他打制了一只重达五十斤的大铁锤，然后差人打探秦始皇东巡的行踪。按照当时君臣车辇规定，秦始皇所乘的车辇应该由六匹马拉车，其他大臣的由四匹马拉车，所以张良等人将刺杀目标定在了六驾马车身上。

　　秦始皇开始东巡后，张良得知巡游车队即将到达阳武县，于是便指挥大力士埋伏在到阳武县的必经之地——古博浪沙。不多时，远远看到三十六辆车由西边向博浪沙处行走过来，前面鸣锣开道，紧跟着是马队清场，黑色旌旗仪仗队走在最前面，车队两边，大小官员前呼后拥。见此情景，张良与大力士确定是秦始皇的车队到达。但所有车辇全为四驾，分不清哪一辆是秦始皇的座驾，只能分清车队最中间的那辆车最为豪华。于是张良指挥大力士向该车击去。五十斤的大铁锤一下将乘车者击毙倒地。张良趁乱钻入芦苇丛中，逃离现场。

　　然而，被大力士击打毙命者为副车，并非秦始皇的车辇。秦始皇因多次遇刺，早有预防准备，所有车辇全部四驾，并时常换乘座驾，刺杀者自然很难判断哪辆车中是秦始皇。秦始皇此次幸免于难后，下令在全国大肆搜捕凶手，但搜索了十天后依然没有头绪，只得不了了之。

　　话说张良因刺杀秦始皇未遂，为了躲避搜捕，不得不埋名隐姓，逃匿于下邳，静候风声。他思虑着国仇未报，不由得郁闷不已，整日里在隐居处的周边徘徊，冥思苦想救国之策。

　　一天，张良信步到了沂水圯桥头，遇到了一个穿着粗布短袍的老翁。这个老翁走到张良的身边时，故意把鞋脱落桥下，然后傲慢地差使张良道："小子，下去给我捡鞋!"张良不由得一愣，但他一向尊重老者，于是还是强忍心中的不满，下了桥替老翁取了鞋上来。

哪知道随后这老翁又跷起脚来，命张良给他穿上鞋子。此时的张良已经气得涨红了脸，恨不能与这老者争论一番，但因他已久历人间沧桑，饱经漂泊生活的种种磨难，因而强压怒火，膝跪于前，小心翼翼地帮老人穿好鞋。老人非但不谢，反而仰面长笑而去。张良呆视良久，只见那老翁走出里许之地，又返回桥上，对张良赞叹道："孺子可教矣。"并约张良五日后的凌晨再到桥头相会。张良不知何意，但还是恭敬地跪地应诺。

五天后的鸡鸣时分，张良急匆匆地赶到桥上。谁知老人已经故意提前来到这里，此刻已等在桥头，见张良来到，忿忿地斥责道："与老人约，为何误时？五日后再来！"说罢便甩袖离去了。张良无奈，只得返回住处。

第二次张良再次晚了老人一步。到了第三次时，张良索性半夜就到桥上等候。天刚刚泛白时，只见老人的身影慢慢地向桥这边走来。他见张良在此等候，十分高兴。张良以其至诚和隐忍精神感动了老者，老者送给他一本书，说道："读此书则可为王者师，十年后天下大乱，你可用此书兴邦立国；十三年后再来见我吧。"说罢，扬长而去。这位老人就是传说中的神秘人物：隐身岩穴的高士黄石公，亦称"圯上老人"。

张良惊喜异常，捧书一看，乃是周朝时姜太公传下的一部《太公兵法》。从此，张良日夜研习兵书，俯仰天下大事，终于成为一个深明韬略、文武兼备、足智多谋的"智囊"。

后来，矢志抗秦的张良聚集了一百多人，扯起了反秦的大旗。后因自感身单势孤，难以立足，只好率众往投景驹(自立为楚假王的农民军领袖)，途中正好遇上刘邦率领义军在下邳一带发展势力。两人一见倾心，张良多次以《太公兵法》进说刘邦，刘邦多能领悟，并常常采纳张良的谋略。从此，张良深受刘邦的器重和信赖，并在日后成了汉朝的开朝功臣，成就了一番大事业。

桃园三结义

　　山东省安丘市辉渠镇的大桃园村里，过去有一座"忠义庙"，供奉着三国时期的刘备、关羽、张飞三人的塑像，大桃园村和北邻小桃园村的村民大多数是刘姓人家，自称是刘备传人，而桃园结义这一段优美的传说，也在中国民间世代流传。

　　相传，东汉末年，河东人氏关羽诛杀了欺压百姓的县令，为了躲避官兵的追捉而离家在外。一天，他来到了潼关，发现城墙上贴满缉拿他的画像。关羽不敢过关，到水边洗了一把脸，洗完向水中一看，自己的脸变成大红色了，差点连自己也认不出来，于是，大大方方地向关门走去。

　　一天，关羽沿着齐长城走来，在山间小道迷了路，饥肠辘辘，到处寻找村庄和客栈。日到中午，他终于走到一个小村庄，在村头就听到街上人声嚷嚷，一群人聚在一处不知道在做什么，他遂上前打听。原来，此地有一个名叫张飞的黑脸大汉，经营一小店卖酒屠猪。这个张飞，别看长相粗莽，喜好玩刀耍枪，却更好结交天下朋友。这天，他从大龟山扛回一块千斤奇石放在店前，言明谁要举起来，就白送十斤猪肉和三斤白酒。其实，这就是变相地向周围的人挑战。张飞心里明白，在这十里八乡，到现在真还没有谁敢和他较劲的。等了半晌，果然没一人能举起，张飞哈哈大笑，走进店门自己休息去了。而看热闹的人聚在一起，大家你看看我、我看看你，都没办法举起石头白吃酒肉，就在一起议论纷纷。

　　这时，关羽上前问明情由，决定举它一举，弄点吃的。关羽挽起袖子，紧紧腰带，只听"嗨"的一声，把千斤石搬离了地面，众人大声叫好。"咿呀"一声，大石又举过了头顶，看热闹的人更是齐声喝彩。张飞听到门外叫好声，探头一瞧：哪来的这么个力大无比的红脸大汉？张飞在心中思忖："输掉酒肉倒是小事，只是这人这么厉害，不知道和我比谁的本领更高强？"想到这，张飞出了店门对关羽说："你举起了石头，我这酒肉却不能送给你，除非你能打败我。"关羽见他言而无信，也动了火气，瞬间两人就斗得难分难解。

这时，刘备恰好路经此处。他是汉室贵族，只是家中到他这一代已经没落，但是他胸怀大志，见此时天下大乱，正是做一番大事业的好时候，所以就以卖草鞋的名义，周游各地，网罗人才。他看关羽和张飞都是不可多得的好汉，就上前一步、胳膊一抬，将他俩拦开，调解二人的纷争。听完关羽和张飞的诉说，刘备暗暗钦佩二人都是少有的豪侠义士，将来必成大事。关羽和张飞经过前番较量，已在心中佩服对方武艺高强，再经刘备调解，二人便讲和了。三人在谈话中也觉得十分投缘，遂定于明日再择地相聚。

话说这家村落后有一桃园（今辉渠镇大桃园村），园内桃花盛开，鸟语花香，蜂鸣蝶舞，景色十分宜人。刘、关、张三人第二天就相聚于此桃园。三人相谈甚欢，相见恨晚，于是就在一桃树下祭天拜地，焚香叩首，共结兄弟，约定"不能同生、但求同死"。

刘、关、张三人在桃园拜盟结义后，接下来就是排三人的行次了。一般的拜盟兄弟当然是按年龄排行次，可是张飞心气很高，他的年龄却又最小，就不服气地说道："咱们排行次应比本领、比力气，谁的力气大谁才是大哥。"关羽接着说："刘备已经把争斗中的咱们分开了，所以数他力气大，应该是大哥，咱们两个不分上下，还怎么比较？"

刘备见张飞依旧面带不忿地沉默不语，便笑着说："比武没有结果，那就斗智吧！"张飞一听还可以比试，就连声说好。刘备接着说："咱们比比看，谁能把鸡毛扔到房上去，谁就是大哥，好不好？"

关羽和张飞都表示同意，张飞性子最急，他回村里抓来一只鸡，拔下根鸡毛就用力地向房上扔去，但不管使多大的力气，鸡毛总是扔不高就轻飘飘地掉回地面。随后关羽也没扔上去。轮到刘备时，他不紧不慢地拎起那只鸡，轻轻一抡就把整个鸡扔到房顶上去了。

张飞见状愣了一下，随后便喊道："你扔鸡不算，这鸡俺老张也能扔！"刘备却笑着说："难道鸡毛没上去吗？"张飞无言以对，只好认输，和关羽一起敬刘备为大哥。

这时刘备又微笑着说："张飞扔得最早，扔得次数也最多，可是都没成功，按道理应该排老三。三弟，你有何意见？"张飞遂哈哈笑着说："我认输，认输，大哥、二哥在上，请受小弟一拜。"

桃园三结义之后，刘、关、张三人携手作战，共打天下，建立了蜀国，与魏、吴并肩而立，在乱世之中开辟了一番大事业，三人的兄弟情义也被世代的人们所传颂。

诸葛亮拜师

诸葛亮，字孔明，号卧龙，是我国三国时期蜀国的丞相、军师，传说他通天文晓地理，精通阴阳八卦，是个有经天纬地之才的人物，而关于他的师承来历，还有个动人的传说。

据说诸葛亮幼时比较愚钝，到了八、九岁时还不会说话，又因为家里贫困，父亲就让他在附近的山上放羊。在这座山上有个道观，观内有个须发皆白的道人，颇具仙风道骨。老道人常常会在山上遇到小诸葛亮，见他虽然不会说话，但是十分聪明可爱，便施针用药治好了他的哑病。

诸葛亮能开口说话后十分高兴，他叩谢老道人时，老道人只说："你不用谢我，你我相识也是缘分一场，你回家告知父母，我不仅要医治你的顽疾，还要收你为徒，教你识文断字、天文地理、阴阳八卦。你若学会了这些，就会成为旷世奇才。只是学习非一日之功，也是十分辛苦的历程，你不可有一天的旷课，更不能半途而废。"诸葛亮听了道人的一番话后，喜出望外，回家禀明了父母后，便到了道观正式拜师，从此每天他都上山学习，准时准点，风雨无阻。师父在教授的同时，也发现他天资聪颖，诗书兵法过目不忘、举一反三，是个难得的人才，于是更加喜爱他了。

时光荏苒，转眼间诸葛亮跟随道人已经学习了七、八年的时间，而他自己也由一个懵懂孩童长成了一个翩翩少年。而这一年，就在诸葛亮每天上山的路边，建起了一座宅院。一次诸葛亮下山路经此处，突然间狂风大作，瓢泼大雨顷刻而至。正在无处躲避之时，一个从未见过面的年轻女子把诸葛亮迎进了屋里。只见这少女穿一身白衣，身段婀娜，十分美貌，诸葛亮当时不由得心内一动。少女也是殷勤地端茶奉水，两人经过一番攀谈已是难分难舍，少女与他约定，要他以后每天都来此处相聚，诸葛亮也是兴冲冲地答应了她。

从这以后，诸葛亮每天都到女子家中，二人谈天说地，下棋弹琴，女子还常常备下酒菜，盛情款待，诸葛亮自有生以来从未经历过这种情形，一时间不由得被她迷得神魂颠倒，连上课学习时也往往心不在焉，只盼着赶快下山与少女相聚。

师父很快发现了诸葛亮的异样，他把诸葛亮叫到面前，长叹一声说："小时了了，长大未佳。想不到我多年的功夫竟要毁于一旦。"诸葛亮听了师父话中的意思，只是心中还很迷恋那少女，便红了脸在一旁不作声。师父望着他继续说："你天资聪颖，又肯下功夫苦读，本是个大有前途的孩子，只是没想到长大后却是如此经受不住诱惑。为师不忍见你如此，少不得泄露些天机了。"

听到"泄露天机"四字，诸葛亮不由得一头雾水，只听得师父说道："近水知鱼性，近山知鸟音。看你的神色，观你的行动，为师就知道你的心事了。只是你并不知晓，那日日与你相聚的女子本不是人类，它原是天宫一只仙鹤，只因贪嘴偷吃了王母娘娘的蟠桃，被打下人间，它化作美女，不学无术，只知勾引少年寻欢作乐。你只看它表象，知它貌美有趣，与它吃喝玩乐，倒也逍遥，但这样浑浑噩噩下去，终身将一事无成啊。"

诸葛亮闻言大吃一惊，原来自己的心上人只是一只仙鹤，这个消息

061

将他的满腔情谊打消得一干二净，再想到自己连日来的所作所为，诸葛亮不由得羞愧难当，跪倒在师父面前请求宽恕。师父见他知错能改，也十分欣慰地说："你不再与那仙鹤厮混当然是好，但它终究是有了灵性的仙禽，此番你不顺它的意愿，恐怕它就要加害于你。你要烧掉它的人形外衣才好，一来绝了你的念想，二来也以防它以法术伤你。"

诸葛亮便向师父请教制服仙鹤的招法，一番吩咐过后，师父将一把龙头拐杖递给他，又说："那仙鹤见你烧了它的衣裳，必不与你甘休。如果伤害你时，你就用这拐杖去打，切记！"诸葛亮谨记师父的话语，在第二天子时来到了仙鹤的宅院。原来那仙鹤每晚到了子时都会现出原形到天河中洗澡，脱下的人皮便扔在人间的住所内。诸葛亮按照师父的嘱托找到了仙鹤的外衣，点起一把火就烧了起来。

仙鹤正在天河里洗澡，忽觉心头一颤，便急忙往下张望，发现自己家内出现火光，心知大事不妙，急忙飞了下来。它见诸葛亮正烧自己的衣裳，就扑过来便啄诸葛亮的眼睛。诸葛亮眼疾手快，拿起拐杖，一下子把仙鹤打落在地，并一把抓下了它尾巴上的羽毛。仙鹤拼命挣脱，翅膀一扑一闪，又腾空飞去。仙鹤外衣被烧，再也不能幻化人形，它自己也知道所作所为十分不光彩，就只能永远留在人间，混进了白鹤群里。

诸葛亮拿这仙鹤羽毛去见师父。师父说："这羽毛也是仙物，你就留着吧，也好做个借鉴，日后再不可被外界诱惑影响了自身的学习。"从此之后，诸葛亮更加勤奋，凡师父讲的，书上写的，他都博学强记，心领神会。师父见此十分欣慰。

时间又过了一年，师父把诸葛亮叫到了当年烧毁仙鹤衣裳的院内，说道："徒儿，你我师徒已经九年，缘分已尽，为师的所学所知也全传授于你了。从此后你就自己去闯荡世间，为师也好去四处云游了。"

诸葛亮一听师父说他"满师"，十分不舍，恳求师父要留在道观继续侍奉，师父微笑着说："我真的没有什么可以教授了，而且书中学来的知识，要看天地万物变化，随时而转，随机应变，才能学以致用。就像你一年前在此处遇到的仙鹤一般，那就是最直接的教训。推而广之，世上一切事物都不可被它的表象所迷惑，要小心谨慎从事，洞察其本质才是。这算是我临别的嘱咐吧。我去意已决，莫再挽留了。"

诸葛亮顿时热泪滚滚，说道："师父一定要走，请受徒弟一拜，以谢栽培大恩！"说着便屈膝跪倒，大礼叩谢师父，等他抬起头来，却再也不见师父的踪影，只有一件师父刚才所穿的八卦衣留在地面。

诸葛亮为了怀念师父，便把师父的八卦衣穿在身上，并把仙鹤的羽毛做成了一把扇子日常携带，告诫自己谨慎从事，不忘师父教诲。

魏征"瞒天过海"

唐太宗李世民开创了中国历史上著名的"贞观之治"，其时政通人和，国富民强。百姓交口称赞皇帝圣明的同时，也不忘那些辅佐皇帝、鞠躬尽瘁治理国家的臣子。魏征就是其中最著名的一位，他向来以忠诚直谏著称，深受李世民的信赖，被李世民尊为"一面镜子"。

据说魏征原来是唐太宗的兄长、太子李建成的谋士，他之前一直努力劝说太子设法除掉李世民，恐其篡权夺位，但因为种种原因，李世民抢先发动了玄武门政变，杀死太子自己继位当上了皇帝。

登基后，李世民命人把魏征押送上殿，责问为什么当初劝太子除掉他。魏毫不畏惧地直言相告："如果不除掉你，你必然会杀了太子篡夺皇位。如果太子早听我的，哪有你的今天！"太宗被魏征的忠烈和正直所感动，不仅没有问罪，反将魏征委任为谏议大夫。魏征佩服李世民的大度容人之量，也摒弃前嫌，忠心跟随李世民安邦定国尽心尽力。魏征向李世民提出过许多利国利民的建议，都被李世民一一采纳，有时候李世民本身行事出现差错，他也丝毫不顾及皇帝的颜面，直接当面指出。因此，李世民非常敬重魏征，很多国家大事都先同他商议。

传说有一次唐太宗要出海御驾亲征，讨伐东方的一个国家，点名叫魏征随驾前往，以警惕东征中断事有误，造成损失。这天，东征大军来到渤海湾边凡人蓬莱附近，此时正遇秋季，海面上风大浪急，波涛滚滚，太宗见状，心中不禁开始犹豫。

因为前天夜里太宗做了一个梦：东征大军千军齐发，乘风破浪，行驶在茫茫大海之中，行至深海处，突然一个巨浪向太宗乘坐的大船扑来，浪头落下一条巨大的龙，血红大口吹出一股雾气，把太宗卷入大海之中，太宗拼命挣扎，大呼救命。醒来一看原来是一场梦，只是此时他已经浑身大汗淋漓。太宗这时看见波涛怒吼的海面，又想起梦中之事，不禁害怕此次渡海凶多吉少，便下令全军驻扎蓬莱，迟迟不肯发兵，只是终日带领部下到山中打猎游玩。魏征催他几次，他也只是一再搪塞拖延。

魏征深知兵贵神速之理，倘若敌国闻讯早做准备，此次东征就难以取胜了。而如果皇上不亲自出征，又势必影响士气，胜利的希望更加渺茫。这时他也猜到太宗不肯发兵是怕渡海遇难，于是同众谋士将领商议了计策。他命人将方圆几十里的造船工匠都请到了蓬莱，让他们仿照宫中殿宇的式样，建造了一艘与宫殿一般无二的巨大船舶。同时派人连日打马奔赴长安，把皇宫中的许多歌女太监都接到了蓬莱。

万事俱备后，魏征假意劝说李世民，说出海危险，让他先行回宫等候，李世民见此言正和心意，便顺水推舟地答应了。这天傍晚，大雾弥漫，海上风平浪静。魏征宣布"起驾回宫"，唐太宗李世民在大臣兵将的簇拥下启程了。但是一班人马按照魏征事先的指示，仅仅是围着蓬莱转了半圈后就又回到了海边，来到了事先造好的大船旁。

离船很远时，李世民就听到笙歌笛唱，恰似宫中乐曲，不由得循声而去，登上了富丽堂皇的大船。上船后，太宗见到宫中歌女太监纷纷前来见驾，顿时就觉得自己已经回到了皇宫内院，魏征率领群臣也上前陪同太宗饮酒作乐。

一夜过后，日出东方，海上大雾消散，此时的太宗酣睡在龙榻之上。到了辽东半岛时，侍从才上前启奏叫醒了他，说请皇上起驾上岸，太宗闻听大惊失色："分明在宫中一夜，如何却到了辽东。"魏征不慌不忙地上前叩见，向太宗奏明前后经过。李世民听后十分赞赏魏征的良苦用心，随即下船整顿部队，浩浩荡荡地东征去了。

魏征"瞒天过海"的故事很快传遍天下，至今仍在蓬莱沿海渔村广为流传。

钱王射潮

"八月十八潮，壮观天下无"。这是北宋大诗人苏东坡咏赞钱塘秋潮的千古名句。千百年来，钱塘江以其奇特卓绝的江潮，不知倾倒了多少游人看客。但是在五代之前，钱塘潮并不叫钱塘潮，它带来的也并不是壮观澎湃的景观，而是毁坏堤坝、淹没农田的祸事。那时的潮水浪高、冲击力猛，堤坝经常是刚刚修好就被冲毁。"黄河日修一斗金，钱江日修一斗银"，那时候潮水给人们带来的灾害，从这句话里就可以想见了。

潮水害民的情况一直持续到了唐朝末年，一个名叫钱镠的人在动乱的江南创立了吴越国，定都杭州，人称"钱王"。钱王治理杭州的时候，各项政事处理起来还比较容易，只是这道钱塘江的堤坝最难修建。因为潮水一天一夜要来两次，有时早上刚修筑好的堤坝到了傍晚就被毁坏了，工程进行得异常艰难。

钱王见堤坝屡修屡坏，想尽办法也无济于事，十分苦恼。这时有位杭州当地的年迈乡亲告诉他，这是因为钱塘江内有个潮神每每作祟，鼓动潮头，祸害百姓，毁坏堤坝。钱王一听顿时火冒三丈，恨不得立刻抓出潮神把他就地正法，那位乡亲看钱王动了火气又急忙劝道："大王切莫动气，我们凡人对这潮神是无计可施的，他来的时候，是随着潮水翻滚；走的时候，是跟着潮水退去。我们凡人，既看不见，又捉不到。我小时候还有人就是乘着铁打的船去寻他，但只要一碰到潮头，也会给吞没得无影无踪。八月十八是潮神的生日，每年的这天我们都要奉上祭品，潮神如果合了心意，还会给我们几天太平日子过。"钱王生性勇猛，从来不曾畏惧过什么，听完老者的劝导，他想了一想后说道："好，那我倒要见识一下这个潮神。八月十八这一天，给我聚集一万名弓箭手到江边，咱们好好祭祀一下这位神仙！"

八月十八日到了，因为是潮神的生日，所以这一天的潮头最高，水势更是排山倒海、凶猛无比。钱王命人在钱塘江边搭起了一座大王台，并于一大早就到台上观看动静，等待潮神的到来。眼看时辰将至，但是从当地挑选出来的一万名精锐的弓箭手，却一时无法聚齐，并有将官禀告道："大王！弓箭手向江边来时，要经过一座宝石山，此地山路狭窄崎岖，只容一人走过，因此来得慢了。"

钱王在众人的带领下，来到了山前，发现弓箭手们果然都被挡在了这里。钱王机敏地四处看了一会，发现山的南半边有条裂缝。他用两只脚踩在裂缝处，用力一蹬，只听"轰隆隆"一阵巨响，这座山竟然分成了两半，山的中间出现了一条宽阔的大路。弓箭手们欢呼雀跃起来，很快就通过了大山，来到了江边——从此，这里就叫"蹬开岭"，而钱王的一双脚印，直到如今还深深地陷在石墙上面。

钱王又飞快地骑着马到处巡视了一番，等他再到江边大王台上的时候，一万名精兵早就排好阵势，个个雄赳赳、气昂昂地拿着弓箭，望着江水。钱江沿岸的百姓，受尽了潮水灾害，如今听说钱王射潮神，都争着观战助威，真是家家闭户，人人出动，几十里路长的江岸，黑压压地挤满了人。钱王见了这般声势，更加心潮澎湃，立刻叫人拿来了笔墨，写了两句诗道："为报潮神并水府，钱塘且借与钱城。"

写好后，钱王将诗丢进江水里去，并大声叱道："潮神听了！从此后不许再兴潮破坏修堤，否则就休怪我手下无情了。"此言过后，岸上的百姓都神色紧张地对着江水，观看动静。可是潮神并没有理睬钱王的告诫，一会儿，但见远远一条白线，飞疾滚来，愈来愈快，愈来愈猛，等到近时，就像爆炸了的冰山、倾覆了的雪堆似的奔腾翻卷，直向大王台冲来。钱王见了，大吼一声，喝令："放箭！"话音一落，他抢先就"嗖"的一箭射了出去。

这时，只见万名精兵，万箭齐发，直射潮头。百姓们也都跟着大声呐喊助威。一万支箭射出后，又是一万支箭；这一万支箭射后，又紧跟着一万支箭。"嗖嗖嗖"，霎时射出了三万支箭，逼得那潮头不敢向岸边冲击过来，只好弯弯曲曲地向西南逃去，最后消失得无影无踪了。因此直到今天，潮水一到六和塔边就快没有了；而在六和塔前面，江水弯弯曲曲地向前流去，像个"之"字，因此人家又叫这个地方为"之江"。

钱王射潮，气壮山河，可谓动天地泣鬼神，而在钱王怒射潮头后，终于筑好了堤坝。为了纪念钱王的功绩，人们就又把江边的海堤叫"钱塘"。钱王因射潮筑塘，拓展杭州城，繁荣了杭州经济，而赢得了后人的崇敬和称颂。

赵匡胤千里送京娘

宋太祖赵匡胤是河北涿县人，他胸怀大志，生性豪爽，年轻时经常行侠仗义，四方游走，结交天下英雄。

话说这一天赵匡胤乘兴南下，前往武安探望旧友，行至摩天岭清油观时，因夜色已晚而借宿观中。他流连观内的景致，趁着月色四处观看，走到后院时忽然听到隐约的女子啼哭声，他顿觉奇怪，便向观主打听是何缘故，得知那女子原来是被一伙强盗打劫掠到这里的。赵匡胤艺高人胆大，他操起兵器与强盗一番打斗后，将此女子解救了出来。

赵匡胤询问后，得知这女子也姓赵，名叫京娘，是山西永济人，这次是随父亲外出上香还愿，没想到途中碰到一伙强盗，为首的两个一个叫周进，一个叫张广，二贼见京娘貌美，顿起不良之心，将京娘抢走，准备带回山寨做压寨夫人，这时是暂将京娘藏匿于清油观内，等再抢一个女子后，再回山上。

赵匡胤听了京娘的遭遇后，侠义心肠油然而生，怒道："朗朗乾坤，岂容贼人胡作非为！"并提出要亲自护送京娘返回老家永济，京娘听后面呈难色，赵匡胤思忖了一下后也觉不妥，因为二人毕竟是孤男寡女，此地返回山西路途遥远，一起同行多有不便。为避嫌疑，又因为二人都是姓赵，于是由道长做主，双方结拜为义兄妹。

赵匡胤的坐骑是一匹难得的千里马，跑动时犹如一匹燃烧的火云，名称为赤麒麟。他将赤麒麟让给了京娘乘坐，而他则牵着缰绳，在马前步行。京娘推辞不敢，他却爽朗地说，他的脚板大如马蹄子，走起来，也和它日行千里的速度不相上下。于是二人便一人马上一人马下，踏上了前往山西的路途。

赵匡胤护送京娘行至黄茅店时投宿进了一家客店，不想这原来是一家黑店，和掠夺京娘的那伙强盗素有来往，店小二事先就知道了赵匡胤的事情，所以一见二人到来就火速向周进和张广通报了消息，并在第二天二人上路时派人尾随其后。

赵匡胤和京娘到达贞义岛上黑松林时，天色已晚，茫茫夜色中只有丛林深处的一户人家还亮着灯光。这家中此时只有一个老者，他热情地招呼赵匡胤和京娘进屋歇息，三人一番客气后老者上下打量了一番赵匡胤，又捻须笑道："公子仪表堂堂，将来必是江山之主。"赵匡胤闻言大吃一惊，忙说"不敢、不敢"。老者不以为意，又接着说："凡成大事者，命中必有注定的劫数，小老儿不才，今天就为你指点一二。今夜公子不能休息，二更时分仇人将至，切记切记。"说完也不理会二人，独自进里间去了。

赵匡胤这时虽然也是半信半疑，但是也不敢放松，熄了烛火在黑暗中静待二更。不多时，就见小屋外面悄悄出现了一群人马，仔细辨认后发现正是周进、张广与一众喽啰。赵匡胤不慌不忙地出门与其交战，并率先将为首的两贼人打死，周围的喽啰见他如此神勇，也都吓得四散奔逃。赵匡胤得胜后又回去寻找老人道谢，却发现屋内已是空空如也，他料想这肯定是神人相助，便恭恭敬敬地对空屋深施一礼，随后带着京娘继续上路了。

赵匡胤和京娘继续前行，来到了一个无名的村落，兄妹二人就借宿在这村中的驿站之内，由于多日劳累，京娘请义兄将身上脏衣脱下，拿到驿站旁的滴翠潭清洗备用。换上新装的赵匡胤更是仪表堂堂，雄姿英发，他信步游览，只见眼前青山秀水，旭日霞光，美不胜收，此情此景更激发了他满腔激昂，心里暗暗发誓，定要为国家为黎民做一番大事，想到此不由得诗兴大发，即兴在山崖上题下"欲出未出光辣挞，千山万山如火发。须臾走向天上来，逐却残星赶却月"的《咏日》诗。此后，这村落便因赵匡胤曾在此换衣、题诗而有了新的名字"搭衣岩村"。

在这些时日的交往之中，京娘感到赵匡胤是个顶天立地的英雄，更是个难得的正人君子，心中的爱慕之情也油然而生，只是她还是少女情怀，不敢随便说出口。半个月后，赵匡胤终于护送京娘到了家中。赵家人一见都喜出望外，一番喧谢之后，更挽留赵匡胤住下，第二天要设宴款待他。

当夜，京娘的兄嫂私下商议，觉得妹妹先是被贼人所抢，后又与一男子同行而归，名声恐怕会受损，所以当即与父商量，想将京娘许配给赵匡胤。赵父听后也觉得非常有理，而且他感觉赵匡胤人才出众，日后必定有所作为，将女儿许配给他也是一桩良缘。随后，在全家设宴的席间，京娘之父就将此事提出，赵匡胤听后很是不悦，说道："我救京娘，出于仗义，别无他意，如果此番趁机娶了京娘，那与贪图美色、抢夺她的强盗有何区别！"

京娘的兄长又说："男女有别，你们孤男寡女千里相随，难免有人说三道四，叫京娘今后如何见人？"赵匡胤说道："我与京娘一清二白，天地可鉴，况且我们同属一姓，五百年前是一家，同姓联姻，纲常何存？此事万万不可。"说完后，不顾赵家人的挽留，愤然离去。

赵匡胤走后，京娘伤心不已，她暗自思量："父亲和哥哥虽属好意，但有损恩兄美名。他一片好心搭救我，千里相送，不求报答，我怎能让他就这样负气而去？"于是她再度离家，寻找赵匡胤的下落，想将此事说明，消除误会。

京娘沿着来途一路追寻，当来到搭衣岩驿站时，已是身心疲惫，她又想道："危难之中得恩兄仗义相救，以身相报只不过是自己和家人的一厢情愿，他连一丝一毫的想法都不曾有过。此时想来已是找不到他了，但若再回家中，难免又遭非议。"她联想到自己一个微弱女子，命运悲苦，前思后想，便产生了以死以证清白的念头。于是，一番打扮之后，京娘饮恨纵身投入湖中。

多年以后，赵匡胤陈桥兵变，驰骋天下，一举成为大宋王朝的开国皇帝。当天下昌平之后，他又想起从前的义妹，便派人到京娘的家乡打探消息，不想得来的却是京娘投湖的噩耗。赵匡胤闻听后极为震惊，深感自己的鲁莽之举，既救京娘，又害京娘，同时又感动于京娘的贞节，下诏追封她为"贞义夫人"，以示纪念。

包公的传说

包拯是宋朝仁宗年间的开封府府尹，他断案严明，为官清廉，深受百姓爱戴。千百年来，包公的传奇一直流传在中国民间，而包公铁面无私的形象也一直活在一代又一代的百姓心中。

传说包拯在家排行老三，故小名叫包三，在他未出世之前，包家的家境十分贫寒，有一天包公的大嫂洗澡，忽然间从天上落下了一颗星星掉在了澡盆里，大嫂一见大吃一惊，不敢再洗，就把洗澡水让给了自己的婆婆，第二年，包拯出生了，他满脸发黑且额上有一道月亮胎记。包拯年幼时他的母亲就去世了，后来由大嫂将他抚养成人。其实当年澡盆中落下的星星乃是天上的文曲星，而包拯就是文曲星转世投胎而生的。

包拯长大成人后文采非凡，上京赶考一举考中了状元，几经升迁后做了开封府的府尹。他铁面无私，即使是天子犯法，也坚决要与庶民同罪。皇帝虽然也倚重他的才华，但是有时他的正直判案也令皇帝十分苦恼。这一年，包拯依法铡了不认前妻的驸马陈世美，公主和太后一齐到仁宗皇帝面前告状，哭哭啼啼非要给包公治罪。仁宗被母亲和妹妹闹的无计可施，心中也恨包拯不顾皇家颜面，便下令将他削职为民，并派了两个小太监私下跟踪他，只要包公一有错处就立刻将他绳之以法。

包公被削职后也没有丝毫恼怒和沮丧，他坦坦荡荡地换上了便服，只身出了京城，踏上了回乡的路途。包公虽然为官多年，但是一直清廉自守、两袖清风，他雇不起车马，只是让老家人包兴挑着简单的行李，跟在自己身后安步当车。两个小太监也只好放弃了马匹，徒步跟踪。他们都在心中怪包公连累自己要在荒郊野外吃这种苦，所以商议好了一定要抓住他的错处，让皇帝给他治罪。

当时正值六月酷暑，炎热无比，包公出了京城没多远就开始汗流浃背。这时路旁正好有一片瓜地，青翠碧绿的瓜藤上长着一个个硕大饱满的西瓜，令人看了垂涎欲滴。包公看了看四周，见这片瓜地无人看守，他想了想就摘了个西瓜，用拳头"砰砰"两下砸开后，和包兴分着吃了起来。两个太监跟在一旁看得清清楚楚，他们心里窃喜，心想："这包公没走多远就露了原形，不告自取就是贼，把他抓回去，皇上肯定有赏。"

这俩人刚想上前提拿包公，却见包公从背囊中拿了几个铜钱放在了瓜地中的显眼位置。吃完付钱，天经地义。两个太监互相对望了一眼，无奈地又跟着上路了。

到了傍晚，包公投宿到了一家小客栈，因为囊中羞涩，他只叫了米饭、素菜做晚餐。这家客栈也是非常简陋，端上来的米饭居然有很多的稻谷，包公只能边吃便捡，饭碗旁边都是挑出来的谷粒。两个太监看了十分兴奋："浪费粮食，这不是罪责吗？老包这下逃不了了。"谁想到包公吃完米饭后又把旁边的稻谷拿了起来，一一地磕去稻壳，吃了米粒，没有一粒浪费的。两个太监见如意算盘落了空，丧气无比。

包公主仆二人来到了淮河边，这时已经接近了他的家乡，两个太

071

监很是焦急，怕回宫交不了差。他们一不做二不休，索性看准机会将包公推倒在了一堆垃圾上。这是在淮河畔，他们就等着包公进淮河洗漱，届时再捉拿他，质问他污染河水的罪责。

话说包公沾了一身泥污，只有左手没有弄脏。他本想去河中洗去脏物，但是一看河边有妇女在洗衣、洗菜，不禁就想道："我这一洗漱，自身倒是洁净了，只是别人的吃用水岂不是被弄脏了，万万不可。"一番思量后，他用干净的左手掬水含到嘴里，然后又离开水边，来到山坡上吐出水来冲洗，数次往返才算是将身上清洗干净。

这时两个太监在一旁已经愣住了，他们没想到包公居然正直无私到如此地步，真的是抓不出一点错处。他们不禁忘记了自己的初衷，对他佩服得五体投地。

回宫后，两个太监如实对仁宗皇帝禀告了一路上的所见所得，仁宗听后也是感慨良多，觉得虽然包拯过于正直，不懂变通，但是这也正是他的最大优点，有这样的忠臣也实在是自己的幸运，于是便下令宽恕了包拯，重新命他回朝为官。

王安石与"囍"字

王安石是我国北宋年间的宰相，著名的文学家，他才华非凡，抱负远大，深得历代百姓的敬重，在民间也流传着许多有关他的故事和传说，其中最广为人知的可算是婚礼上"囍"字的由来了。

王安石自幼聪颖敏捷，出口成章，诸子百家无所不读，等长到青年时期已经是满腹经纶。他一心要考取功名，施展抱负，所以在二十二岁这年赴京赶考。进了都城汴梁后，为了方便，王安石借住在了城东的舅父家中。

开考的前一天，王安石出门散心，来到城东门时忽然看到一户人家的门前熙熙攘攘，挤满了人。他好奇地走上前抬头一看，只见门楼上悬挂着一只大彩灯，上书一副上联："玉帝行兵风枪雨箭雷旗闪鼓天作证"，王安石摇头吟毕，不禁拍手称好："好对，好对。"

这时，旁边站着的一位老者说道："这上联已贴了好几个月，每天都是看的人多对的人少，至今还无人对得出妥当的下联。相公既说好对，请你略等片刻，让我进去禀报我家员外知道，他一定前来求教。"王安石刚才是赞赏上联出得好，不想老家人以为他已对出下联。他因明日要去赴考，今日也无时间思考答对，不等老家人出来，便回舅舅家去了。

第二天，王安石在考场上，见试题不难，略加思索，一挥而就。主考大人见他年纪轻轻，才华出众，就传面试，指着厅前的飞龙旗出了一个上联说："龙王设宴月烛星灯山食海酒地为媒"，命他答对。王安石想起昨天看到的上联，正好作对，便随口答道："玉帝行兵风枪雨箭雷旗闪鼓天作证。"主考大人见他才思敏捷，对答如流，十分高兴。

王安石出了考场后，就回到舅父家等待朝廷发榜。谁知刚进舅父家门，只见昨天那位老家人早已在那里恭候："哎呀，相公昨天我找你好半天，今天才打听到你住在这里，快去快去，我家员外等急啦。"一面说，一面拉着王安石就走。

原来这户人家姓马，马家员外一见王安石，就急忙施礼让座，取出笔墨纸砚文房四宝，请他写答下联。王安石心中窃喜，就将刚才主考大人的上联挥笔写上："龙王设宴月烛星灯山食海酒地为媒。"马员外看他下笔如神，且对得分外工整，十分满意，便吩咐丫鬟拿给女儿去看。原来这上联乃是马员外的女儿所出，她多才多艺，一心想要找个志趣相投的才子匹配姻缘，所以才出了这个上联，没想到几个月还没人对得出来。

话说马小姐看了王安石的下联，见字体遒劲，对仗工整，就含羞默认了婚事。马员外大喜，便对王安石说明："此上联是我独生女为选婿而出，已悬挂半年，至今尚无人应对。现在，为王相公对出，联句成对，姻缘成双。"王安石听了也十分欣喜，但想了想又说道："不瞒员外，其实这下联也并非我一己所想，只是机缘巧合之故。"于是便把从马家门口到考场的一番经过讲了出来。马员外听完，虽觉得这对联来的蹊跷，但对王安石才华过人认可的同时，认为他性格忠诚质朴，便更加喜爱他。同时又想到这事如此巧合，也是天赐良缘，便当即征得王安石舅父的同意，选择三日后的吉日良辰，为他们两人完婚。

到了第三天结婚喜日，王安石与马小姐都装扮一新，家里上下宾客盈门，新人正准备拜天地之时，忽然听得大门外人欢马叫，两个报子前来高声报道："王大人官星高照，金榜题名，头名状元。明日一早，皇上亲自召见，请赴琼林宴！"

王安石喜上加喜，顿时马家上下鼓乐喧天，鞭炮齐鸣，亲朋好友齐贺他双喜临门。王安石与马小姐拜过天地，进入洞房。新娘笑着对王安石说："王郎才高学广，一举成名，今晚又逢洞房花烛，真是'大登科'与'小登科'双喜临门。"王安石听后，哈哈大笑，说道："全仗娘子出得好联，在下何功之有。"说罢，提笔在红纸上写了两个斗大的喜字，并排贴在门上，乍一看去，就是"囍"字。接着又吟诗一首：

巧对联成红双喜，天媒地证结丝罗；
金榜题名洞房夜，小登科遇大登科。

从此，结婚贴红双喜，就流传开来，成为喜庆吉祥的标志；人们不仅是在堂上挂个"囍"，大门外贴着"囍"，而且窗花也剪成"囍"，棉被、枕头上也要绣上"囍"，以得吉祥如意的彩头。

宋徽宗评画

宋徽宗赵佶，是宋朝的第八位皇帝，他在位期间重用奸臣，朝政混乱，可以说是一个不折不扣的昏君。但是他酷爱艺术，将画家的地位提到在中国历史上最高的位置。他成立了翰林书画院，即当时的宫廷画院，广招画家。画家进入画院须经考试，并以画作为科举升官的一种考试方法。这方面，徽宗留下了许多有趣的传说。

有一次，徽宗摘取古人的两句诗作为画题，要新来的画家作画。题目是"野水无人渡，孤舟尽日横"，应考的人一般都会画傍岸的一只小船，船舷间或舱篷上停着几只鸟雀，有的还画了两只小鸟斜翅飞往船舱中，以示无人。然而这些画均被宋徽宗认为"与题不切"。他认为画得最好的一个人，却只画了一个船夫睡在船尾上，身旁还丢着一根短笛，题为"无人"。

大家见皇上如此点评，也开始仔细推敲才明白，原诗所说的"无人"，并非说船上没有人，而是说没有渡河的人。而这幅画上的情景，正好表明了这层意思：荒郊野水，终日没有过路的渡人，船夫等得疲倦不堪，以致丢下了竹笛，睡着了。这样才更加突出了孤舟的寂寞和环境的荒僻安静。

有一次，宋徽宗出了一个画题："深山藏古寺"。多数人在古木苍葱的乱山中画了古寺的一角，或露出幡竿一支。只有一位画家画了一个小和尚在山脚下的小溪边挑水。徽宗看了，说此画不画古寺而古寺自在画中，巧妙地点出了"藏"字，应评为第一。

又有一次，宋徽宗出了这么一个画题："踏花归来马蹄香"。一般画家的画法都是踏花归来，马蹄上还残留着一些花瓣，用以体现"马蹄香"的题意。可是，有一位画家却不是这样画法，而是围绕马蹄画了两个飞舞的蝴蝶，以示其香。徽宗看了，说这幅画对"马蹄香"的体现是最好的，因而评为第一。

还有一次，宋徽宗出了一个名为"竹索桥边卖酒家"的考题，不少考生画的都是密密竹林中隐隐露出一座小酒店。尽管这些考生用心良苦，画得细致入微，纤毫毕现，但都被认为画得平庸。唯独考生李唐独辟蹊径，不在描绘酒店上下功夫，却在桥边竹林之中，别出心裁地画一竿酒旗迎风招展，结果独占鳌头。

还有一次，徽宗皇帝的考题是"万绿丛中一点红"。考生们一般的画法，有的在绿柳掩映的楼台上画一美人，有的画一少女在林中采桑，有的画一只仙鹤立于万年林中……而考生中有个叫刘松年的，则画了一片浩瀚无际的海水，一轮红日在水天交接处喷薄而出，徽宗认为此画立意超群，规模宏大，应列榜首。

朱元璋与凤阳花鼓

中国民间很多人都知道有个凤阳花鼓。特别是熟悉那首有名的凤阳花鼓歌：

说凤阳，道凤阳，凤阳本是好地方，

自从出了朱皇帝，十年倒有九年荒……

可是这凤阳花鼓到底与朱元璋有何联系呢？这要从一段传说说起。

原来朱元璋自幼家中贫困，小时经常在外放牛补贴家用。他的家乡就在凤阳太平乡，这太平乡一带常常有人打花鼓、唱花鼓歌。朱元璋放牛的时候耳濡目染，也喜欢上了这种活泼喜人的娱乐，有时自己还会唱上两句。

后来，平民出身的朱元璋马上得天下，统一了全国，做了大明朝的开国皇帝，准备在南京举行登基就位的大礼。皇帝登基是一件普天同庆的喜事，各地官员、文武群臣都精心准备了礼物前去朝贺。这件事也自然传到了朱元璋的家乡——凤阳太平乡。家乡里出了一个皇帝，这可是非同寻常的大事，乡亲百姓都聚在一起商量："朱皇帝是咱们的老乡，他登基坐殿啦，也得备点礼物去庆贺庆贺。"一人提议，众人赞同，事情就这么定下来了。

可是，带什么礼物去呢？有人要买些绫罗缎匹送去，有人要买些金银首饰送去，还有人要凑些芝麻花生等乡土礼品送去，但都被众人否定了。其中一个德高望重的老者说道："皇上现在是九五之尊，绫罗缎匹、金银首饰、南北土货，应有尽有，何苦送这些俗物呢。只是一样，恐怕是现在京城皇宫里都没有的。"大家都急忙问是什么，他答道："想当年皇上就喜欢看花鼓，自己还会唱两句。咱们不如精心准备一支花鼓队伍，届时载歌载舞，既投了皇上的喜好，又献了咱们的心意，还能让皇上解一下思乡之情，岂不是三全其美？"这一提议立刻得到了大家的赞同。于是，凤阳父老乡亲精心挑选了一些花鼓打得最好的鼓手，花鼓歌唱得最美的歌手，又找人新编了歌词，经过一番排练后，兴高采烈地进京去了。

花鼓队伍进南京的时候，恰逢朱元璋登基就位的大礼刚刚举行。朱元璋听说家乡来了人，十分高兴，便派人先把他们接到前殿侍候，又通知左右，准备酒宴招待。

登基大礼结束后，朱元璋便来和众乡亲见面了。朱元璋虽然做了皇帝，但也还没有忘记家乡父老，和大家一见面十分亲热。又听说还专门给他带了花鼓手来，更是龙颜大喜，当下便笑着说："太好了，从我投军起事，一晃已是一二十年了，都没有听过花鼓。这次你们可要好好给我唱上几段。"

朱元璋说完，家乡人更高兴了，他们正准备起鼓开唱的时候，却有一个小太监进来禀告说午膳的时间到了，打花鼓的有心想打，却怕耽误了皇上吃饭；唱花鼓的有心想唱，也怕皇上饿了肚子。领队的人看看大家的情绪，便问朱元璋："万岁我主，你看是先唱了再吃饭，还是饭罢了再唱呢？"朱元璋正在兴头上，哪里顾得吃饭，忙答道："先唱后吃吧！"

朱元璋旨意一下，花鼓手早已槌儿落鼓，鼓响锣鸣，"咚咚呛！咚咚呛！……"一阵锣鼓过后，接着便有歌手放开喉咙，唱起花鼓歌来。那歌手都是挑选得好的，歌词都是新编的，朱元璋又是多年没听见了，一下子听起来，真觉得心旷神怡。

表演完毕后，朱元璋十分兴奋，他即刻传旨赏赐众人，又当着大家的面说：“你们都是我的乡亲，如今我得了天下，不会忘了你们，以后，你们在家乡，有福的做我的父母官，无福的就给我看陵守墓，做田的不要你们交租税，年老的只管颐养天年。凤阳人喜欢唱花鼓，你们就只管唱着生活吧！”

朱元璋最后一番话，本是在高兴之下信口说的，第二天就忘得一干二净了。但凤阳父老却把它当作了金口玉言，以为从此以后，皇帝真的只要我们享福，只需唱，不需做，只管吃酒玩乐，不需劳力作了。花鼓队从京城回到家乡以后，便纷纷传告，一传十，十传百，没过几天这话就传遍了全县。有的人在心里怀疑，有的人却当真起来，每天只管花天酒地，歌舞作乐。事情偏又凑巧，朱元璋登基的第二年，开始在凤阳大兴土木，营建都城，大批工匠、都头云集而来。同时又从江苏、浙江迁来了十四万户富民到此定居。这样一来，土地减少，人口增多，种田的人少，吃皇粮的人多，只吃不做，只出不进。眼看着仓空了，粮断了，凤阳人还在眼巴巴盼着皇帝送粮来。但左等等不到，右等等不到，最后只好背起花鼓去讨饭。讨到人家门口，打起花鼓小锣先唱一段，后张口要饭，真的变成了“先唱后吃”，一年三百六十日唱着过了。

后来，他们埋怨这是朱元璋的“金口玉言”造成的，便编了花鼓歌唱道：“说凤阳，道凤阳，凤阳本是好地方，自从出了朱元璋，十年倒有九年荒……”

足智多谋的海瑞

海瑞，明朝时期海南人，他自幼攻读诗书经传，博学多才，为官后屡平冤假错案，打击贪官污吏，深得民心，民间因此称他为“海青天"。而除了为官刚正不阿之外，海瑞还是个足智多谋的人，他运用自己的智慧为民谋福，留下了许多动人的传说。

那是在嘉靖年间，海瑞中举后被派任浙江淳安县知县。淳安县是山区，土地贫瘠，百姓穷苦。但此县地处新安江下游，水陆交通便利，经常有朝廷官员路过这里。每逢上级官员往来，淳安县县官都免不了迎来送往，招待吃住，更加重了地方的负担，百姓们对此更是叫苦不迭，海瑞任淳安知县不久就了解了这种情况，并下决心要对此加以整治。

一天，一位衣着华贵的年轻官吏在驿站指手画脚地骂人，说驿站供应的马太瘦，马鞍太旧，菜食太差，并把驿吏捆了，吊在树上示众。驿站的人慌了，忙跑到县衙告知海瑞。海瑞问是什么人如此大胆，驿站的人说是江浙总督胡宗宪的公子，带了好多箱东西路过这里。并说胡宗宪是当朝宰相严嵩的亲信，没人敢得罪他。

海瑞马上带人赶到驿站，看到几十个大箱小箱都贴着"江浙总督府"的封条时，就明白了这其中的奥妙，于是，眉头一皱计上心来，喝道："哪里狂徒，竟敢如此放肆？给我把他捆起来！"几个衙役应声上前，当即把胡公子捆了。那胡公子从未经过这种阵势，挣扎着大吼道："谁敢捆我？我是胡总督的儿子！"海瑞闻言丝毫也不理睬，只是命人从树上放下驿吏，接着又叫人撕掉箱子上的封条，一箱箱盘点，总共是8000两银子。

海瑞心想：这些银子肯定都是沿途敲诈地方百姓所得，于是把脸一沉，喝道："来人！这个刁徒冒充总督公子，重打20大板！"衙役们一齐上前，将胡公子按倒在地，连打20大板，直打得胡公子呼天抢地。打完了板子，海瑞怒斥胡公子说："你这刁徒！竟敢冒充总督的公子，一路上敲诈这么多银两。想那胡总督一向清廉，教子有方，哪会有你这样的儿子！单凭你给总督脸上抹黑，就该重重治罪！你若老实交代了，我就派人把你交给胡总督，请他亲自处置你这恶棍！"

胡公子平日横行乡里，哪吃过这种亏，刚才的20大板已经让他丢了性命一般，现在又要他老实交代，又怎生交代呢。若一口咬定自己是胡总督的儿子，说不定会被活活打死。他想：好汉不吃眼前亏，三十六计，走为上策。只要这瘟官把我交给了总督，那还不等于送我回了家?到那时再叫父亲宰了这瘟官。想到此处，他便说:"大老爷，小人实不姓胡，我叫张三，是冒充胡公子到各地骗钱的。小人该死，请大老爷千万别把我交给胡总督。"

海瑞一听暗笑，说道:"我得抓住凭据，再放你回去。"又问:"你说的这些可都是实话?""回老爷，小人交代的句句是真。若有半句假话，任大老爷处置。""好，笔墨伺候!"海瑞一声吩咐，衙役就把文房四宝放到了胡公子面前。胡公子这时有些犹豫了，但望了望满面怒容的海瑞，不敢改口，提笔在录供上签上了"张三"字样，并按上了指印。

接着，海瑞给胡总督写了一封信，信上说，有一刁徒张三冒充贵公子过敝县，诈银两，捆驿吏，横行霸道。久闻总督公正清廉，每巡视地方时再三告诫不准铺张浪费，不准送礼，以免增加百姓负担，下官对总督爱民之心深为敬佩，没想到这刁徒竟敢假冒总督公子之大名，到处招摇撞骗，可恶至极。为了总督清白之声誉，下官已没收张三敲诈所得纹银8000两，纳入国库，再派衙役押送张三及其帮凶四名到府，由总督大人裁处。并将张三招供画押字据一并呈上。

几天后，胡公子被押送到了总督府，胡宗宪见儿子一副狼狈的样子，大吃一惊，不知发生了什么事，看了海瑞的信，才知道自己被海瑞戏弄了。原来胡宗宪无论到哪里巡视，都要出布告"安民"，表白自己清廉。而至于下属送他金银珠宝，他都来者不拒。而现在这种情况，虽然儿子吃了亏，却又用别人的名字签了字、画了押，真叫他有苦说不出，只好自认倒霉了。

康熙品茶鸣冤

康熙皇帝是清朝的第三个皇帝，他在位期间注重生产，关心百姓疾苦，人民的生活得到了很大改善，国家也变得富强起来。康熙喜欢微服出巡，尤其是到江南私访，在探察民情的同时，还可以游览名山秀水的江南风光。

那一年夏天，康熙微服私访又到了江南，抵达了杭州的西子湖畔。那里繁花似锦，烟雨蒙蒙，风景如画，美不胜收。康熙被这美景迷住了，于是在湖畔流连忘返，游玩了一整天，到了傍晚时分，觉得有些劳累，便带着他的护卫一同到了西湖附近的一座寺庙，准备向那里的僧人借住一晚。

康熙带着护卫在寺院的厅堂里坐下，一会儿，方丈出来招待一行人等，并献上茶水果品。康熙与方丈攀谈了几句后，饮了一口桌上的茶，顿觉清香扑鼻，沁人心脾，神清气爽，一天游玩的疲倦全然皆无。"哎呀！好茶啊！"康熙不禁脱口赞道。再细细观赏这茶叶，只见它翠绿如碧，在滚水中翻卷而不脱形，如轻吹的螺角。康熙贵为一国帝王，却也从未见过如此神奇的茶叶。

康熙赶紧向方丈问起这茶的来历，方丈一笑，启口刚要道出，确有一阵微风吹来，若隐若现地似乎传来了阵阵少女的轻泣之声。那哭声哀婉悲凄，似乎有无数愁绪和哀伤在内心无法道出，直让人听得心中不忍。

康熙忙问方丈这是何缘故，只见方丈轻皱眉头，长叹一声："唉！贵客不知，这其中大有冤情，且与此茶密切相关。"

"哦，竟有此事？"，康熙更觉奇怪了。"是啊，说来话长"，方丈又叹一声，说道："原来在这座寺庙里借住了两位年轻情侣，男的是个书生，是一位饱读诗书的秀才，女的眉清目秀，性格温婉。两个人十分匹配，相处和睦。那秀才日夜攻读诗书，只想着有朝一日可以中举，出人头地。但世事难料，这秀才不知得罪哪家的权贵，遭人陷害，以莫须有的罪名锒铛入狱。那有情有意的姑娘，到处写状纸去申冤告状，却根本无人理会，终有一日，这秀才被押赴了法场处以极刑。"说到此处，康熙也跟着长叹一声，方丈接着说道："唉，从此这位姑娘便终日躲在房里哭泣，几日几夜茶饭未动，终于怅然死去。"

"我们把她埋在后院附近的山坡下面，想不到几日，这新坟附近竟然长出一株茶树来，那茶树的青叶总是翻卷着，每当起风的时候，这茶树所有的叶子就簌簌地颤抖，发出刚才的如少女哭诉的声音。真是好可怜的一对情侣啊！贵客饮用的茶叶，就是在这棵茶树上采摘的！"

康熙不禁听得入神，就让方丈带着他到后院的山坡去看。到了那里，只见周围竹林丛密，树影婆娑，一座孤坟坐落在那里。就在那孤坟旁边，生长着一棵茶树。过去仔细一看，果然是青叶翻卷，如那少女微蹙的秀眉，在微风中颤抖如泣。

康熙大奇，一夜过后就让护卫带着自己的腰牌，到就近的官府，将案子查清办理了，终于让那个秀才冤情得雪。

办完了案子，康熙回到那寺院，再度观赏那茶树，只见那茶树的叶子已经不再翻卷，一阵风儿袭来，那声音也变得欢快动人，青翠的叶子在风中轻舞，仿佛是娇羞的少女在舞蹈。

康熙听闻到那少女名唤碧螺，又因为茶叶本身青翠嫩如春绿，就为其取名"碧螺春"，从此，碧螺春在当地广泛种植开来，也成为皇宫进贡的必备之品。

天下第一关

古城山海关东门箭楼上，悬挂着一块横额巨匾，上写"天下第一关"五个遒劲潇洒的大字。这幅驰名中外、誉满天下的匾额传说是明朝著名书法家肖显和一个砍柴老翁合写的。

明成化年间，山海关城东门外住着一个叫肖显的人。肖显自小爱好书法，他立下誓言叫"百字练"，就是一天练一百个字。无论酷暑严冬从不间断，他的字越练越有长进，常得到人们的夸奖，肖显也因此自鸣得意。

一天，肖显和几个学堂中的同伴在门前的槐荫树下摆上一张书桌，举行"书会"，约定每人写一篇大楷，比试好坏。肖显很快就写完了一幅。这时，有个担柴老翁把柴担放在树下乘凉，很有兴趣地看着孩子们练字，肖显把写好的字递给老翁说："老爷爷，您看我的字写得好不好？"

老翁接过一看，只见上面写着"天下第一"四个大字。老翁看了看，心里不禁一震，他觉得这孩子虽然天分很高，但是心气太傲。老翁沉吟了一下说："这字写得不算好，硬而不柔，软而不刚，有形无体算不上第一。"几个小伙伴这时都停下笔围过来听老翁品评。

肖显见老翁把自己的字说得一塌糊涂，很不高兴，便不服气地说："人家都夸我的字写得好，你偏说不好，你会写，你写写看！"老翁爽朗地笑了笑，说："我这辈子只会写一个'一'字。"说着脱下一只草鞋，在石砚上蘸满了松香墨汁，在玉板纸上挥洒自如地写下了一个"一"字，这"一"字，字体苍劲有力，笔法雄健潇洒。顿时，肖显惊得目瞪口呆：一个砍柴翁竟写出如此遒劲豪放的好字，自己的字和他的字比起来，实在差得太远了，有什么脸在人前自夸呢？他心里非常惭愧，扑通一声跪倒在老翁的面前说："老爷爷，我叫肖显，请您告诉我写字的秘诀。"

老翁扶起肖显说："我这穷老头子，没进过一天学堂，对写字没有什么秘诀。我靠砍柴度日，跑过不少座大山，见过很多庙宇亭阁上写有'一'字的匾额，据说那些匾额都出自名家之手，我在歇息乘凉的时候，就照猫画虎地在地上写那'一'字，长久以往，我才悟出，这写字啊，就像担柴的扁担，太硬了，太软了，都不行，只有那刚而柔的扁担担起来才轻松，所以，字也得有刚有柔，才能算做好字。"

肖显从老翁这席话的道理中，得到了启发，他把老翁写的那个"一"字，贴在床头上，认真琢磨这刚柔相济的笔锋，把这"一"字深深地印进了自己的心里。至此，肖显以这"一"字为楷模，发奋练字，手上磨出了厚厚的茧子，经过数年的苦练，终于练得了一手雄浑苍劲、风骨并存、疏朗开阔的大字。

这一年肖显上京应考，一试便中了进士，被皇帝派任福建按察司金事。在临上任之前，肖显回到山海关向父老乡亲告别，正好赶上皇帝亲笔诏旨，主要是在山海关东门箭楼上挂一块题为"天下第一关"的匾额，命山海关总镇十日之内必须办理完善，如若有误，严加治罪。

山海关总镇接旨后，自然不敢怠慢，他派人找来能工巧匠，精制了一块长一丈八尺，宽五尺的巨匾。这样大的巨匾，又是皇帝派下的差事，找谁来写呢？总镇大人想了一天一夜，也没想出一个合适的人来。这时有人向他举荐卫城里的肖显，而肖显恰好回乡与家人告别，总镇一听，高兴极了，急忙差人备上礼物，带上巨匾，亲自来到肖显家拜访。

总镇见到肖显寒暄了一番，并说明来意。肖显沉思片刻道："这块'天下第一'的巨匾，是按皇上的旨意，要悬在山海关东门箭楼上的，每个字必须写出神韵来。要我写好这块匾额，待我好好练练笔再说吧。"总镇一听，连忙拱手施礼道："下官今遇急难，离皇上诏旨日期还有两天了，时间催人，请肖先生助愚兄一把吧！"

肖显不禁长长叹了口气说："既然兄长如此急切，我只好今晚就把匾额写好，明晨你派人来取吧。"总镇听了这话，一颗缩紧的心，才算松下来。

肖显送走了总镇大人后，便叫家人研墨练起"天下第一关"这五个大字来，当他写到"天下第一"四个大字时，忽然想起那位砍柴老翁，他听人说老翁还健在，只可惜他明天就要到福建上任去了。肖显沉思片刻，便又伏案练了起来，直练到深夜，天近五更了，他才稍稍休息了一下。然后，他上下左右端详了一会儿巨匾，便猛然挺起如椽大笔，饱蘸墨汁，运足全身力气，凝神屏气，挥笔写下了"天下第关"四个雄浑有力的大字。写完后，他放下笔，独自端详着飘着墨香的四个大字，露出了满意的微笑。家人把备好的酒菜端上来，他饱餐一顿，留下一封书信叫家人在总镇来取匾时交给他，便急匆匆打点行装，告辞家人到福建上任去了。

第二天，总镇大人亲自来取匾额，家人领至客厅，总镇一见写好的匾额，喜不自胜。仔细一瞧，发现少了一个"一"字，不禁大吃一惊，急问家人。家人便把肖显的书信交给了总镇大人。总镇一看，只见上面写道："总镇仁兄：小弟不才，写此巨匾，实是受仁兄重托，不敢推辞。愚弟上任期近，匆匆起程。五字之中独'一'字未写，弟莫能为之，望仁兄在城内广贴告示，必有一人能写出绝好的'一'字，弟之酬金，可一并赐予写'一'之人。"

总镇看罢，哭笑不得，心中怨恨肖显，写匾事关重大，却开此玩笑。情急之下他只得马上张贴告示，招写"一"之人。应招者纷沓而至，却未有一个"一"字写得与"天下第关"四个大字吻合。正在这时，有一个担柴老翁路过这里，问知是招写"一"字之人，便凑上前来观看，见那"天下第关"四个大字的笔锋，与自己写的"一"字的笔锋有些相似，不禁有些纳闷。此时，他顾不得多想，捋了捋那稀疏的胡须，微微一笑，便走上前去，脱下草鞋，要往墨汁里蘸，被一士兵拦住，喝道："你想干什么？"

老翁哈哈一笑道："总镇大人不是要招写'一'字之人吗？老翁也来试一试。"一将官道："叫他从纸上写来看看。"老翁便用草鞋蘸满墨汁，在一张纸上写了一个"一"字，顿时惊得众人目瞪口呆。将官急忙禀报总镇大人，他亲临一看，这个"一"字果然雄劲刚健，神韵绝伦，和肖显写的"天下第关"四个大字融为一体，总镇十分满意。便敬请老翁将此"一"字写上匾额，挂在了城楼之上。

总镇大人将千两黄金赏给了老翁，并说明是肖显的酬金一并奖给了他。老翁想起那个在树下练字的少年，才明白巨匾上空的"一"字，是肖显有意留给自己来写的。老翁望着"天下第一关"五个闪着神韵的大字，不禁泪流满面，便向总镇大人打听起肖显，才知道肖显已到福建上任去了。老翁听后非常高兴，连夸肖显是有志之人。

据说肖显晚年回到山海关，隐居在燕塞湖的固村山庄，他时刻铭记着老翁的教诲，每天苦练书法。而"天下第一关"五个大字也悬挂在山海关上永传后世。

长白山天池

  长白山天池是我国最深的湖泊，高踞于长白山主峰白头山之巅。湖周峭壁百丈，环湖群峰环抱。这里气候多变，常有蒸气弥漫，瞬间风雨雾霭，宛若缥缈仙境。晴朗时，峰影云朵倒映碧池之中，色彩缤纷，景色诱人。

  相传在很久很久以前，长白山一带曾有一条黑龙为虐，它用火刀砍断江河源头，使得方圆千里用水奇缺，民不聊生。当时，附近有个公主，她不仅长得花容月貌，而且才干出众，更有着一颗善良之心，体恤百姓疾苦。她曾立下誓言："有哪个少年英雄能够赶走黑龙，为民消除缺水之难，我就与他结为百年之好。"

  这时，出现了一位英勇善战的白姓少年，他率领百姓与黑龙争夺水源，几经战斗，但每次都以失败告终。面对一次又一次的失败，白将军矢志不渝，每天依然坚持到长白山顶挖水，可黑龙总是在白将军刚挖出水源时推倒岩石将深坑填满，使之前功尽弃。

  公主得知此事，连忙赶来相助。见如花似玉的公主前来助自己一臂之力，白将军的信心和力气陡增，加快了挖水的速度，终于在一个夜里挖到了地心深处，听见了潺潺的流水声。他喜出望外地又使劲一挖，却见地心冒出一把通红的火刀。没等白将军躲开，火刀就戳进了他的胸口。公主急忙上前，见白将军胸口血流如注，早已气绝身亡。公主悲恸至极，放声大哭。她的泪水像断了线的珍珠跌落在深坑里，将那把通红的火刀淬炼成寒光闪闪、锋利无比的宝刀。

  公主下到深坑里用力一拔，将宝刀拔起。被宝刀堵住的泉眼里顿时冒出一股清泉，迅速注满深坑，并把白将军的尸体和公主一起托出水面，送到了岸上。公主搂着白将军的尸体，正欲挥刀刎颈，与心爱的人一起命赴黄泉。这时只见黑龙驾着乌云气急败坏地匆匆赶来，并张开血盆大口，想把公主和白将军一口吞下。公主举起宝刀砍去，把黑龙的尾巴截断了。黑龙负痛惨叫一声，落荒逃窜。黑龙终于被赶走了，一池碧水也出现了，且清纯甘甜、永不干涸。百姓们称它为天池，并一代又一代地缅怀着白将军和公主为民造福的功绩。

太湖的由来

太湖以优美的湖光山色和灿烂的人文景观，闻名中外，是中国著名的风景名胜区。太湖古称"震泽"，又名"具区"，水域面积2200平方公里，素有"三万六千顷"之说。湖中有大小岛屿48个，连同沿湖半岛山峰，被誉为"七十二峰"。太湖不仅有着美不胜收的山水景观，更有着许多美丽动人的传说故事。

据说那是在某一年王母娘娘的寿宴上，玉皇大帝送给妻子的寿礼是一个精美的银色盒子。这盒子不同于王母娘娘其他的珠宝盒，它的外形硕大无比，足足有浴盆那么大；雕工也是精美绝伦，盒子上的各色飞禽走兽、花鸟鱼虫，都以珠宝雕刻，颜色各异，千姿百态。更值得一提的是，这银盒的里面镶嵌有七十二颗特大的翡翠，光华夺目，灿烂无比。王母娘娘虽然见惯了人间天上无数的宝物，但对这一份礼物也是十分喜爱，吩咐仙女将宝盒搬到自己身边，仔细赏玩。

为王母祝寿，照例要在三月初三开蟠桃大会。这一年的蟠桃大会与往年不同的是，天上新来了一个"齐天大圣"——孙悟空。这孙悟空是人间奇石中孕育出的一个石猴，天生地养，本领非凡。后来拜了菩提祖师为师，学会了一身仙法，上天入地，无所不能。玉皇大帝把他招上天宫，让他管理马匹，给他封了个小小的官职"弼马温"。孙悟空不服，便下了凡间。后来为了安抚他，玉皇大帝便封了个虚号"齐天大圣"给他。

孙悟空虽然做了齐天大圣，但是并没有什么职务，每天只是在天宫四处游玩，一些神仙便有些鄙夷他，这次蟠桃大会也没有将他设在邀请名单里。到了蟠桃大会这天，孙悟空得知这场盛宴邀请了天上地下的无数神佛，唯独没有自己这个"齐天大圣"，十分气愤。他使出了七十二般变化，先是将蟠桃园内的蟠桃吃了许多，后来更到瑶池偷食了许多仙果、仙酒，王母娘娘的寿宴，就这样被他搞得一塌糊涂。

玉皇大帝见状十分恼怒，下令天兵天将捉拿孙悟空。但孙悟空神通广大，天兵天将对他无可奈何，反而被他抡起金箍棒，在凌霄宝殿上见东西就砸，把天宫砸了个天翻地覆。孙悟空见到玉皇送来的大银盒子，火气更盛，抡起金箍棒就砸了过去，银盆被砸得从天宫落下，跌到吴越之地，砸出了巨大的一个坑。

银盒下到凡间碎成了千千万万片，化作白花花的洪水，不多不少淹了三万六千顷的面积，汪成一片巨大的湖泊。因为这湖是从天而降，所以人们命名时，将"天"字上面的一横，落在下面变成一点，成了"太"字，将此湖叫做"太湖"。原来盆里的七十二颗翡翠，变成了七十二座山峰，散布在太湖之中；玉石雕刻的鱼虾，变成了太湖里的银鱼和白虾；飞禽走兽化作了太湖的飞禽走兽。一个精美绝伦的天宫宝物就这样变成了人间的一处鱼米之乡。

趵突泉的来历

济南人称"泉城"，泉水之多可算是全国之最了。有人计算过，在济南城内，平均每秒就有4立方米的泉水涌出来，而其中最著名的可算是趵突泉了，关于趵突泉的来历，当地人是这么传说的——

在很久以前，济南城里有个名叫鲍全的青年樵夫，他勤劳勇敢，但无奈家徒四壁，虽然他天天早出晚归，砍柴打猎，但仍养活不了年迈的双亲，生活过得非常艰辛。不过即使如此，鲍全还经常救济帮助他人。

一年冬天，天寒地冻，鲍全的双亲感染了风寒，却没钱请郎中看病抓药。老年人年迈体衰，没有挺过这个冬天就相继去世了。鲍全从此痛下决心，要学会医术，为那些和父母一样的穷人看病。机缘巧合之下他向一和尚学习医术，因为痛下苦功，几年后就学有所成，施展医术救活了许多穷苦百姓，而且他给穷人治病从不收取报酬，大家都十分感激他。

那时的济南并没有泉水，遇到大旱之年，人们喝水用水都非常困难，只得花高价向那些从外地运水过来的商人购买。这一年又逢大旱，穷人家中连煎药的水也没有。遇到这种情况，鲍全就每天早起去担水，为那些买不起水的穷人煎药。

一天，鲍全在担水的路上救了一位生病的老者，老者说自己无家可归，鲍全与他谈得十分投缘，又见他身世可怜，就把他带回家中奉养，并拜他为干爹。两人虽然不是亲生父子，但互相敬重，生活得很是和睦。干爹看鲍全一天到晚为穷人治病，忙得连饭也没空吃，就说："泰山上有个黑龙潭，潭里的水，专治瘟疫，你要能挑一担潭水回来，每个病人只要滴到鼻里一滴，就能消除百病。"

鲍全听了干爹的话，拿着干爹给的拐杖，历尽艰辛，终于来到泰山黑龙潭，却发现这里原来是龙宫。龙王迎了出来，告诉鲍全，他的干爹原来是龙王的哥哥，见他心地善良，所以特地乔装打扮，帮他治病救人。龙王说这龙宫里的礼物随鲍全挑选，而鲍全只挑了一件白玉壶，因为这里面的水永远也喝不完，以后济南城的百姓就不怕干旱了。

鲍全回到家后，为很多人治好了病，州官听说了这件宝物，就派人来抢夺。鲍全闻讯就把壶埋在了院子里。公差在院中挖到了白玉壶，却怎么也搬不动，他们一起用力，只听"咕咚"一声，突然从平地下"呼"地窜出一股大水，溅起的水花撒满全城，水珠落在哪里，哪里便出现一眼泉水，从此济南变成了有名的泉城。人们为了纪念鲍全，把这泉叫"宝泉"，年深日久，人们根据泉水咕嘟咕嘟向外冒的样子，又把它叫成"趵突泉"了。

什刹海的故事

什刹海也写作"十刹海"，是北京城的城中之湖，四周原有十座佛寺，故有此称。明初这里逐渐形成西海、后海、前海，三海水道相通，自清代起就成为游乐消夏之所。三海碧波荡漾，岸边垂柳毵毵，远山秀色如黛，风光绮丽。据说这里的由来是和"活财神"沈万三息息相关。

明朝初年，朱元璋平定天下，百废待兴，首当其冲的就是要重建京城。朱元璋认定北京人杰地灵，便要在此处建都，但是经过数年战争，全国上下急需休养生息，刚刚成立的朝廷并没有多余的银钱大兴土木。刘伯温是跟随了朱元璋多年的智囊，朱元璋登基后封他做了丞相，并将筹措银两、修建都城的任务交给了他。

刘伯温虽然足智多谋，但是巧妇难为无米之炊，他领了皇命后也是一筹莫展，苦苦思索筹措银两的办法。这时有人向他进言道："以前一个沈万三，家财万贯，他一人聚财可敌万人之和。但是听说他早年离家做生意，久久不归，相爷神通广大，只要能找到他求些银钱，定能将京城建成！"

刘伯温虽然不信此言，但是也派人四处打探沈万三踪迹。功夫不负有心人，不出三天，刘伯温正在后门桥西看山，果然手下领来一人，说这就是沈万三。刘伯温一看，这人哪里有一点富翁之相，全身衣衫褴褛，蓬头垢面，十足一个乞讨的乞丐。刘伯温刚要叫人将其轰出京城，但转念一想："难道他知道我会向他要钱，所以故意打扮花子模样骗我耳目？"想到此，他沉住气问："你是沈万三？"那人答道："行不更名，坐不改姓，我就是沈万三！"

刘伯温一听急忙问道："听说你富可敌国，为何成了今天这般模样？"沈万三叹了一声："我就是南苑财主沈万三，但一招失手，做生意赔得精光，家财尽失，妻离子散，你寻我作甚？"刘伯温此时对他的话半信半疑，只得循循善诱，说让沈万三交出家财，待朝廷有了银钱立刻归还，并答应给他许多好处，无奈沈万三咬紧了牙关，只说是没有银子。

刘伯温不禁动了怒，叫手下人拿了板子照沈万三身上招呼："无商不奸，你个刁民，吃几板子，再看看你还敢不敢用胡话来糊弄本相爷！"沈万三只被打得大呼小叫："叫花子身上哪来的银子，你们有本事就掘地三尺，看你们的造化吧！"这话喊完，他用手四处乱指了一通，随后便化作一阵清风，消失无踪了。

刘伯温一时间愣住了神，反应过来后随即命手下开始在沈万三指点过的地方挖掘。挖了一尺不见动静，再挖深处只有污泥。所有人屏住呼吸，继续向下挖去，突然"咚"一声响，镐头碰到硬物，待到挖出一看，只见一个高高的三尺大缸，满缸白银晶晶闪闪。刘伯温兴奋不已，吩咐手下在四周继续再挖，陆续挖出三十大缸细丝白银，整齐摆在眼前，数目已经无法核算。

原来，沈万三此时已经修成了神仙，知道地下何处埋藏金银，但是之前一直经商理财，精明成性，他从不将钱财轻易示人，所以只有狠狠地鞭挞他时，他才会指点人们何处藏有金银。刘伯温误打误撞，一顿板子打下去，才得了这份意外之财，解了燃眉之急。

后门桥西泥地挖出白银的消息，一传十，十传百，不多时便传遍了半个北京城，许多财迷心窍的人都前来挖掘，挖得黄土挪窝，平地成坑，天长日久，谁也没有挖出白银，只把一块大好平地挖得深深浅浅不成体统。刘伯温看坑坑洼洼后门桥西观之不雅，突然灵思一闪：何不从西山引水入京，即可润泽京城风水，还可增加京城雅致。于是他才找来水土师傅郭守敬，打通永定河，经积水潭注入深坑，又往东流，水过后门桥，这才有了北京城的城中之湖。因为湖边有十几座名庙宝刹，日久天长，此湖便叫"什刹海"了。

赵州桥的传说

赵州桥坐落在河北省的赵县的洨河上，至今已有千余年的历史。赵州桥上的"仙迹"，主要指传说中张果老倒骑毛驴在桥上走留下的驴蹄子印；柴王爷推车过桥轧下的车道沟印和膝盖跪下的膝盖印；鲁班为救石桥跃身跳入河中，用手力顶石桥的手掌印，这些仙迹常常成为游人津津乐道的最有趣内容之一，人们来到赵州桥也都要首先寻觅仙迹看个究竟，这是关于赵州桥的一段最有名的传说。

相传从前在河北省赵县城南五里的地方，有一条大河，名叫洨河。洨河发源于河北西部的井陉山。在古代，它的水势很大，每逢夏秋两季，大雨来临，雨水和山泉一并顺流而下，沿途又汇合几条河水，形成了汹涌的洪流。因此，洨河两岸的居民和来往的行人，都感到非常不便。

赵县人民的这个困难，被著名的工匠祖师鲁班知道了。他特地远道赶来，施展出卓越的技术，在一夜之间就造好这座赵州大石桥。

赵州桥造好的消息，很快就传遍了四方。远近居民都怀着惊喜的心情，争先恐后地前来参观。这振奋人心的消息，被当地百姓很快传向四面八方，而且越传越远，一直传到了天上，被仙人张果老听说了。好奇的张果老不相信鲁班有如此大的本领，他就骑上毛驴直奔赵州洨河而来，想看个究竟。半路上，张果老又碰见成了仙的柴荣柴王爷，于是，邀他同去赵州桥。二人来到赵州洨河畔，仔细一看，心中不由得暗暗惊叹，只见赵州桥犹如苍龙飞架，新月出云，又似长虹饮涧，玉环半沉，奇妙无比。二人不由得赞叹道："鲁班造桥果然名不虚传，真是天下奇工啊！"

张果老存心要和鲁班开个玩笑，他在驴背的褡裢里一边装上了太阳，一边又装上了月亮，要在桥上走过。这还不算，他又要柴王爷推着载有"五岳名山"的独轮车，问鲁班这桥能不能禁得住两人同时前行。

这时，鲁班刚把大桥修好，正十分得意，便很不以为然地说："这么坚固的石桥，千军万马从上踏过都毫无问题，难道还经不起你们两人走么？"张果老闻言只是一笑，轻巧地跳上驴背，柴王爷也是笑眯眯地推起了小车，两人一起上了桥头。

他们二人上桥以后，只把桥压得摇摇欲坠。鲁班一看情况不妙，赶紧跳下桥去，用手用力托住桥身东侧。鲁班的天生神力支撑住了摇晃的桥体，才使这两位仙人带着日月和五岳名山顺利通过。从此，桥上留下了几处人们津津乐道的"仙迹"：张果老的驴蹄印和斗笠颠落压成的圆坑；柴荣因推车用力过猛，一膝着地压成的膝盖印和车道沟；还有鲁班托桥的手印。

两位仙人过了大桥以后，鲁班松了一口气。他闭上一只眼，手搭凉棚仔细一瞧，才看到这二人已经脚踏祥云，上天去了。他这才意识到："原来是仙人下凡，我有眼不识泰山，妄自尊大，连神仙、凡人都看不清，险些毁了百姓们要用的桥梁。真是白长了双眼。"他越想越悔，悔恨交加之下，用手挖下了自己的一只眼珠，一下子甩在了桥面上，非常伤感地走了。

鲁班不曾想到的是，他的眼珠已有了仙气，活蹦乱跳，闪闪发光，像一颗晶莹的珍珠落在了桥面上。恰巧，马王爷从桥上路过，发现前面有一颗银光闪闪、活蹦乱跳的眼珠子，心想："是谁把这么珍贵的眼珠子丢在这里呢？丢掉怪可惜的。"于是，他信手捡了起来，啪的一声，安在了自己的前额上，并自言自语地说："如果有人找，马上还给他，摘取很方便。"因为鲁班扔了眼珠后，再也没回来，所以，马王爷从此成了三只眼。

飞来峰的故事

传说很久很久以前，在四川的峨眉山上，有一座会飞的小山峰。它随意飞行，踪迹不定，一会飞到东，一会飞到西，有时还会飞进城中，压塌房舍；有时更会落进人家，压死百姓。可人们对这"作恶多端"的山峰偏偏是毫无办法。

那时，西湖灵隐寺里有一个和尚，因为他整天疯疯癫癫的，不守佛门的清规，所以人们都叫他疯和尚。但没人知道的是，这和尚虽然表面疯癫，心内却有大智慧，是真正的得道高僧。他不仅精通佛法，更能掐会算，能预知祸福吉凶。

有一天，疯和尚得知这日中午那座奇怪的飞山将飞落到灵隐寺前的村庄上来。他担心山落下来会祸害村民，就清早起身奔进村庄，挨家挨户地告诉说："今天中午有座山要飞到这村庄上来了，大家赶快躲避。"但是诸多村民对他的劝导全当耳边风，觉得这疯疯癫癫的和尚一定是疯病犯了，才会如此胡言乱语。

太阳越升越高，中午眼看就要到了，疯和尚急得像热锅上的蚂蚁一般。这时，他忽地听到吹吹打打的声音，顺着声音奔过去一看，原来是有一户人家结婚，人进人出，热闹极了。疯和尚见此场景，计上心头，急忙钻到堂前，嬉皮笑脸地把新娘子往肩上一背，抢出大门往村外飞跑。

新娘子头上的红披巾还没有揭掉，忽然糊里糊涂地叫人背着飞跑，也不知发生了什么事，只吓得大声呼喊。村民们见疯和尚这么明目张胆地抢新娘子，一个个抓门闩的抓门闩，抢扁担的抢扁担，挥锄头的挥锄头，举钉耙的举钉耙，都急急忙忙地赶上来。一面追，一面喊："抓住疯和尚！""前面快快拦住呀，别放他跑了！"

疯和尚不管身后追逐的人群，他背着新娘子，只是一路向前飞奔。人们没料到的是，这貌不惊人的和尚居然有如此脚力，大家一直追出十几里路，还未追上他。等到日当正午，疯和尚突然站住脚，他从背上放下新娘子，自己往地上一坐，优哉游哉地拿出扇子开始扇风。人们赶到他跟前，刚要揪住打他，却不料一霎时天昏地暗，伸手不见五指，大风刮得呼呼地响。突然"轰隆"一声，大家定睛一看，已经风停云散，原来一座山峰刚刚落在他们的村庄上。人们这才明白过来：疯和尚抢新娘子，是为了救大家的性命。

村庄被压在山底下，大家都无家可归了。有的人急得捶胸顿脚，号啕痛哭。疯和尚却笑嘻嘻地说："哭什么！你们不知道，刚才追出来的都是热心的乡亲，那为富不仁、欺负你们的财主已经被压死在村里了。今后你们各人种自己的田，还怕盖不起房子么！"

人们被他这话说得转悲为喜，欢欢喜喜地正想散去，疯和尚又讲话了："别走别走，大家听我说，这座山峰既然能从别处飞来，也就会从这儿飞走；飞到别的地方，还会害死许多人命。我们在山上凿它五百尊石罗汉，就能把山镇住，不让它再飞往别处害人，你们看好不好？"

大家感激和尚的救命之恩，也不想这山峰再去祸害其他人，就纷纷说好，并马上就动起手来，锤的锤，凿的凿，"叮叮当当"忙了几天，五百尊石罗汉就凿全了。那山峰的上上下下布满了石龛佛像，看上去也颇为壮观。

从此，这座小山峰就再也不能飞到别处去，永远留在了灵隐寺前。因为它是从别处飞来的，所以人们就叫它"飞来峰"。

镜泊湖的传说

镜泊湖位于牡丹江市的西南，环境幽雅，一片恬静、秀丽的大自然风光，宛如一颗璀璨夺目的明珠镶嵌在祖国北疆，以其独特的朴素无华的自然美景闻名于世。

相传很久以前，牡丹江畔的一户打渔人家中有一个美丽善良的女儿。渔翁偶得一棵又粗又长的芦苇，给心爱的女儿做了一支小巧的芦箫。那渔家女儿甚是喜爱这管芦箫，每到天近傍晚，黄昏日落，她就坐在湖沿的石头上悠扬地品吹。一阵阵婉转的箫声，时低时扬地在湖面飘荡，把水中的鱼儿都聚集来了，丛林雀鸟也啁啾相和，一直吹到月白风清、良宵过半的深夜，姑娘才收拢箫音，回到船舱里安歇。

渔家姑娘夜夜吹箫，鱼儿鸟儿夜夜来听。天鹅来听，给姑娘留下雪白的羽毛；大雁来听，给姑娘留下翼下的长绒。姑娘都一根根一缕缕地积攒起来。时间久了，凑集多了，姑娘就用这天鹅毛和大雁绒织成轻软的纱衫和罗裙。她又到山上采回人参，用参汁把纱衫染得比霜雪还洁白，用参花把罗裙染得比朝霞还绯红。也许是罗裙放在刺玫上晾晒的缘故吧，招来了一群群彩蝶，围着那罗裙飞来绕去。日子久了，人们忘记了姑娘的原本姓名，就只叫她"红罗女"。

一天，红罗女的动人箫声打动了一位路过的无名神仙，他更看出了红罗女的善良心地，于是送给了红罗女一面宝镜。哪里的人们有苦难，她只要用宝镜一照，便可以消灾弭祸。红罗女有了宝镜之后，每天每月都为穷苦百姓、受苦人家解祸造福，百姓们都对她感恩戴德。

红罗女有宝镜的事被传到了天庭，引起了王母娘娘的忌妒，她派天神盗走了宝镜。红罗女心有不甘，骑乘着天鹅和大雁上了天庭，要讨还自己的宝镜。王母娘娘说这是天庭之物，凡人不配拥有；红罗女说宝物就应该造福人群。二人争执不下，慌乱中宝镜竟从天上掉了下来。这宝镜跟随红罗女一段时间后，已经有了自己的灵性，它来到了红罗女居住的江畔，变成了镜泊湖。据说，人们只要来到这宝镜变成的镜泊湖边照上一照，还是可以消灾解祸的呢。

日月潭的传说

　　日月潭位于台湾岛中部南投县，是台湾名胜八景之一。这座天然湖泊周长35千米，水域面积9平方千米，水深30多米，四周青山环抱，树木苍郁，山峦重叠，湖光山色，日月倒影，一派诗情画意。而关于日月潭的名字，还有一个美丽的传说。

　　话说很久以前，这个大潭里住着两条恶龙，有一天太阳走过天空，公龙飞跃起来，一口将太阳吞食下肚。晚上月亮走过天空，母龙也飞跃起来，一口将月亮吞下。这对恶龙在潭里游来游去，把太阳和月亮一吐一吞，来回撞击着，日月交辉，灿烂无比，两条龙只玩得不亦乐乎。但他们只图自己好玩，却没想到人世间没有了太阳和月亮，分不清白天和黑夜，失去了光明和热量，草木逐渐枯萎，鸟兽相继死去，稻田里的粮食不再成熟，池塘里的鱼儿渐渐消失……家家户户积攒下的粮食总有吃光的一天，百姓们人心惶惶，十分绝望。

　　当时有一对青年情侣，聪明勇敢的大尖哥和水花姐，就住在大潭的旁边，他们决心为人世间找回太阳和月亮。可是怎样才能杀死恶龙呢？大尖哥和水花姐冒险悄悄地钻进恶龙居住的岩洞里，从恶龙的谈话中偷听到他们最怕埋在阿里山底下的金斧头和金剪刀。

　　大尖哥和水花姐历尽艰险，顶风冒雨，跋山涉水，终于来到阿里山下，从山底下挖出了金斧头和金剪刀。然后他们又回到大潭边，恰好两条恶龙正在潭里玩耍太阳和月亮，大尖哥跳下潭去，挥起金斧头，把恶龙砍得满头是血，遍体鳞伤，水花姐看准时机，用金剪刀剪断了恶龙的头。

　　两条恶龙死了，可是太阳和月亮还是沉在潭里。大尖哥摘下公龙的两颗眼珠，一口吞下肚；水花姐摘下母龙的眼珠，也一口吞下肚。

他们变成了巨人，站在潭里像两座高山，大尖哥用劲把太阳抛起来，水花姐拔起潭边的棕榈树向上托着太阳，把太阳顶上天空。接着水花姐用劲把月亮抛上了天空，大尖哥也用棕榈树把月亮顶上天空。

太阳和月亮又高挂在天上，光耀大地，万物复苏。草木活了，树上的鸟儿又歌唱了，田野里稻谷又结穗了，人们欢呼雀跃。而大尖哥和水花姐从此变成了两座雄伟的大山，永远矗立在潭边。

后来，人们就把这个大潭叫日月潭，把这两座大山叫大尖山和水花山。直到现在，每年秋天仍然可以看到人们穿着美丽的服装，拿起竹竿和彩球来到日月潭边玩托球舞，学着大尖哥和水花姐的样子，把彩球抛向天空，然后用竹竿顶着不让它落下来，以此来纪念大尖哥和水花姐这对青年英雄。

出云洞的传说

安徽省明光市的石门口西北有一奇特的自然景观：山腰石崖上有一道裂缝，宽约一尺，长约七尺，深不可测。裂缝两边石壁如烟熏火烧一般，用手擦摸，手上会有一层黑灰。这裂缝中常常冒出黑烟，远看如云。每当有黑烟冒出时，天就会降雨，黑烟的浓度，烟云的大小和雨量的大小成正比。曾有放牛的孩子将斗笠盖在裂缝上，冒出的黑烟竟把斗笠顶于云上，悬空打转。关于这奇特的自然现象，千百年来在百姓中流传有这样一个传说。

据说那是很久以前，太白金星李长庚曾在此居住、修炼，并在山坡上盖了一座石砌的炼丹房，炼丹房里有四个道童轮流着日夜不停地往丹炉里添柴，因炼一炉丹需七七四十九个昼夜的烈火烧炼，所以还有四个道童终日在山上打柴。据说这丹丸能助人得道，早日成仙，名字就叫"银丹"。而还有一种叫"金丹"的，需炼九九八十一天，能使人长生不老，百病不侵。

　　四个烧火的道童中有年龄稍大一点的叫青牛。这青牛长久以来一直想得道成仙，虽然他每日只轮一班，但一有时间他就往丹房跑，督促其他师弟劈柴、抱柴、加柴，有时也帮着他人干活。李长庚见青牛如此勤奋，心里很高兴，就叫他负责丹房事务，从此青牛更是卖力，累活、重活他全包下了，其他小师弟都喜欢他。眼看四十九天已到，丹房停火出炉取丹，青牛当着师父的面将一粒粒山楂大小的丹丸装进丹葫芦里，五十粒一颗不少，盖上盖子后，又用手捧献给李长庚。但瞒过了众人的是，在装最后一粒丹丸时，青牛将早准备好的一粒与丹丸大小、形状差不多的石子装进了丹葫芦里，瞒过了师父和众人。

　　青牛偷出了仙丹后，偷偷地服用了下去，只觉浑身暖流涌动，精力陡长，力量猛增，整日忙碌却从无疲劳的感觉，他内心兴奋无比，但表面上仍装得若无其事，继续帮师父修整丹炉准备炼制那九九八十一天才能成丹的"金丹"。李长庚也十分满意这个徒弟，许下愿说："待在王母娘娘的蟠桃会上献了银丹和金丹，回来后正式教你吟经修炼，日后助你成仙。"青牛趴在地上连连给师父叩头，千恩万谢。

　　李长庚算好了日子，很快开炉点火炼制金丹。石门山上本来树木就不算多，炼制金丹更要烧掉大量木材，近处树木砍完了，就需跑很远的地方砍。渐渐地四名砍柴的道童每天砍的柴勉强够当天用的。要是遇上天阴下雨，丹房无备用干柴，丹炉熄了火，那可误了大事了。李长庚也正担心这个问题，因为丹房至少备七天干柴，才能保证炉火不断。李长庚问青牛是否需要再找樵夫来帮忙，青牛说不用，他可每日晚上帮着烧火，白天帮助砍柴。因青牛服用过银丹，已非一般人，他有用不完的力气，一人能顶十人，从此，他白天打柴，晚上烧火，丹房里堆满了备用的干柴，李长庚也因此事对青牛更加信任，早晚间也有意地开始教青牛打坐、诵经等入门基本功夫。青牛记忆力非凡，经书道法过目不忘，李长庚对这个徒弟越来越满意。

　　九九八十一天已到，又是熄火、停炉、取丹了。青牛故技重施，瞒过师父取了一粒金丹。这金丹青牛服用后更是功力倍增，一个人偷偷进山试功，竟有腾云驾雾之能。

在王母娘娘的蟠桃会上，李长庚带着炼好的仙丹，夸夸其谈这银丹、金丹之妙用和功力，出尽了风头。王母娘娘听了十分高兴，顺手打开金丹葫芦盖子倒出一粒，刚要往嘴里放，身旁的赤脚大仙说了句："怎么像是石子？"王母娘娘注意一看不错，真是一粒石子，不由将脸一沉，问太白金星道："这是怎么回事？"李长庚取过一看，确实是石子。众仙哈哈大笑，李长庚无地自容，再倒出其他丹丸，却粒粒是真，又倒出银丹也发现一粒石子。他把银丹和金丹再献于王母娘娘，此时，王母娘娘兴致已过，顺手递给了身边的宫女。

李长庚在蟠桃会上遭到众仙的嘲笑，心里气愤，他掐指一算这竟然是青牛所为，更是悲愤交加。他回到炼丹房即派人叫来青牛，青牛料定他偷丹之事师父早晚会知道，原准备逃走的，可他知师父能掐会算，逃到哪里师父都能找到，都必死无疑。不如长跪请罪，也许师父念平日之情会放过一马。如此打定主意后，青牛连滚带爬来到师父面前，扑通一声跪倒在地。李长庚数落着他的罪状，越说越气，扬起手中拂尘就要劈死青牛。这时站在一旁的3个烧火道童和4个砍柴道童一齐跪下替青牛求情。李长庚转念想道：这青牛也还不错，为人也还算诚实，只是得道心切。算了，留他一命吧！于是盯住手中的拂尘，长叹一口气说："青牛呀，你就变成一头牛吧，从今要勤勤恳恳，诚实悟道，千年后天宫再见。"转瞬只见面前的青牛真的变成了一头牛，两眼流泪，一步一回头地走了。

日后，这青牛成了老子的坐骑。有一日老子骑青牛路过石门山时，青牛想起偷吃仙丹被师父贬罚为牛，但毕竟还是师徒一场，念及师父对自己的恩情，就拼命地向山上跑，气得老子直跺脚，这一跺脚，竟在一块大石头上留下了一个大大的脚印。

那次蟠桃会过后，李长庚献上的那49颗银丹和49颗金丹后来被王母娘娘服用了，证明确实是仙丹。王母娘娘想起蟠桃会上冷淡李长庚，不由得有些后悔。她随后派人把李长庚招上天宫，专门炼制仙丹。李长庚走后丹房也荒废了，由于余火未熄，仍在冒着阵阵黑烟。后来连瓦砾都不见了，丹房处长出了一座小山，但那余火还在燃烧，有时还冒出黑烟。远远望去就时时有黑云从洞中涌出。因此，当地百姓把它叫"出云洞"。

多少年过去了，洞口变小了，只留下一道不宽的裂缝。但老百姓仍叫它"出云洞"。在出云洞和石门口之间，当年老子留下的那个脚印却随石头越长越大。

舒姑潭的传说

佛教名山九华山位于安徽省境内，其山水雄奇、灵秀，群山众壑、溪流飞瀑、怪石古洞、苍松翠竹、相映成趣，名胜古迹，错落其间。其中，翠盖峰下，有一泉三潭，潭名舒姑潭，潭上浓郁古木，潭水透彻晶莹，每当天朗气清的夜晚，一月印水，三潭皆白，清光照耀，峰叠倒影，如诗似画，清幽迷人。而关于舒姑潭，也有着一个流传千古的动人故事。

相传在汉代时，翠盖峰西麓有一舒姓农户。虽是农户，但这户人家世代爱好诗书，尤其长于音乐，夫妇俩在耕樵之余，常以琴歌自娱，安贫乐道。只是二人一直没有生育，生活中难免寂寞。到了中年，这二人终于生下了一个女婴，取名舒姑。夫妻二人喜出望外，对待女儿也是精心抚育，如珠如宝。

舒姑慢慢成人后，越来越聪明伶俐，尤其是天生一副好嗓子，在父母的熏陶下，不仅会唱山歌，还弹得一手好琴。舒姑的歌声和琴音能使飞鸟停落，蝴蝶起舞，游鱼露头，父母越加对她宠爱有加，附近乡亲也都十分喜爱这位仙女一般的姑娘。

舒姑经常随父亲沿溪涧入山砍柴，每当听到泉水叮咚，她就觉得如奏古筝；林间鸟鸣，就感觉婉转似仙乐；而悬水飞跌潭，银浪翻腾，在她听来就如威风鼓声；溪流漫泻璎珞潭，在她耳中就似珠玑落入玉盘。舒姑陶醉在这大自然的乐曲之中，常常流连忘返，忘记回家。

一天傍晚，舒姑放下柴担，坐在潭边岩石上歇息，看着潭水泛着涟漪，低头沉思。夕阳西下，舒父山上寻找舒姑，催促她回家，可她仍缄默不动。父亲无奈地回到家中，叫妻子来劝女儿。谁知他们等急急赶到潭边，舒姑已经不在原地了。

夫妻二人开始了漫山遍野的搜寻，但是一连几日都不见女儿的踪影。他们深知女儿平日好音乐，于是携着家藏的古琴来到潭边，演奏舒姑所喜爱的古曲，想借此吸引女儿现身。一曲未终，只见潭水深处的一条红色鲤鱼，昂首跃出水面，旋即低头而下，往复数次，似乎是向夫妻二人频频点头。随后鲤鱼又缓缓游到舒母跟前，似乎为琴声所感动，又像是在对她依依惜别。舒姑父母及陪同前来的乡亲都认定这红鲤鱼是舒姑成仙后所变。

后来人们曾在翠盖峰下建有舒姑庙，纪念这位喜好音乐的美丽姑娘。人们说舒姑高洁风雅，是天上水星变化的仙女，她已化作清泉、山林、树木，永留在了她喜爱的山林之间。

黄果树瀑布的故事

著名的黄果树大瀑布，是贵州第一胜景，中国第一大瀑布，也是世界最阔大壮观的瀑布之一。黄果树瀑布群中分布着雄、奇、险、秀风格各异的大小18个瀑布，形成一个庞大的瀑布"家族"，而关于黄果树瀑布的来历，也有着一个动人的故事。

许多年以前，在黄果树瀑布的山坡上，住着一个务农的老汉和他的妻子。老两口年纪都有六十多岁了，但是他们无儿无女，并且常年劳碌，日子过得很清苦。老两口想到终日辛劳，生活寂寞困苦，便常常愁眉不展，相对叹气。

老汉从年轻力壮来到这里时起，就自己砍树枝，割茅草，搭了一间草房，并在屋前屋后种上了一百棵黄果树，许多年来，这些树已经长大成林，团团围绕着他那间矮小的草房。老汉没事时就坐在房门口抽叶子烟，他的门正好对着前面飞泻而下的大瀑布。

这瀑布原来没有什么名称。它有十来丈宽，从三四十丈高的悬岩上直往下冲，轰隆隆的声音无日无夜地震响着，水沫像牛毛细雨一样，飞到几里路外。早晨，当太阳照着瀑布时，便现出五颜六色的彩虹。晚上，当月亮照着瀑布下面的深潭时，潭里又会射出闪闪的霞光。老汉就是这样每天早晚观赏着瀑布的奇景。除了种庄稼，便看看黄果树，度着他的岁月。

有一年，老汉种的一百棵黄果树不知怎的竟和往年大不相同。这一年，每一棵黄果树开的花都比往年繁多，而且又大朵，香风在几里路以外都能闻得到。老汉夫妻俩非常高兴，他计算着今年的黄果一定比往年的收成多。老汉每想到收入会增多，总笑得咧开衔着叶子烟杆的嘴，对他的妻子重复着已不知说过好多遍的话："老伴，等黄果卖钱时，你那破破烂烂的衣服也该换一件新的了。"他的妻子也跟着重复那句说了不止一次的话："你也可以到市场上去买几斤肉来打个牙祭了。"

黄果花谢了以后，日子一天天过去，老汉每天这棵树看看，那棵树看看，看来看去看了十多天，总不见有棵树结个黄果。这时老汉又是难过，又是失望，他话也不想说，饭也吃不下，只是一袋又一袋地抽着叶子烟。但是，有一天下午，当他像打瞌睡一样地在家闷坐时，他的妻子忽然在门外惊喜地叫起来："快来看啊，黄果！"老汉听了立刻起身，揉着眼睛就往门外跑。这时他的妻子抱着一捆刚捡来的柴，正仰头向一棵黄果树上看。

"你看，好大一个黄果！"他的妻子指着树上说。"咦，稀奇，我怎么从没看见？"老汉看准了在树叶丛中真的结着一个黄果，奇怪地说："这个黄果有点怪，花谢才十几天，它就长得比熟透了的还大。""再找找看还有没有。"他的妻子放下手中的柴说。

于是，两人一棵树又一棵树地找起来，一百棵树都被他们仔细找过了，除了这个黄果之外，再也找不出第二个黄果来。"不要找了。"老汉对还想找一遍的妻子说："穷人的命总是苦的，再找也找不出。"

几天以后，老汉家来了一个稀有的客人，他是听见关于黄果的传说以后特地从几百里以外赶来的。这客人不过三十来岁，有认识他的人，都叫他"识宝的陕老"，而老汉却是从来不认识他的。陕老一到老汉家，开口第一句话就是："老人家，你的黄果卖不卖？""黄果往年倒多，你买几百斤都有，只是今年年成不好，总共只结了一个。""我就是要买这个。"陕老说。"这是做种的，我还不卖呢。"老汉随口答道。"卖吧，我有的是钱嘛。"陕老用诱惑的眼光看着老汉说。"有的是钱？你能出多少？"老汉怀疑地问。"二百两银子怎样？""二百两？"老汉的心"咚"的一跳，他虽然曾看过一些散碎的银子，但二百两究竟是多少，他还不大清楚，想来一定是多上加多的银子吧！他一想到这个"多"字，以为陕老是在和他说着玩，但看陕老的脸色却又一本正经，并不像在欺骗。

"二百两你是不是嫌少了？"陕老说，"那就这样吧，我给你一千两，这就是定钱。"陕老从随身携带的口袋里拿出一个五十两的银锭递给老汉。"不，不。"老汉看着那么大一锭银子，不知怎么说才好。"一千两不少了，你收下吧。"陕老把银锭硬塞到老汉的手中，老汉这时真是有点糊里糊涂了。他的妻子像想起了什么似的急忙说："卖就卖吧，等我去摘来。""不要忙，不要忙。"陕老连忙阻止说，"这个黄果现在不要，我的银子也不够。""那么你什么时候才要呢？"老汉问。陕老先走到树下看一会，又扳起指头算了一番，然后说道："再过一百天，足足的一百天，我来取黄果。但是你们要记住，在这一百天内，不管白天晚上，你们都要守着这个黄果，不准人来摸，也不能给鸟兽吃。""放心！"老汉插嘴说，"我这里一年半载也难得有一个人来。怕鸟兽吃，只要编个笼子罩住就行了。"

"不，不能罩住，要随它长。"陕老说，"你们必须日日夜夜守着，一点也疏忽不得，不然，到时候我就买不成你们的黄果了。""为什么呢？"老汉问。"你答应不给别人说，我就讲。""我和我的老伴敢赌咒，就是三岁小娃儿也不给他讲。"老汉拍着胸口，老实地说。

"这——个——黄——果——是——个——宝！"陕老压低声音，对着老汉的耳朵轻轻地说。其实，他就大喊几声也没人听见，因为门对面瀑布的声音很大，老汉的家又是孤零零地住在山坡上，一个邻居都没有。"它有什么用处呢？"老汉追问一句。"唔，这个……以后再说吧！"陕老不愿多讲一个字，老汉也不好再问，他点着头听完陕老的嘱咐后，就看着他走了。

从此以后，老汉夫妻俩每天轮流着守在这棵黄果树下，就是在晚上，他们的眼睛也不敢闭一闭。在老汉的怀里，那锭沉甸甸的五十两的大元宝，使他忘记了疲劳；当他一想起"一千两"这个难以想象的大数目时，他总是取出那个元宝来抚摸一番。

看看一百天快到了，老汉夫妻俩也被弄得精疲力竭，快生病了。守到九十九天时，老汉再也支持不住，他那腰杆弯得像个龙虾，一双发红的眼睛只是想闭一下。他想："已经守了九十九天，黄果也已经熟透顶了，差一天不守也不要紧了。"但是他又想："要是差这一天不守，被鸟兽吃了岂不前功尽弃？"老汉想了又想，最后决定摘回家放着，以防意外。

第二天，陕老果然如期来了。他没有带银子，只背来一捆丝线打的绳梯。他一进门就问："老人家，黄果长得怎样？""熟透了，昨天我已经把它摘下来了。""摘下来了？"陕老吃惊地问，"让我看看。"老汉将黄果捧出来，这个世间少有的黄果又香又大，大得像南瓜。陕老看了一阵后，叹口气说："可惜差这一天，力气就不足了。"

"说来说去，这个黄果有什么用？"老汉问。陕老用手指着对面的瀑布，对老汉说："这个瀑布下面的深潭，是一个聚宝坑，有人知道潭里面金银珠宝很多，就是没法子去拿。这个黄果就是打开深潭的钥匙，可惜还差一天你就把它摘下来了，恐怕力气还没长足，打不开了。不过我们可以去试试。"

陕老说完就抱起黄果，背着绳梯，走到瀑布下边的深潭边。老汉

105

夫妻俩帮着他把绳梯捆在潭边大石上。捆好后，陕老两手捧起黄果朝潭中央一丢，稀奇古怪的事情即刻发生了：上面轰隆隆流着的瀑布突然静止不流，下面的深潭也一下子干巴巴的。老汉夫妻伸头向潭内一望，只见黄的白的发着亮光的金子银子、珍珠宝石，像石头砂子一样堆满潭底，中间还夹着不少的大小铁箱。陕老满面喜色地将绳梯甩进潭里，抱着它溜滑到潭底，他在潭底非常迅速地把黄果捡来挟着，立即又提了一口小铁箱慌忙沿着绳梯爬上来。正当他爬到一半时，陡然间，天崩地裂似的一声巨响，吓得老汉夫妻目瞪口呆。原来上面的瀑布非常凶猛地冲下来，下面的深潭也在一眨眼之间就涨满了水。等老汉神志清醒时，他们面前除了那架绳梯，再也看不见陕老的踪影。

老汉摇着头，叹了一口气，从怀里拿出那锭已被摸得发亮的银子，毫不犹豫地丢进深潭中，回头对妻子说："这不是我们庄稼人应得的东西，留着它是一点用处也没有的。"

从这以后，这个瀑布就被人叫黄果树瀑布。虽然人们知道瀑布下面的深潭里，至今仍然堆满金银财宝，可是人们再也找不到打开它的钥匙了。

马头琴的传说

马头琴是蒙古民族的代表性乐器，不但在中国和世界乐器中占有一席之地，而且也是民间艺人、牧民家中所喜欢的乐器、马头琴所演奏的乐曲，具有深沉、粗犷、激昂的特点，体现了蒙古民族的生产、生活和草原风格。

传说，马头琴最早是由察哈尔草原一个叫苏和的小牧童做成的。苏和是由奶奶抚养大的，祖孙俩靠着二十多只羊过日子。苏和每天出去放羊，早晚帮助奶奶做饭。十七岁的苏和已经长得完全像个大人了。

他有着非凡的歌唱天才，邻近的牧民都很愿意听他歌唱。

一天，太阳已经落山了，天越来越黑。可是苏和还没有回来。就在人们十分焦急的时候，苏和抱着一个毛茸茸的小东西走进蒙古包来。人们一看，原来是匹刚出生的小马驹。苏和看着大伙惊异的眼光，对大家说："在我回来的道上，碰上了这个小家伙，躺在地上直动弹。我一看没人照顾它，怕它到了黑夜被狼吃了，就把它抱回来啦。"

日子一天一天过去，小白马在苏和的精心照管下长大了。它浑身雪白，又美丽又健壮，人见人爱，苏和对它更是爱得不得了。

一天夜里，苏和从睡梦中被急促的马嘶声惊醒。他想起小白马，便急忙爬起来出门一看，只见一只大灰狼被小白马挡在羊圈外面。苏和赶走了大灰狼，一看小白马浑身汗淋淋的，他知道大灰狼一定来了很久了，多亏了小白马，替他保护了羊群。他轻轻地抚摸着小白马汗湿的身子，对它说："小白马呀！多亏你了。"

一年春天，草原上传来了消息说，王爷要在喇嘛庙举行赛马大会，因为王爷的女儿要选一个最好的骑手做她的丈夫，谁要得了头名，王爷就把女儿嫁给谁。苏和也听到了这个消息，邻近的朋友便鼓动他，让他领着小白马去参加比赛。于是，苏和牵着心爱的小白马出发了。

赛马开始了，许多身强力壮的小伙子，扬起了皮鞭，纵马狂奔。到终点的时候，苏和的小白马跑到最前面。王爷下令："叫骑白马的上台来！"等苏和走上看台，王爷一看，跑第一名的原来是个穷牧民。他便改口不提招亲的事，无理地说："我给你三个大元宝，把马给我留下，赶快回去吧！"

"我是来赛马的，不是来卖马的呀。"苏和一听王爷的话，顿时气恼起来。我能出卖小白马吗？他这样想着，不假思索地说出了那两句话。

"你一个穷牧民竟敢反抗王爷吗？来人哪，把这个贱骨头给我狠狠地打一顿。"不等王爷说完，打手们便动起手来。苏和被打得昏迷不醒，还被扔在看台底下。王爷夺了小白马威风凛凛地回府去了。

苏和被亲友们救回家去，在奶奶细心照护下，休养了几天，身体渐渐恢复过来。一天晚上，苏和正要睡下，忽然听见门响。问了一声：

"谁?"但没有人回答。门还是"砰砰"地直响。奶奶推门一看:"啊,原来是小白马!"这一声惊叫使苏和忙着跑了出来。他一看,果真是小白马回来了。它身上中了七八支利箭,跑得汗水直流。苏和咬紧牙,忍住内心的痛楚,拔掉了马身上的箭。血从伤口处像喷泉一样流出来。马因伤势过重,第二天便死去了。

原来,王爷因为自己得到了一匹好马,心里非常高兴,便选了吉日良辰,摆了酒席,邀请亲友一起庆贺。他想在人前显示一下自己的好马,便叫武士们把马牵过来,想表演一番。

王爷刚跨上马背,还没有坐稳,那白马猛地一端,便把他一头摔了下来。白马用力摆脱了粗绳,冲过人群飞跑而去。王爷爬起来大喊大叫:"快捉住它,捉不住就射死它!"箭手们的箭像急雨一般飞向白马。白马虽然身上中了几箭,但还是跑回了家,死在它最亲爱的主人面前。

白马的死,给苏和带来了更大的悲愤,他几夜不能入睡。一天夜里,苏和在梦里看见白马活了。他抚摸它,它也靠近他的身旁,同时轻轻地对他说:"主人,你若想让我永远不离开你,还能为你解除寂寞的话,那你就用我身上的筋骨做一只琴吧!"苏和醒来以后,就按照小白马的话,用它的骨头、筋和尾做成了一只琴。每当他拉起琴来,他就会想起对王爷的仇恨;每当他回忆起乘马疾驰时的兴奋心情,琴声就会变得更加美妙动听。从此,马头琴便成了草原上牧民的安慰,他们一听到这美妙的琴声,便会忘掉一天的疲劳,久久不愿离去。

贵 妃 鸡

"贵妃鸡"是苏州名菜,它的做法是选用肥嫩的童子鸡翅膀与香菇、淡菜、嫩笋、青椒一起焖烧而成。贵妃鸡的菜色鲜艳,令人赏心悦目，吃起来香味扑鼻，是少有的佳肴。而这道贵妃鸡从名字就可以看得出来，它一定与哪一位贵妃有渊源。事实也的确如此，而这位贵妃也不是其他人，正是那位"回眸一笑百媚生，六宫粉黛无颜色"的杨玉环。

一千二百多年前，正是唐明皇李隆基在位期间。李隆基做皇帝之初，任用姚崇、宋景治理国家，使唐朝经济发展到最高峰，百姓也安居乐业，史称"开元盛世"。但到了晚年，唐明皇开始变得昏庸，唐朝又从发展的巅峰跌落下来。宠爱杨贵妃就是他晚年昏庸的重要表现。

杨玉环本来是唐明皇的儿媳，但唐明皇看中"她"。她能歌善舞，美貌无比，唐明皇就想方设法把她夺了过来，封为贵妃。有了杨贵妃之后，唐明皇便整日与她寻欢作乐，把国家大事交给了李林甫、杨国忠等一帮奸人办理。

有一天，唐明皇又与杨贵妃饮酒对歌，不亦乐乎。他喝醉之后，连呼"好酒呀，好酒，真是痛快"。杨贵妃也痴迷地叫道："我快活得都要飞上天了。"唐明皇因酒醉听错了，以为贵妃要吃"飞上天"，马上让太监命令御膳房做出来。

听了皇帝的圣谕，厨师们面面相觑：他们从来没说过有"飞上天"这道菜。但皇帝金口玉言，大家又不敢违背。众御厨们开动脑筋苦思冥想。有个厨师说，老鹰飞得高，大概就是"飞上天"吧。大家一听，赶紧做了两只红烧老鹰。可一尝才发现，鹰肉是酸的！

厨子们又重新开动脑筋。在厨师中有位苏州的名厨，叫"苏空头"，他想到鸡的肌胛肉最鲜嫩，把它拿来做"飞上天"肯定好吃。他把自己的想法对大家一说，众人一听，只好如此了。他们手忙脚乱地找来几只童子鸡，斩下它们的翅膀，与香菇、淡菜、笋片、青椒一起焖烧，"飞上天"就算做成了。大家一看此菜，色鲜味香，才定下心来。

太监将"飞上天"端到贵妃面前，酒醉已醒的贵妃顿时眼亮起来。唐明皇也尝了尝，连声赞叹，忙问太监是什么菜。太监赶忙说，这就是陛下刚才点的"飞上天"呀。唐明皇此时才想起酒醉时下过的圣旨，不免尴尬。这时，正津津有味地在品尝"飞上天"的杨贵妃说："此菜色艳、肉嫩、味香，都与我贵妃相似，干脆就叫它'贵妃鸡'吧！"唐明皇一听，连声称好。

后来，苏空头告老还乡，就把"贵妃鸡"的烧制方法带回苏州，这道菜也就在苏州地区世代流传了。

东 坡 肉

在赣北的永修（江西省九江市永修县）一带，每逢酒席宴会，首先是两大碗"和菜"，象征和睦相处。随后上桌的就是两大碗用稻草扎着的大块猪肉。丰盛的酒宴上摆着这样的两碗猪肉，倒显得别有风味，拿起剪刀，剪断稻草，再仔细地品尝品尝，肉色清清爽爽，入口香酥绵糯。肉香味中还夹杂着一股稻草的清香味，沁人肺腑，确实是余味无穷。这种肉就叫"东坡肉"。而为什么这道菜称为"东坡肉"呢？这其中有着一个传说。

宋朝著名的大文豪苏东坡据说在某年夏天的一个中午，来到了永修境内一个叫艾城的地方。此时，正是三伏暑天，天气十分炎热。恰好路边有棵参天大樟树，树荫蔽日，真是个乘凉的好地方。苏东坡坐在树下石凳上，一边纳凉，一边读书。

读着读着，突然传来一阵哭声。苏东坡抬头一看，只见一农夫抱着个孩子急急忙忙朝这边走来，后边跟着个哭哭啼啼的妇人。东坡心想：可能是孩子得了什么急病，我对医学虽不精通，但医书药学倒也看过不少，常见病症也略知一二，看看能不能帮上这一家人吧。于是他就叫住农夫说："把令郎让我看看吧！"

原来这对夫妇中年得子，把孩子看得比生命还要宝贵，所以给孩子起了名字叫"金崽俚"。金崽俚今天突然得病，神志昏迷，不省人事，两口子手忙脚乱地急忙抱孩子去找郎中。农夫看苏东坡的言语不凡，又如此热诚，就立即把孩子递给他。东坡接过一看，孩子紧咬牙关，手足抽搐，正合医书上的中暑之说。于是招呼农夫把孩子平放在地上，顺手摘了一把樟叶，搓了搓放在孩子的鼻子下。随后又按医书上的做法，对孩子按摩了一番。过了片刻，只见金崽俚"哇"地哭出声来。两口子真是喜出望外，抱起金崽俚，拉住苏东坡就往家里走。苏东坡见农夫谢恩心切，也只好跟着走。农夫为了报恩，留住苏东坡热情款待，苏东坡在这家中一住就是三天。

到了第三天清晨，农夫兴冲冲地从集上买了两斤猪肉，用一束稻草捆着提了回来。他一边走，一边想：肉买回来了，我还得去问问先生的口味。于是就去找苏东坡。

这时，日出东方，朝霞满天，露珠挂在田间的稻叶上，如一颗颗明亮的珍珠。苏东坡被这美丽的大自然景色迷住了，他面临东窗，诗兴大作，正在赋诗填词，推敲词句呢。农夫在门口轻声问道："先生，你看这肉怎样弄着吃？"东坡作诗入迷，两耳不闻窗外事，只在口中朗朗念着："禾——草——珍——珠——透心香……"农夫听了一愣，先生这是什么意思？仔细一琢磨：对了，他是叫我把肉和着稻草一起煮，并要煮透心，那样吃才香，所以就在口中念叨着："和草整煮透心香。这先生和我们种田人真不一样，说话开口是诗，连吃肉都特别。"想到这里，农夫把肉拿到厨房，按苏东坡讲的和自己想的，叫老婆和着稻草把猪肉整块地放在锅里焖煮，煮得透烂。

到吃饭时，菜端上桌来，苏东坡见一块整肉，没斫没切，还用稻草捆着，想来想去，不知什么原因。想问，又不好意思开口，要吃么，一整块肉，稻草还捆在上头，不知如何动手。农夫见苏东坡望着肉出神，也挺奇怪。就对苏东坡说："早上我去问你，你不是说'和草整煮透心香'吗？我是按照你的意思给弄的，先生怎么不吃呢？"

苏东坡恍然大悟。原来农夫把他的话给串起来了，断断续续的诗句，被他听成一句话。既然如此，也只好将错就错，于是剪开绳子同农夫一家高高兴兴地吃起来。真没想到猪肉掺杂着稻草香味，十分清香可口。吃完饭，农夫夫妇出门去了。东坡想：主人如此盛情款待，打扰几天了，十分过意不去。几次要走，主人都不肯，今天还是走了吧。主意一定，从包袱里取出五两纹银，放在桌子上，留下一张字条，上写着："主人盛情难却，东坡不辞而别。"农夫夫妇回来，看见条子大吃一惊，原来救自己孩子的恩人竟是鼎鼎大名的苏东坡先生。

这事一传十，十传百，大家都学着用稻草扎肉煮着吃，果然香酥可口，乡亲们便把这种肉称作"东坡肉"。因其味道鲜美，做法别致，所以一直流传到今天。

腊八粥的由来

腊月最重大的节日之一，是十二月初八，古代称为"腊日"，俗称"腊八节"。腊八这一天有吃腊八粥的习俗，我国喝腊八粥的历史，已有一千多年。腊八粥是一种由多种食材熬成的粥，而关于腊八粥的来历有许多传说，其中最动人的莫过于"兄弟喝粥、勤俭持家"的故事了。

那是在很久很久以前，有这么一个四口之家，老两口和两个儿子。老两口非常勤快，一年到头干着地里的庄稼活。春耕夏锄秋收，兢兢业业过日子。家里存的各样粮食是大囤满、小囤流。他们家院里还有棵大枣树，老两口精心培育，结出的枣又脆又甜，拿到集上去卖，还能得回不少银钱，一家人虽然不是大富大贵，但由于勤劳俭朴，日子过得很是舒心。

老夫妻两人勤俭持家，最大的目的就是为给两个儿子娶上媳妇、置办家业。眼看儿子一天天都到了成家立业的年纪了，老两口也都步入了风烛残年，他们没有看到儿媳进门就先后遗憾地去世了。老父亲临死的时候嘱咐哥俩儿好好种庄稼，老母亲临死的时候嘱咐哥俩儿好好保养院里的枣树，攒钱存粮留着娶妻生子。

父母去世后，原来的四口之家现在只剩下哥俩儿相依为命。哥哥看到家中存储得满满的粮食，对弟弟说："咱们有这么多的粮食，够了，父母原来的日子过得太苦，咱们不能再那么辛劳，今年先歇息一年，明年再播种、耕锄吧！"弟弟一听这话也是正中下怀，说道："今年这枣树长得也还可以，这本来就是天生天养的树木，反正咱们也不缺枣吃。明年再给枣树施肥、捉虫吧。"

就这样，哥俩儿越来越懒，好吃懒做，只知道以逸待劳、坐吃山空，没几年就把父母积攒下的粮食消耗光了，而院里的枣树呢，也逐渐枯萎，结的枣也一年不如一年了。

这年到了腊月初八，家里实在没有什么可吃的了，兄弟二人一筹莫展。哥哥找了一把小扫帚，弟弟拿来一个小簸箕，到先前盛粮食的大囤底、小囤缝里仔细打扫，从这里扫来一把黄米粒，从那里寻出一把红豆来，就这样，杂粮五谷各凑几把，数量不多，样数不少，最后他们又搜出几枚干红枣，将所有的食材一起放到锅里煮了起来。煮好了，哥俩儿吃起这五谷杂粮凑合起来的粥，两双眼对望，才记起父母临死前说的话，当下后悔莫及。

兄弟二人尝尽了好吃懒做的苦头，都下定决心痛改前非，第二年就都勤快了起来，像他们的父母一样早出晚归，一年到头辛勤耕种，积攒家业，几年后他们终于摆脱了窘境，有了殷实的家业并相继娶妻生子。

为了记取之前懒惰的教训，让人们千万别忘了勤快节俭地生活，从那以后，每逢农历腊月初八那天，人们就吃用五谷杂粮混在一起熬成的粥，并给其取名"腊八粥。"

杨柳青年画的故事

杨柳青年画历史悠久，从明末开始，天津杨柳青镇及其附近村庄，大都从事年画生产。杨柳青以其细腻的笔法、秀丽的人物造型、明艳的色彩、丰富多彩的形式内容而著名，创立了鲜明活泼、喜气吉祥、富有感人题材的独特风格。而关于杨柳青年画，也流传有许多动人的民间故事，其中最著名的就是"莲年有鱼"了。

相传，清乾隆年间，河北胜芳镇有个叫薛富贵的财主，他从卫里（天津市里）回来，船过杨柳青时，听岸上有人操琴唱曲儿，唱的是地方小调《画扇面》："天津城西杨柳青，有一个美女白俊英，她妙手丹青会画画……"，小曲勾起了薛富贵弃船登岸游画乡的兴致。他下了船，走下河堤，抬眼一望，只见这北靠西河、南沿定河的古镇，郊外白杨参天，垂柳拂地。镇内店铺繁多，车水马龙。他心想，难怪乾隆爷亲口赐名杨柳青，这里果真是宝地一方啊。

薛富贵走街串巷，东瞧西看，见家家会点染，户户善丹青。他本不懂画，也不爱画，可一到画乡，却被一幅幅"男有男性，女有女性，花儿飘香，叶儿映翠"的年画迷住了，还买了一幅神笔妙手白俊英的亲笔画《莲年有鱼》，带回了老家胜芳。

这张《莲年有鱼》上的莲花粉红娇嫩，荷叶青翠欲滴，大胖小子活泼可爱，怀抱的鲤鱼更是活灵活现，简直就像要从画上下来一般。薛家老两口对这张画爱不释手，把它挂在室内墙上每天观赏把玩。他们白天借着日光看，晚上举着油灯瞧，边看边夸："这大胖小子多精灵，这莲花荷叶多水灵，这大红鲤鱼多鲜灵……"这天晚上，夫妻俩看着看着眼神一暗打起盹来。他们刚一合眼，就见那画上的胖小子，眉一挑，眼一动，腿一伸，竟然从画上跳了下来，他四处打量了一番，接着孩声孩气地说："老爷爷，老奶奶，想吃鱼，我会逮，您老拿个木盆来。"说罢，一眨眼，又回到画上。

老两口猛醒过来，互相把梦一说，都是一模一样的。薛富贵心里一亮，想起杨柳青年画活灵活现，像"金驹送宝"，"黑驴拉磨"，"美人就亲"，"春牛耕作"等关于杨柳青年画的故事。他赶紧叫老伴找来一个大木盆，对画上的胖小子说："你刚才的话我们听清了，木盆拿来了，我们就等着鱼吃了。"说罢，两人上床安歇。一夜无话。到了转天

114

早上，睁眼一看，木盆里果真有一条欢蹦乱跳的大鲤鱼，薛富贵心里兴奋无比。从这天开始，日日如此，老两口越吃胃口越大，吃着吃着心思就动到了别处。

这天晚上，薛富贵对胖小子说："好孩子，听我说，韩信点兵不怕多，你每天也多给我些鲤鱼吧。"从此以后，他要多少鱼，胖小子就给他送多少。薛富贵天天卖鱼，发了大财。他如此还不知足，贪得无厌，每天只在盘算如何才能卖更多的鱼，赚更多的钱，将左邻右舍、前村后屯都变成自己的宅院。但某一天，当他又向画上的胖小子要鱼时，画居然没有一点反映，仔细再看，那画已经变成了白纸一张，画上的"莲年有鱼"已经消失得无影无踪了。

那画上的胖小子哪儿去了呢？原来他是怕被薛富贵的铜臭玷污了自己的灵性，他张起荷叶帆，架起莲花船，抱着大鲤鱼，沿着大清河，又回到了杨柳青。

高山流水遇知音

春秋时代，有个叫俞伯牙的人，他精通音律，琴艺高超，是当时著名的琴师。俞伯牙自幼就聪颖好学，尤其对音律天分极高，又曾拜高人为师，在很年轻的时候琴技就达到了很高的水平，但他总觉得自己还不能出神入化地表现对各种事物的感受。

伯牙的老师知道他的想法后，就带他乘船到东海的蓬莱岛上，让他欣赏大自然的景色，倾听大海的波涛声。伯牙举目眺望，只见波浪汹涌，浪花激溅；海鸟翻飞，鸣声入耳；山林树木，郁郁葱葱，如入仙境一般。一种奇妙的感觉油然而生，耳边仿佛响起了大自然和谐动听的音乐。他情不自禁地取琴弹奏，音随意转，把大自然的美妙融进了琴声，体验到了一种前所未有的境界。

俞伯牙真正体会到了艺术的本质，创作出了真正的传世之作，成了一代杰出的琴师，但真心能听懂他的曲子的人却不多。一夜伯牙乘船游览，面对清风明月，他兴之所至，又弹起琴来。琴声悠扬，渐入佳境之时，忽听岸上有人叫绝。伯牙闻声走出船来，只见一个樵夫站在岸边。伯牙不因此人只是一个山野村夫而生轻蔑，而是将他毕恭毕敬地请上船，兴致勃勃地为他演奏。伯牙弹起赞美高山的曲调，樵夫说道："真好！雄伟而庄重，好像高耸入云的泰山一样！"当他弹奏表现奔腾澎湃的波涛时，樵夫又说："真好！宽广浩荡，好像看见滚滚的流水、无边的大海一般！"伯牙兴奋无比，激动地说："知音！你真是我的知音。"这个樵夫就是钟子期。二人一见如故，成了非常要好的朋友，以乐相交，快活无比。

伯牙与子期约定，待周游完毕要前往他家去拜访。但是伯牙如约前来子期家拜访时，子期已经不幸因病去世了。伯牙悲痛欲绝，奔到子期墓前为他弹奏了一首充满怀念和悲伤的曲子，然后站立起来，将自己珍贵的琴砸碎于子期的墓前。因为知音已逝，俞伯牙从此与琴绝缘，再也没有弹过琴，而那首"高山流水"也遗憾地失传了。

鲁班造木鸢

传说中的木匠祖师鲁班是敦煌人。他小时候，双手就很灵巧，会做许多人们想都没想过的器具，长大后，他跟着父亲学了一手好木匠活，修桥盖楼，建寺造塔，非常拿手，在河西一带很有名气。他发明了许多器具，而最有名的一项，就是风筝了。

这一年，他成婚不久，就被凉州（今武威）的一位高僧请去修造佛塔，两年后才完工。他人虽在凉州，但对家中父母放心不下，更想念新婚的妻子。怎样既不误造塔又能回家呢？他在天空飞旋的禽鸟启发下，造出了一只精巧的木鸢，安上机关，骑上一试，果然飞行灵便。于是，每天收工吃过晚饭，他就乘上木鸢，在机关上击打三下，不多时便飞回敦煌家中。妻子看到他回来，自然十分高兴。为不惊动父母，他也没有言语，第二天大清早，又乘上木鸢飞回凉州。这样，时间不长，妻子便怀孕了。

鲁班的父母早睡晚起，根本不知儿子回家之事。见儿媳有孕，还以为她行为不轨。婆婆一查问，媳妇便将丈夫乘木鸢每晚回家之事说明白，谁知，二老听了不信，晚上要亲自看个真假。

掌灯时分，鲁班果然骑着木鸢回到家中。二老疑虑顿散。老父亲高兴地说："儿呀，明天就别去凉州工地了，在家歇上一天，让我骑上木鸢，去开开眼界。"第二天清早，老父亲骑上木鸢，儿子把怎样使用机关作了交代："若飞近处，将机关木楔少击几下；若飞远处，就多击几下。早去早回，别误了我明日做工。"

老父亲将儿子的交代记在心中，骑着木鸢上了天，心想飞到远处玩一趟吧。就把木楔击了十多下，只听耳边风响，吓得他紧闭双眼，抱紧木鸢任凭飞翔。等到木鸢落地，睁眼一看，已飞到了吴地（今江苏、浙江一带）。吴地的人见天上落下一个怪物，上骑白胡子老头，还以为是妖怪，围了上去，不由分说，乱棒把老头打死，乱刀把木鸢砍坏。

鲁班在家等了好多天，不见父亲返回。他怕出事，又赶做了一只木鸢，飞到各处寻找。找到吴地以后，一打听，才知父亲已经身亡。他气愤不过，回到肃州（今酒泉）雕了一个木头仙人，手指东南方。木头仙人神通广大，手指吴地，吴地就大旱无雨，当年颗粒无收。

三年以后，吴地百姓从西来的商人口中得知，久旱无雨原是鲁班为父报仇使的法术。便带着厚礼来到肃州向鲁班赔罪，并讲了误杀他父亲的经过。鲁班知道了真情后，对自己进行报复的做法深感内疚，立即将木仙人手臂砍断，吴地当即大降甘露，解除了旱灾。

之后，鲁班左思右想，认为造木鸢，使父亡；造木仙人，使天大旱，百姓苦。这是自己干了两件蠢事。之后他便将这两样东西扔进火里烧了。木鸢和木仙人便就此失传了。不过据说今天的风筝，就是根据木鸢改造而成的。

墨子破云梯

墨子生活在公元前五世纪左右，是我国战国时期著名的思想家、政治家，他在战乱纷纭的局势下提出了"兼爱""非攻"的观点，提倡和平，受到了广大百姓的爱戴。

当时，一个著名的工匠公输般（有人传说这就是鲁班），为楚国制造了一种称为云梯的新式兵器，这种武器又高又大，用于攻打敌国的墙门，十分厉害。云梯造成后，楚国就准备攻打宋国了，以便检验这种新式武器的效用。

墨子听到这个消息后，走了十天十夜，赶到楚国国都，拜见了公输般，希望能够阻止这场战争。墨子见到公输般后说："北方有一个人欺侮我，我希望借你的力量杀死他。"公输般不知是计，听了很不高兴，也没有任何表示。墨子接着说："我可以给你很多钱，作为你杀人的报酬。"公输般回答说："我讲道义，不会因为报酬去杀人。"墨子说："楚国是大国，人口不多而土地辽阔，可是它却准备攻打弱小的宋国，这是非正义战争，你口头上说不杀人，可是一旦发生战争，有多少无辜的平民会因为你的新式武器而死去，这跟你亲手杀人有什么区别呢！"

公输般被问得哑口无言，推诿说攻打宋国的计划是楚王的决定，于是墨子和公输般去见楚国国王。见了楚国国王，墨子并没有先说战争。他对国王说："我想请教大王一个问题。"楚王问他是什么问题。墨子说："现在有人放着自己漂亮的车子不要，却想偷邻居的破车，舍弃自己漂亮华贵的衣服不要，却想偷邻居的旧衣服，这是怎样一种人

118

啊?"楚王不知是计,马上说:"这人有偷窃的毛病。"墨子抓住时机,马上说:"楚国有广阔的土地,而宋国只是一个小小的国家,这就如同一辆漂亮的车与一辆破车的对比;楚国物产丰富,而宋国物产贫乏,这如同漂亮衣服和旧衣服的对比,所以我认为楚国攻打宋国,跟那个犯了偷窃病的人正是一类人。"

楚王一下子不知如何回答才好,蛮横地说:"你说得好,但是公输般已经为我造好了云梯,我是一定要攻打宋国的。"墨子不慌不忙地说:"云梯并没有想象的那样厉害,不信我可以与公输般模拟作战。"楚王于是为他们准备了道具,包括城墙,守城的器械,云梯及其他攻城的兵器。公输般模拟攻打宋国的城墙,结果任由他多次改变攻城的战术,都被墨子抵挡住了,公输般攻城的器械用完了,墨子守城的方法还有余。

公输般不甘心失败,对墨子说:"我知道怎么来对付你,我不说。"墨子也说:"我也知道如何对付你,我也不说。"楚王问墨子其中的原因,墨子说:"公输般的意图,不过是杀了我。他以为杀了我,宋国就没有人来防守楚国的攻打了。可是,我已经把我的方法教给了我的徒弟,即使杀了我,也不能攻入宋国的城门。"

楚王见大势已去,迫不得已地说:"我决定不攻打宋国了。"这样,墨子凭自己的机智和勇敢解除了宋国的一场灾难。

李冰升仙

二千五百多年以前,秦蜀郡太守李冰,带领其子和蜀民在灌口(今都江堰市),日夜奋战,终于降服了作恶多端的孽龙,治好了水患。

水患治理好之后,李冰感到浑身疲劳不堪,眼前一黑,昏倒在伏龙观前。半晌,才慢慢苏醒过来。这时,一个头戴斗笠,身着蓝衫,脚蹬草鞋，风尘仆仆的干瘦老汉，两眼淌泪，双膝跪在地上慢慢地向李冰陈述："禀太守，小神乃洛县(今什邡市)高景关的土地。近月来，高景关上平白无故地冒出一座龙神庙。那庙中龙神一日要吃三牲九头，十日要吃童男童女一对。这几天，无人愿与它送去吃的，它便兴风作浪涌水赶石，堵在关前瀑口。把瀑口以上的红白场、八角庙、高桥镇，变为西海；使瀑口以下的两岸良田，喳口裂缝，颗粒无收。沿岸百姓，痛不欲生。小神深知太守降龙擒怪，道法高强，特地前来求救！"

李冰听罢，令土地稍坐片刻，手抚长须，剑眉紧锁，深深地陷入沉思之中……原来，李冰出生在与洛县章山一脉的岷山地域，小时，眼见川西平原洪水泛滥成灾，百姓叫苦不迭，便萌发治理水患之念。于是，他发奋读书，深钻天文地理知识，研究治水之方。由于他对蜀地山川河流了如指掌，成人后治水屡建奇功，秦昭王心喜，封他为蜀郡太守。

李冰想了一会，对土地道："吾决不让这妖孽残害家乡父老！"于是，他叫人牵来一匹马，叫土地神上马带路，自己率三官等文士武将直奔高景关而去。

李冰一行来到高景关下，他令三官和土地神等关下留步，自己佩带斩龙剑，独步上关。他抬头仰望，两山对峙，青狮白象堵严瀑口。瀑口上，一片汪洋，波浪滔天；瀑口下，一片焦黄，稻禾干枯。悬崖峭壁之下，屹立着一座巍峨的庙宇，斗大的"龙神庙"三字映入眼帘。阴暗的大殿正中，端坐着一个面目狰狞，戴金盔穿金甲的龙神。龙神头顶上冒出一团黑气，背后隐卧着一条张开血盆大口的恶龙。龙嘴两旁，白骨累累，一股难闻的血腥味直往上窜。这孽畜正是从他手中逃掉的西海龙王敖顺的九太子，李冰找了它多年，今天却在这里相遇。

恶龙九太子一眼见到李冰，本待前去硬拼，又恐非李冰对手。埋下龙头，想出一条吃掉李冰的毒计。只见口吹一团妖气，自己摇头一变，变成一慈眉善目，双手捧拳的慈航真人站立岩石上道："李公！尔功德无量，吾来度尔成仙！"

李冰一见龙神庙消失得无影无踪，面前这慈航真人的头顶上，仍然冒着一团黑气，便断定这又是恶龙九太子所为。他抽出手中斩龙剑，大吼一声："胆大的孽畜!竟敢变成普度众生的慈航真人。吃我一剑!"说罢一剑刺去。

恶龙九太子见诈骗未遂，化作一股青烟冲上天空。一摆龙头，变作一条九头龙，张牙舞爪地向李冰扑来。李冰念动真言，从高景关下的凉风洞里唤出风神，从热风洞里调来火神，祭起斩龙剑，剑即变作无数把飞剑，直向恶龙九太子刺去。风神吹出的神风，使恶龙难睁双眼；火神放出的神火，让恶龙皮烂肉焦。与神龙混战了三天三夜，李冰越战越勇，一剑劈开了黑滩子里的巨石，杀死了恶龙。从此，瀑口以上再不是一片汪洋大海了，瀑口以下的洛县、彭州、汉州的大片良田也五谷丰登。李冰为永保高景关下的瀑口畅通无阻，便留下三官，配合土地神，永镇瀑口，保一方平安。

一日，时年67岁的李冰，站在高景关右侧的后城治山石之上，抚须佩剑，放眼成都。只见沟渠纵横，千里沃野，稻谷金黄，心中喜悦。忽闻仙风吹拂，仙乐齐鸣，只见羽衣使者，从天而降，说道："李公之德，垂名天府，玉帝命吾等迎公上天!"言毕，羽衣使者带李冰飞升而去。

后来，人们把李冰飞升上天的那块岩石，称为升仙台。在离升仙台不远的地方，建起了李冰衣冠墓。同时，在高景关瀑口旁边，修建了镇守瀑口的三官庙和祭祀李冰的大王庙道观。每年农历六月二十四日是李冰诞辰之日，这天，大王庙道观热闹非常，香烟缭绕，游人如织，李冰升仙的传说也一代一代地流传下来。

司马相如"凤求凰"

"凤兮凤兮归故乡，游遨四海求其凰。有一艳女在此堂，室迩人遐毒我肠，何由交接为鸳鸯。"这是著名的琴歌《凤求凰》的唱词，而这段美轮美奂的音乐也造就了一段流传千古的风流佳话。

传说那是在汉初，蜀中山明水秀，地灵人杰，孕育了不少出色的文人雅士，司马相如便是其中的一位。他仰慕战国时代赵国名相蔺相如的为人和才华，因而以"相如"作为自己的名字，以此表示立志要做一番轰轰烈烈的大事。

汉景帝即位后不久，司马相如就从家乡来到长安，遇到颇有书卷气息的梁王，梁王很赏识相如，就把他带到了自己的封地。司马相如在梁地舞文弄墨，作赋弹琴，生活过得十分惬意。梁王盛赞其才情，还特意赐给他一把名琴"绿绮"，上面刻有"桐梓合精"四字，是当时不可多得的名贵乐器。

但是好景不长，梁王去世后，家中的宾客逐渐散去了，司马相如也回到了家乡，而此时的司马家已是父母双亡，家徒四壁，在无法自立的情况下，司马相如抱着迷茫的希望来到临邛投靠担任县令的好友王吉。这时的临邛城虽然只是一个小县城，但城内却有着一个闻名全国的富商——卓王孙。

卓家祖居赵国，祖上以冶铁致富，战国期间诸国争雄，为躲避战乱，卓家辗转迁到蜀地的临邛定居，仍以冶铁为业。到汉代卓家传到卓王孙这一代，由于社会安定，再加之经营得法，卓家已成了一方巨富，拥有良田千顷，家资亿万。

卓王孙为人爱好附庸风雅，经常在家中宴请宾客，邀请名士在席间谈文论酒，他听说昔日梁王的门客司马相如来到了临邛，便十分高兴地请他前来家中赴宴。司马相如来到了卓府，大家都早听闻他的琴技高超，绿绮也是难得的名琴，便兴致勃勃地请他弹奏一曲。相如推脱不过，便拿出琴来弹奏了一曲《凤求凰》。他心想自己学富五车，满怀抱负，却不得伸展，只得在此处为富户商贾操琴取乐，而且就连弹琴，也是眼前没有一个知音，不由得悲从中来，满腔悲情也灌注在了琴音之中。

此时满席宾客觥筹交错、热闹无比，无人去深究相如琴中的真意，只有一个在帘后偷听的人被这高超的琴艺和动人的情感所打动，这就是卓王孙的女儿——卓文君。卓文君生在巨富之家，聪明伶俐，自幼学习琴棋书画，待成人后已是远近闻名的才女。又因为她长得十分美貌，所以前来求婚的人络绎不绝。十七岁那年，卓王孙将她许配给了门当户对的人家，无奈卓文君出嫁不久丈夫就一病亡故了，她便返回娘家过起了寡居生活。

年轻的卓文君孤身一人，时常面对春花秋月，感物伤人，备感凄凉。今天她听说司马相如来到家中，便趁机来到后堂，想观瞻一下著名才子的风采。当她见到司马相如才貌如此过人，不由得怦然心动，再听到《凤求凰》情真意切更是对相如深深倾心。当晚，在贴身丫鬟的帮助下，卓文君私会了司马相如，相如也是为卓文君的才华和美貌所折服。当夜卓文君便收拾了行装，偷偷地与司马相如逃出了家门。

汉朝时礼法森严，卓王孙听说女儿与人私奔怒不可遏，认为司马相如有辱衣冠，自己的女儿也太不争气，寡妇私奔，败坏门风，使他丢尽脸面，当时便宣布与女儿断绝关系，再不来往。而卓文君与司马相如情投意合，她宁愿与心上人一同忍受贫困，毅然决绝地与司马相如回到成都，再也不愿回到家中过毫无生气的寂寞生活。

到了成都司马相如的家中后，虽然家徒四壁，但二人毫不在意，司马相如典衣沽酒，卓文君也脱钏换粮，根本不把今后的生计放在心上。几个月后，他们索性卖掉车马，回到临邛开了一间小酒家，卓文君淡妆素颜，当垆沽酒，司马相如更是穿上粗布衣衫，像市井百姓一样忙里忙外，担任起了跑堂的工作。

昔日的富贵小姐今天当垆沽酒，此事顿时轰动了远近，小酒店一时间门庭若市，热闹非凡，人们都来观看卓文君与司马相如的情形。夫妻二人面对百姓的问询应对自如，只说是为了生计如此，并不介意抛头露面、买卖赚钱，而大家也纷纷表示佩服这一对有情人的勇气。

而卓王孙经不起亲朋好友的疏通劝解，迫于颜面不得已分给司马相如与卓文君奴仆百人、钱财百万，并厚备妆奁，接纳了这位女婿。后来，才高八斗的司马相如终于得到汉武帝的赏识，仕途平坦，一路升做了中郎将，更留下了许多脍炙人口的汉赋名篇，而司马相如和卓文君二人的才华和真情也被传为千古佳话。

华佗气太守

一天，华佗来到一个叫高郡的地方，他一不投亲友，二不住客栈，而是直接来到郡太守的府衙前，指名道姓要见本地的太守。高郡的太守这年五十余岁，为官多年，能体察民情，礼贤下士，在高郡本地颇有清廉之名，当听说当代名医华佗来访，他急忙命人将他请上堂来。

华佗来到客厅，与太守见过礼后便不客气地坐了下来说：“大人，小人这次路过高郡，想在府上小住几日，不知大人是否能应允？”其实华佗的言行都是无礼之举，但太守一点也没介意，反倒是很高兴地让下人安排华佗的住处。

言谈间，太守几次咳嗽，华佗看了他几眼，又呷了口茶后说，“我看你的面色不太好，想必正在患病吧。”听了华佗的话，太守叹了口气说：“唉，不瞒神医说，最近几个月来，我不知怎么，老是心情郁结，食不甘味，夜不能寐，痛苦非常，请了几个医生都没治好。前些日子，我儿子向我说起你的大名，我已经让他去找你了……不想今日神医登门，看来这是天意，我的病治愈有望了。”

听太守说完，华佗笑了笑，漫不经心地说道：“既然这般奇巧，我就试试看吧。”当下，华佗就开始为太守诊察病情。他为太守把脉过后，说道：“大人，行了。我看咱们还是先用饭吧。”太守于是连忙让人备好酒菜，请华佗入席。

席间华佗只字不提太守的病情。太守开始还耐着性子陪他吃喝，许久过后他有些忍不住了，问道：“请问神医，你刚才为我诊察了一番，我……患的什么病？可否为我开具药方？”“这个……”听了太守所言，华佗笑了笑，答非所问道："大人，我们行医之人讲的是治病救人，但是我也靠此为生。"太守急忙说道："酬金的问题神医不必担心。"说完，当场就付给华佗一些银子作为刚才的诊费。

收下银子后华佗高兴道："好！大人，你的病情虽很复杂，但我一定替你细心诊治，你就放心好了。"此后，华佗每天都为太守看病，像模像样地把脉，问这问那，就是不开药方，看完后就或明或暗地要诊金，一要就是一大笔。太守对华佗的所为由不理解到有些反感，但碍于华佗的名声和迫切想治好病的愿望，他都按华佗的意思办了。

转眼过了十来日，太守发现华佗居然不辞而别，而且留下书信将自己羞辱了一番，说本来就无心为他诊病，只是为了赚取诊金才在此逗留多日。看罢信，太守感到受了愚弄，顿时气得七窍生烟，感觉喉间涌上一股液体，顷刻吐出几大口血痰，人便瘫倒在地上。

太守醒过来时，已是次日上午了，他睁开眼，看到不知何时回来的儿子正坐在床头给他喂药，儿子告诉他说："父亲，看样子你的病好多了，真多亏了华佗神医。"接着他向父亲讲述了其中的蹊跷：原来他出门没几天就找到了华佗，向华佗讲了太守的病情后，华佗分析是由于操劳过度，痰血郁积所致，于是决定以"激怒"的方法治太守的病。而眼下，儿子喂太守的汤药，正是华佗将太守"激怒"之后开出的提神补气的药方。

听了儿子这番话，太守恍然大悟，儿子继续告诉他说，华佗治病从不为金银，所收取的诊金已经让他全部带了回来。太守听后感叹道："华佗不光是一代神医，更是一位人中君子啊！"

周处除三害

三国末年至西晋初年，有一个叫周处的人，至今许多人都知道他除三害的故事。

周处是江苏人，力气大，可是性情暴躁，不讲理也不管后果，在村子里为所欲为。村里人讨厌他，把他和山上的猛虎、水里的蛟龙合称为"三害"。

一天，周处看到一些老人围坐一起，边叹气边议论着什么。他就走过去问："现在天下太平，又丰收了，你们还有什么不高兴的呢？"其中一个老人说："三害不除，哪会快乐呢？"周处忙问："什么三害，快说给我听。"老人说，一害是南山上的猛虎，二害是长桥下的蛟龙。该说第三害了，老人闭口不语了。周处性急，非让老人说不可。老人就说："要问这第三害，就是欺压乡邻的恶人。"看见大家看着他，周处以为是希望他去除三害，就说："这三害算得了什么，我去除掉它们。"大家都说："你要是能除掉这三害，这可是大好事，我们一定感谢你。"

周处真的除三害去了。他爬上了南山，用弓箭射死了猛虎。又来到了长桥，去擒拿蛟龙。那蛟龙异常凶猛，周处和它在水中搏斗起来，三天三夜没上岸。

村里的人见周处一去不回，以为他与蛟龙同归于尽了，就庆祝三害已除。可是周处凭自己的智慧杀死了蛟龙，回到了村里。他一见大家正在庆祝三害已除，才知道原来自己也是三害之一。他难过极了，心想：一个人被看作和吃人的老虎、害人的蛟龙一样，还有什么意思。他痛下决心，要改过自新。

周处外出去访问了名师，经名师指点，回到家乡，振作起来，不再专横无理，而是尽心尽力帮助别人。周处这种勇于改过的行为，得到了乡邻的赞扬。后来他更发奋读书，入朝为官。做官后他为官清正，为国为民都做了许多好事，而他浪子回头"除三害"的故事，也被人们所世代流传。

王羲之的故事

　　王羲之是我国东晋时著名的大书法家，一生留下了许多流传后世的绝妙佳作，被后人尊为"书圣"，民间也流传许多有关他的动人故事。

　　许多艺术家都有各自的爱好，有的爱种花，有的爱养鸟。但是王羲之却有他特殊的癖好——养鹅。他认为养鹅不仅可以陶冶情操，还能从鹅的某些体态姿势上领悟到书法执笔、运笔的道理。所以不管哪里有好鹅，王羲之都有兴趣去看，实在喜欢了，还会直接把它们买回来玩赏。

　　山阴地方有一个道士，他想要王羲之给他写一卷《道德经》。可是他知道王羲之是不肯轻易替人抄写经书的。后来，他打听到王羲之喜欢白鹅，就特地养了一批品种好的大白鹅。

　　王羲之听说道士家有好鹅，真的跑去看了。当他走近那道士屋旁，正见到河里有一群鹅在水面上悠闲地浮游着，一身雪白的羽毛，映衬着高高的红顶，实在惹人喜爱。王羲之在河边看着看着，简直舍不得离开，就派人去找道士，要求把这群鹅卖给他。

　　那道士笑着说："既然王公这样喜爱，就用不着破费，我把这群鹅全部送您好了。不过我有一个要求，就是请您替我写一卷经。"王羲之当时就毫不犹豫地给道士抄写了一卷经，那群鹅就被王羲之带回去了。这就是王羲之"以字换鹅"的故事。

　　一次，王羲之来到天台山，被神奇秀丽的天台山风景吸引住了，便在华顶住了下来。他尽情欣赏日出奇观和云涛雾海，这些山光胜景使他的书法也得到润色。他不停地练字，不停地洗笔洗砚，竟把一个澄澈清碧的水池都染黑了——墨池就是这样得名的。

有一天夜里，王羲之在灯下练字，白纸写满了一张又一张，铺得满地都是。夜深了他还逐个字逐个字细看着，思考着，实在练得太疲倦了，握着笔伏在案上。忽然，一阵清风过后，一朵白云飘然而至，云朵上有位鹤发银髯的老人，笑呵呵地看着他说："你的字写得不错呀！"

"哪里，哪里！"王羲之一边让座，一边谦虚地回答。他见这位老人仔仔细细地观看自己写的字，便请教说："老人家啊，请您多多指正。"老人见王羲之一片诚心，说道："你伸过手来。"王羲之心里纳闷，老人要做什么呢？他见老人一本正经，不像开玩笑，便慢慢地伸了过去。老人接过手，笑容可掬地说："我看你诚心诚意学写字，让你领悟一个笔诀，日后自有作用。"老人说完，在王羲之的手心上写了一个字，然后点点头说："你会更快进步的。"说罢就去了。王羲之急忙喊道："先生家居何处？"只听空中隐隐约约地传来一声："天台白云……"

王羲之一看手心是个"永"字，他比呀划呀，写呀练呀，终于领悟了：横竖勾，点撇捺，方块字的笔画和架子结构的诀窍，都体现在这"永"字上。白云先生教授的真是好笔诀！此后，王羲之练得更勤奋了，他的书法也更加洒脱、奇妙了。

后来，王羲之回到绍兴，与文友在兰亭欢聚时，挥笔写下了千古流传的书法珍宝《兰亭集序》。王羲之念念不忘天台山白云先生的"永"字笔诀，诚心诚意地写了一部《黄庭经》，放在山顶一个突兀峭险的岩洞里，后人就叫它"黄经洞"。今天，有些胆大的旅游者，还要爬上黄经洞看一看，是不是洞里还藏着王羲之的《黄庭经》呢！

王羲之不仅自身书法过人，更是教子有方，他的儿子王献之就是在他的教导下成了一位书法高手。

王献之是王羲之的第七个儿子，自幼聪明好学，在书法上专工草书隶书，也善作画。他七八岁时始学书法，师承父亲。有一次，王羲之看献之正聚精会神地练习书法，便悄悄走到背后，突然伸手去抽献之手中的毛笔，献之握笔很牢，没被抽掉。父亲很高兴，夸赞道：

"这孩子日后肯定能功成名就。"献之听后心中沾沾自喜。还有一次，羲之的一位朋友让献之在扇子上写字，献之挥笔便写，突然笔落扇上，把字污染了，献之灵机一动，添上几笔，一只小牛栩栩如生于扇面上。再加上众人对献之书法绘画赞不绝口，他不由得洋洋自得起来。王羲之和妻子郗氏在一旁若有所思，决定要找机会教育一下这骄傲的孩子。

一天，王献之问母亲郗氏："我只要再写上三年就能赶上父亲了吧？"母亲摇摇头。"五年总行了吧？"母亲又摇摇头。献之急了："那您说究竟要多长时间？""你要记住，写完院里这 18 缸水，你的字才会有筋有骨，有血有肉，才会站得直立得稳。"献之一回头，原来父亲站在了他的背后。王献之心中不服，一语不发，一咬牙又练了五年，把一大堆写好的字给父亲看，希望听到几句赞扬的话。谁知，王羲之一张张掀过，一个劲地摇头。掀到一个"大"字，父亲显出了较满意的表情，随手在"大"字下填了一个点，然后把字稿全部退还给献之。

王献之心中仍然不服，又将全部习字抱给母亲看，并说："我又练了 5 年，并且是完全按照父亲的字样练的。您仔细看看，我和父亲的字还有什么不同？"母亲果然认真地看了三天，最后指着王羲之在"大"字下加的那个点儿，叹了口气说："吾儿磨尽三缸水，唯有一点似羲之。"

献之听后羞愧不已，又锲而不舍地练下去。功夫不负有心人，献之练字用尽了 18 大缸水，终于在书法上突飞猛进，他的字也到了力透纸背、炉火纯青的程度。后人将他和父亲王羲之并列，称之为"二王"。

"一字千金"的王勃

初唐诗人王勃生于名门望族，自小就聪慧过人，有"神童"之称。

长大后，他更是满腹才华，无奈生不逢时，他的人生际遇非常坎坷，还曾有过十分窘困的境遇，但是这种困境也给他留下了"一字千金"的千古佳话。

那一年，年轻的王勃从京都来到了南昌。当时，由于家族败落，他的生活比较穷困，被迫无奈之下，王勃常为生计而奔波。这年重阳节，南昌都督阎伯屿在滕王阁大摆宴席，邀请远近文人学士为重新修葺的滕王阁题诗作序。王勃从小声名远播，这次自然也是其中宾客。在宴会中，王勃写下了著名的《滕王阁序》，接下来写了序诗："闲云潭影日悠悠，物换星移几度秋。阁中帝子今何在？槛外长江□自流。"在诗中王勃故意空了一字，然后把序文呈上给都督阎伯屿，之后便起身告辞。

阎大人看了王勃的序文，正要发表溢美之词，却发现后句诗空了一个字，便觉奇怪。旁观的文人学士们你一言我一语，对此发表各自的高见，这个说，一定是"水"字；那个说，应该是"独"字。阎大人听了都觉得不能让人满意，怪他们全在胡猜，非作者原意。于是，命人快马追赶王勃，请他把落下的字补上来。

待来人追到王勃后，他的随从说道："我家公子有言，一字值千金。望阎大人海涵。"来人返回将此话转告了阎伯屿，阎伯屿心里暗想："此分明是在敲诈本官，可气！"又一转念："怎么说也不能让一个字空着，不如随他的愿，这样本官也落个礼贤下士的好名声。"于是便命人备好纹银千两，亲自率众文人学士，赶到王勃住处。

王勃见过阎伯屿与一众人等后，又接过银子故作惊讶地说："何劳大人特意前往，晚生岂敢空字？"大家听了只觉得不知其意，有人问道："那所空之处该当何解？"王勃笑道："空者，空也。阁中帝子今何在？槛外长江'空'自流。"大家听后一致称妙，阎大人也意味深长地说："一字千金，不愧为当今奇才……"

有了这纹银千两，在此后的一段时期，王勃不至于为生计所迫、终日奔波操劳了，闲暇时还可读书吟诗，而他"一字千金"的事迹也流传开来。

李白求师

　　李白是华夏史上最伟大的诗人，为后世留下了许多奇闻佳话，其中还有一段晚年求师的趣事。

　　李白晚年在政治上很不得志，他怀着愁闷的心情写诗饮酒、漫游名山大川。一天清晨，李白像往日一样，在街头的一家酒店买酒，忽听隔壁的柴草行里有人在问话："老人家，你这么一大把年纪，怎么能挑这么多柴草，你家住哪？"回答的是一阵爽朗的大笑声。接着，便听见有人在高声吟诗："负薪朝出卖，沽酒日西归。借问家何处？穿云入翠微！"

　　李白听了，不觉一惊："这是谁？竟随口吟出这样动人的诗句！"他问酒保，酒保告诉他：这是一位叫许宣平的老翁，他看穿了世俗，隐居深山，但谁也不知道他住在哪座山里。最近他常到这一带来游历，每天天一亮，就见他挑柴进镇，柴担上挂着花瓢和曲竹杖，卖掉柴就打酒喝，喝醉了就吟诗，一路走一路吟，不通晓诗书的人都觉得他疯疯癫癫。

　　李白暗想：这不是和自己一样的"诗狂"吗？他马上转身出门，只见那老翁上了街头的小桥，虽然步履艰难，但李白无论怎么赶也赶不上。追上小桥，穿过竹林，李白累得气喘吁吁，腰酸腿痛，定神一看，老翁早已无影无踪了。李白顿足长叹，"莫不是我真的遇上了仙人！"他撩起袍子又赶了一程，还是不见老翁，只好失望地回来。

　　那天夜里，李白怎么也睡不着，回想起自己大半辈子除了杜甫之外，还没结识到几个真正的诗友。没想到今天竟遇上这样一个诗仙，可不能错过机会，一定要找到他！

　　第二天，李白在柴草行门口一直等到日落西山，也不见老翁踪迹。

第三天，第四天，天天落空。第五天一早，李白背起酒壶，带着干粮上路了。他下了最大的决心，找不到老翁，就是死也要死在这儿的山林里。就这样找了一个多月，老翁的踪迹还是寻觅不到，李白有点泄气了。正在这时候，他回想起少年时碰到的那位用铁杵磨针的婆婆，婆婆说得好："只要有决心，铁杵磨成针。"要想找到老翁，就看自己有没有毅力了。想到这里，李白咬咬牙，又往前走。累了，趴在岩石上睡一会；饿了，摘一把野果充饥；酒瘾上来，就捧着酒壶美美地喝上一口。

这天黄昏，晚霞把天空染得通红通红，清泉与翠竹互为衬托，显得分外秀丽。李白一心惦念着老翁，哪顾得欣赏景色。他拖着疲惫的身子，一瘸一拐地来到黄山附近的紫阳山下。转过山口，只见前面立着一块巨石，上面似乎还刻着字。李白忘记了疲劳，一头扑上去，仔细辨认起来，石上原来是一首诗："隐居三十载，筑室南山巅。静夜玩明月，闲朝饮碧泉。樵夫歌垄上，谷鸟戏岩前。乐矣不知老，都忘甲子年。"

连读三遍，李白失声叫道："妙哉！妙哉！真是仙人之声啊！"心想：见到老翁，一定得拜他二拜，好好请教请教。他回转身，看见崖石边的平地上摊着一堆稻谷，看来一定是许宣平老翁晒的。李白索性往边上一蹲，一边欣赏山中的景致，一边等老翁来收谷。

天黑了，李白忽听到山下传来阵阵击水声，循声望去，只见山下的小河对岸划来一只小船，一位须发飘飘的老人立在船头弄桨。李白上前询问道："老人家，请问，许宣平老翁家在何处？"这老人正是李白要找的许宣平老翁，上次他见李白身穿御赐锦袍，以为又是官家派来找他去做官的，所以再也不愿去县城了。没料到，此人竟跟踪而来。这时，老人瞟了李白一眼，随手指指船篙，漫不经心地答道："门口一杆竹，便是许翁家！"

李白抬眼望了望郁郁葱葱的山峦，又问："处处皆青竹，何处去找寻？"老人重新打量着这位风尘仆仆、满脸汗水的客人，反问道："你是……""我是李白。"说着，深深地一揖。老人愣住了："你是李白？

李白就是你?"李白连忙说明了自己的来意。

老人一听,双手一拱:"哎呀,你是当今的诗仙!我算什么,不过是诗海里的一滴水罢了。你这大海怎么来向一滴水求教,实在不敢当,不敢当!"说完,撑起船就要往回走。李白一把拉住老翁的衣袖,苦苦哀求道:"老人家,三个月了,我风风雨雨到处找你,好不容易见到了老师,难道就这样打发我回去不成!"老人见他如此诚恳,便拉住李白,让他跳上了小船。

从此,无论在漫天的朝霞里,还是在落日的余晖中,人们经常看到李白和这位老人,坐在溪水边的大青石上饮酒吟诗。那朗朗的笑声,和飞瀑的喧哗声汇成一片,随溪水一起送到百里千里之外……

唐伯虎的传说

唐伯虎是明朝年间的大才子,他才华出众,是位天才的书画家,但他性情孤傲,淡泊名利,终生与书画为伍,达官贵人也都视他为异类。

这一年春节时候,唐伯虎家中落魄,没有多余的银钱置办年货,他想到当朝阁老和他住得很近,不如就从他那里讨些银子。略加思考后,唐伯虎提笔写了一副春联,差人给阁老送了过去。阁老听说是才子唐伯虎所送的春联,非常高兴,赏了来人三十两银子。

打发唐府佣人走了以后,阁老打开春联仔细观赏,只见上面写着"今年真好晦气"几个大字,每个字都有碗大。其实唐伯虎又在下面写了两个芝麻大小的"全无",但是阁老眼花没有看见。他看着这几个字心想:"'今年真好'倒不错,怎么又加个'晦气',这不是'今年真好晦气'吗?好个大胆唐伯虎,怎么大过年上门骂我,我还赏给他银子,真是欺人太甚。干脆去面君,叫皇上重重惩罚他。"

于是，阁老拿了对子上了八宝金殿，给皇上叩头奏道："吾皇做主，大胆狂徒唐伯虎，无视皇上，辱骂朝廷命官，请皇上重责于他。"皇上问道："他到底是怎么骂你的？""他给我写了付对子，人家都说些吉利话，他却骂我倒霉，请圣上过目。"皇上接过对联一看，阁老所说果然不假，心中也非常认同阁老，于是就宣唐伯虎上殿。

唐伯虎来到金銮殿，说："万岁我主，何事宣我？"皇帝说道："你怎么无缘无故写对联骂阁老？他是朝廷重臣，德高望重，你要尊重他才是。"唐伯虎说道："阁老一定误解了，我哪能骂他。""这不是你写的朗朗大字吗？还再狡辩"。随手就把对联递给了唐伯虎。"这对子没错啊，我这'今年真好，晦气全无'怎么是骂人呢？"皇帝说："哪有'全无'两字？""这不有两个小一点的字吗？"

皇帝一看果然有两个较小的字"全无"，说："这两个小字就算啦？"唐伯虎笑嘻嘻地答道："大字算字，小字不算字吗？要写一封文书必须一张纸写一个字吗？"皇帝一时间也被问住了，唐伯虎又转问阁老："阁老，我好意给你写了付对联，你倒说我骂你，还告到皇上这里，你说这事如何是好？"皇帝看此情况就推脱说道："你们的事，你们自己办吧，朕就不插手了。"随后，唐伯虎拉着阁老来到金殿外，悄悄地说道："这事坏了我的名声，本来我不该与你善罢甘休，但年关将近，我也不与你过多的纠缠，你就赔赏三千两银子吧。"阁老哑口无言，只好自认倒霉地拿了三千两银子给他。

唐伯虎虽然对达官贵人不屑一顾，经常戏弄他们，但是对贫苦百姓却十分照顾。有一天，唐伯虎出门访友，半夜才回到家中。他家住在一个巷子里，巷口有个栅栏门，一到天黑就会上锁，这天夜里也不例外，将唐伯虎关在了巷子外，他只能在巷子门口喊更夫道："张老伯，请开门。"看门的更夫一看是唐伯虎，就开了门。唐伯虎半夜归来叫门，也不是一次了，经常麻烦张老伯，他心内也较为愧疚，就对张老伯说："我准备送您一样东西，您看了一定高兴。"张老伯说："什么东西？"唐伯虎说："到时候您就知道了。"说完，便回家了。

过了数天，唐伯虎用布包着一件东西来到了张老伯的住处，说：

"我送给您的东西拿来了。"说着打开布包，拿出一幅画，对张老伯说："这幅画送给您，您一定收下。"张老伯知道唐伯虎一画千金难求，兴奋不已，展开画一看，只见画面上画了三棵竹子，每棵十二节，竹子顶上有一个小鸟，竹子根头有一蓬狮子草，草上有一个蝈蝈，栩栩如生，十分生动。张老伯连连称赞：画得好，画得好！唐伯虎笑着说："这画是好是坏倒是其次，不过它能帮你看更。""真的？""还能哄您，您回去在起更时把画挂起来，您看着，小鸟往下跳一节，蝈蝈往上爬一节，您就打一更，小鸟往下跳两节，蝈蝈爬两节，您就打二更。这样，一直打到五更，您就把画收起来，小鸟和蝈蝈就能回到原位上。第二天起更时再接着用。"

张老伯一听高兴极了，回去一试，果真灵验无比，对着唐伯虎谢了又谢，唐伯虎只是一再嘱咐："用完后一定要收起来，否则就会出事。"

如此过了一段时间，衙门里管事的人发现张老伯打更打得太准了，觉得奇怪，便把老伯找来询问。张老伯是个老实人，就一五一十地把这事说了出来。这管事人把这件事报告给了知县，知县就下令要张更夫把画拿来给他看看。第二天，张老伯把画拿给了知县，不想知县拿出五十两银子，对他说："我赏给你五十两银子，你把画留下吧！"张老伯没办法，只好拿了银子走人。

这县太爷把画挂在屋子里，只想着看看画上的鸟虫变真，想不到的是第二天起床再一看，画面上只剩下了三棵竹子。原来因为知县五更时没有把画收起来，蝈蝈被跳上来的小鸟吃掉，而小鸟也飞走了。

纪晓岚妙语戏和珅

纪晓岚是清代一位既有正气又卓有才华的文学家，乾隆帝晚年，宠信大贪官和珅，一时之间，和珅位高权重，几乎一手遮天。而朝廷内外大小官吏，也大多趋炎附势，逢迎奉承。纪晓岚却始终保持清廉正直的品格，坚决不与之同流合污，他当时和和珅斗智的故事也广为流传。

纪晓岚居官数十年，被推为一代文宗，人们都以能得其墨宝为荣。和珅也附庸风雅，请其为自己新建的宅第题写匾额。这次，纪晓岚没有像以往那样拒之于千里之外，而是很痛快地提笔写了两个大字："竹苞"，并说是取意《诗经》"竹苞松茂"之意，以贺其豪宅落成，同时祝其家族兴旺。

和珅拿到了纪晓岚的题字后大喜过望，精心装裱，并把它挂在亭台楼阁最显眼之处，凡有宾客来访，都不免炫耀吹嘘一番，以示儒雅清高，似乎身上的铜臭味也少了许多。直至乾隆帝某日大驾光临和府，看到"竹苞"二字，开始颇为不解，继而忍俊不禁，这才揭开其中奥秘：所谓"竹苞"，真正的意义其实是"个个草包"。和珅知晓了其中含义也是无可奈何，心想一定要找机会报复纪晓岚，以雪今日之耻。

过了几日，和珅请纪晓岚到家中饮酒，席间突然跑出了一只狗，和珅故作惊诧地问道："这是狼是狗？"当时纪晓岚的官职是侍郎，和珅这句话其实就是谐音"侍郎是狗"。纪晓岚闻言也不恼怒，只是放下酒杯，笑着说道："要分辨是狼是狗，也很简单，看它的尾巴就行了。尾巴下垂的是狼，上竖的是狗。"原来这时和珅任兵部尚书，纪晓岚这句"上竖（尚书）是狗"也让他像吞了黄连一般，有苦说不出。

王尔烈考途巧对

清乾隆时期，关东地区有个知名的才子王尔烈，他为人聪明，学识渊博，才气过人，人称"压倒三江"，可算是举国第一的大才子了。

据说，当年他随同一些举子赴京赶考，一路上留下不少巧对。

一天，途遇一条大河，大家搭船过渡，船至江心，老艄公突然兴起，想试试这些举子的学问，便一边摆船，一边有意无意地念出一副上联："锅漏漏干船漏满"。这可是一个绝妙的上联，一个漏字漏出两种正好相反的结果，锅漏把水漏干了，船漏却把水漏满了。举子们一听，暗自称奇，可就是没有一个人能对出下联来。这时，只听王尔烈徐徐吟道："灯吹吹灭火吹燃"。真妙！同样是吹，点着的灯被吹灭了，而将灭的火却被吹着了。举子们个个佩服。

下了船，走上一段崎岖山路，大家走累了，正要坐下歇歇，忽然听见一个樵夫一面挥斧砍柴，一边独自念道："此木为柴山山出"。又是一副别致的上联，不仅每前两个字都能合成后一个字，构思巧妙，而且成文贴切，完全与樵夫的身份相称。大家你瞅我，我瞅你，全都不敢作声。这时，王尔烈望一下远方，正夕阳西下，红霞满天，隐隐村落，袅袅炊烟，于是，不紧不慢地对出一副下联："因火成烟夕夕多"。真是令人叫绝，不仅字面上对仗工整，而且意境清幽，情景交融。举子们都自叹不如。

又走了个把月行程，大家都有些累了，虽然听说已经离北京不远，却总是担心前边再碰上难走的山路。所以逢人便打听。这天，晴空万里，烈日当头，大家正走得气喘吁吁，迎面走来一位白发老者，举子赶紧围上去，询问前面的道路情况。老者见问，微微一笑，顺口说出："身后无石地"。举子们一听，都长出一口气，心想，这回可以放心走了，往前再也没有石头路了。可是王尔烈却若有所思，他明白，老者说出的不仅是一副联语，而且寓意深刻，那是在提醒大家：我身后北京这个地方是皇上选拔人才的去处，你们可要小心在意，加倍努力，切记科第功名绝不像弯腰捡石头那样容易！

就在王尔烈沉思的功夫，举子们也醒悟到原来老者的"无石地"三个字中还隐含另一番用意。可是他们之中却没有一个能应对上来，目光不约而同地集中到王尔烈身上。王尔烈确实不负众望，用手指轻轻揩一下额头，谦虚而又自信地向老者一笑，然后吟出："眼前有汗淋。"意思是说，我们勤于学习，肯付出汗水，一定能够考取功名。老者走到王尔烈面前，满意地笑了，说："好一个有汗淋，那么，我就祝你今科高中为翰林。"举子们听完这段对话，赞不绝口。也是无巧不成书，就在这次乾隆三十六年的科考中，王尔烈一举高中，真被皇上御笔钦点为翰林了。

郑板桥画竹

郑板桥即郑燮，是清代著名画家，"扬州八怪"之首，其诗、书、画世称"三绝"，尤其擅画兰竹。他才华过人，但是性情怪诞，看不惯官场昏暗，便辞去了功名，孑然一身，纵情山水，逍遥快活。

有一次，李鱓（"扬州八怪"之一）和郑板桥一同到了镇江。金山寺的住持派人送去一份请帖，但只邀请了李鱓，李鱓很是得意。郑板桥听说金山寺的斋菜十分美味，也想同去，不过由于住持并没有邀请自己，就装扮做了李鱓的书童，与其一同前往。

第二天，郑、李二人一同到了金山寺。一进门，只见客厅桌子上笔、墨、纸、砚摆得妥妥当当。李鱓看看郑板桥，心里不由得十分得意："你不是想白吃斋菜嘛，这世上哪有白吃的美食，今天就拿你开开玩笑，叫你给我掌墨。"想到此便大声说道："书童掌墨。"掌墨就是端着砚台跟着写字人走，字到哪，墨就到哪。

郑板桥看穿了李鱓的心思，又不便开口，只好忍住不作声，托起了砚台。李鱓笑眯眯地把笔在砚台上蘸蘸掭掭，摆开架势，刚要下笔，只听"扑通"一声，砚台从郑板桥手中一滑，掉在了宣纸的正中间，墨汁洒了一片。李鱓气愤不已，把笔一摔，对着郑板桥说道："这一片墨迹，叫我怎么写？你写吧！""我写？"郑板桥看看急得满面通红的李鱓，又望望宣纸，笑笑说："我不写，我画。"

郑板桥不慌不忙地拿起笔来，蘸了些墨，在宣纸上涂了起来。住持在一旁焦急不已，因为这是好不容易从安徽宣城定做的大开张的宣纸，让书童画岂不糟蹋了。本想上前阻拦，可看看李鱓并不作声，他也不好意思说什么，只能在一旁暗中着急。

只见"书童"在断断续续的墨线上勾勾、画画、点点、戳戳，一会工夫，一丛清瘦秀拔的墨竹亭亭玉立地出现在大家的面前，住持不由得脱口而出："妙哉！妙哉！好一幅墨竹图。"这时郑板桥又从口袋里掏出一枚玉章，盖上了"郑燮"两字。住持立马呆住了，他万万没想到站在眼前的竟是大名鼎鼎的郑板桥，连忙双手合十，接二连三地说道："贫僧不知先生来镇江，望先生恕罪。"

郑板桥笑嘻嘻地望着李鱓，李鱓这才醒悟过来，原来是郑板桥有意把砚台弄翻的。他对郑板桥十分佩服，心里的恼怒也烟消云散了。传说，郑板桥的这幅画在金山寺里保存了上百年呢。

徐才子巧断字谜

传说清朝年间，江南一带有一徐才子，他早年在官办书院做教书先生，他教书灵活，手法新颖，上课时妙趣横生，引经据典，人间趣事，无所不知、无所不晓。

这天，徐才子正在抑扬顿错地念着古诗，当地的一个土财主走进书院，见到徐才子一身土衣，貌不出群，问道："你就是徐才子？"徐才子一摸下巴的小胡子："正是敝人，敢问有何赐教？"原来这土财主家有一小儿子，叫高六，年方七岁，奇傻无比，其实也不是傻，就是调皮捣蛋，根本不学习。还有他一个小外孙，名字叫李腾，请来先生教了一个月，连自己的名字都不会写。听说徐才子教学有方，他便慕名而来，要把孩子交与先生管教。但这土财主有个要求，如他能在十天之内教会俩人写名字，便盖三间新学堂。徐才子微笑着拉过土财主身后的儿子和外孙，看了看便说："不用十天，三天便可。"土财主喜出望外："此话当真？"徐才子一笑："谁还和你开玩笑呢，回去准备盖学堂的银子吧。"

第二天，高六和李腾上学来了，徐才子就开始教。他先伸出一个手指头，问"这是几？"俩孩子答一。又伸出三个手指头，俩孩子答三，徐才子一看心想这孩子不傻嘛，孺子可教也。徐才子问他们爱不爱唱童谣，爱猜字谜吗，他们齐声说"爱"。徐才子说："好。"先教高六，这"六"字很好记："一点坐在尖，腰挎大宝剑，下面两条腿，一个在一边。"高六的高字难写，徐才子说："你这样记，一点一横长，口字顶着梁，大口张着嘴，小口心里藏。"不一会儿高六就记熟背牢了。这李腾二字不好写，先教李字："一竖一横，两眼一瞪，子字下面来撑。"李腾高兴地说这个好记："老师，你教得很形象，不像我家请的老先生，开口就是之乎者也，摇头晃脑，让人听都听不懂，哪还有心思学，你教的像顺口溜，很好学。"徐才子笑着说："关键是引起你们学习的兴趣，小孩子贪玩，只要有兴趣，一学就会。来，下面教你这个最难的'腾'字。"只见徐才子边念边写："夫人去游耍，头戴两朵花，转了一个月，骑马又回家。"李腾笑着说："老师，这真的很好玩。"不一会儿就记住了。

转眼三天已到，土财主心里左右为难，一方面想让孩子学会，一方面又怕出钱盖学堂，便在这天专门请来新到的县令，又召集了几个当地名流、财主秀才，一是要去看一看徐才子到底如何，二是还要再考一考徐才子。财主们一行人坐在讲堂上，叫来高六和李腾，两个孩子不一会儿就工工整整地写下了自己的名字。土财主一看傻了，这徐才子真神呀，人家先生教了一个月都没教会，他三天不到就教会了，可见是有两下子。

这时下面坐的秀才不服气了，对徐才子说："我来考一考你。"徐才子今日看见这些人来者不善，心中早有准备，秀才说要与他对联，徐才子一笑，只见秀才摇头晃脑地说出上联："牛跑驴跑跑不过马。"

徐才子心想这是秀才在暗示,他再能行、聪明,也超不过秀才。徐才子一摸小胡须张口就来:"鸡飞鸭飞飞不过鹰。"秀才心知肚明,一下子闹了个大红脸。秀才不甘失败又出一上联:"没水念奚,有水念溪,溪字去水,添鸟变鸡。"徐才子张嘴就来:"没水读尧,有水读浇,浇字去水,添水变烧。"众人连说好。

县令一听,这人确有真才实学,便追问起他是采取什么方法来教学的。徐才子便向县令说明了他采用编字谜、童谣的办法来教学生,而且学得快记得牢。县令便当堂出一字:"本县令姓田,就说田字。"徐才子说道:"四四方方一个院,院内撑起两竹竿。"县令连说好,又出一字"汪"。徐才子略微一想便说:"三点立一旁,王字坐边上,没点字念王,有点犬叫汪!"众人齐声称好。这时秀才说他姓郭,徐才子一笑:"一点一横长,口字顶着梁,子字来吊孝,耳朵来哭娘。"众人大笑,秀才脸红脖子粗,却也不好说什么。县令觉得徐才子这种字谜形式教学法,通俗易懂,灵活而有趣,后来就在全县推广起来。

蒲松龄赴宴

蒲松龄生活在明末清初,他满腹才学,但乡试屡不中举,潦倒终生。不过虽然仕途不顺,他却留下了一部《聊斋志异》流传千古。百姓喜爱他的才华和作品,在民间也流传着许多有关他的动人故事。

蒲松龄屡考不中,于是就回到家乡蒲家庄,平时在乡里的私塾教书补贴家用。除了教书之外,他便是将满腔的忧愤都倾注在《聊斋志异》的写作上,从不与官场来往。

这一日,蒲松龄忽然接到宰相一份请帖,上面写着,"请吃半鲁"。蒲松龄对此类请帖深恶痛绝,他认为百姓人家连饭都吃不上,为官者还都只顾吃喝玩乐,实在可恶。于是就对送请帖的仆人说:"我身体不佳，不能前往，请回复宰相，饶恕则个。"

蒲松龄的妻子在一旁听到丈夫不去赴宴，认为不妥，对他说："这样做不好，你和宰相曾经同窗共读，这是少年情分，非比寻常。人家是一朝大员，如今高居宰相仍不忘旧友，请你去赴宴，这是天大的面子。不管从哪方面说，你都应该去。"蒲松龄沉思良久，最后还是决定赴宴。

蒲松龄来到宰相家里，和众人打过招呼后就一人坐在一旁，一言不发。宰相知道他的性情，也不与他计较。不久后席宴开始，只见两位使女抬着一盆鱼汤送上桌来。宰相说："请包涵，小弟入官以来，一直墨守清廉，不涉烟尘，此非是席宴，不过想请尊兄尝试一下怎么'浑水摸鱼'而已，只有悟此奥妙，才可步入尘世。"蒲松龄听闻此言，很是不悦，他认为人生就该着污泥而不染。于是就默默想了个法子，打算来日回敬宰相。

事隔数日，蒲松龄下帖回请宰相。宰相接到也是"请吃半鲁"的请柬之后，欣然前往。来到蒲家门前，看到茅房破屋，心里不由产生一种怜悯感，"想当年，同窗共读，蒲兄的学识远远超过我几倍，只因性情刚直，对世态炎凉怀有不满，加之无钱打点各级考官，竟落到如此地步。真是可悲可叹"。进门后，宰相在言谈中透露出要取银两救助，蒲松龄坚决不收，并只和宰相叙旧，却不提赴宴一事。

宰相感觉腹中饥饿，不时地到屋外张望太阳，但直到太阳偏西，仍没有入席的动静。宰相饿得实在受不住了，问蒲松龄："尊兄何时置宴？"蒲松龄随口答曰："一日三餐已毕，您又吃足半鲁，为何还要设宴？"宰相恍然大悟，鲁的下面，明明是个"日"字，我叫他吃了上头，他却叫我吃下头，这个含义可不一样呀，这个下头吃进去，不是满肚里的太阳嘛，这不是明明劝我当个怀抱太阳的明官吗。宰相虽挨了一天的饿，但领悟了为官的道理，当下恭恭敬敬地谢过了蒲松龄，对他也更加敬重。

春节的故事

　　春节，即农历新年，是中国民间最隆重最富有特色的传统节日，也是最热闹的一个古老节日。每当春节，人们祭奠祖先、除旧布新、迎禧接福、祈求丰年，举行多彩多姿的庆祝活动，而关于春节，民间也流传着一个动人的故事。

　　那是在上古时期，有一种叫"年"的怪兽，凶猛异常。"年"长年深居海底，每到除夕才爬上岸，只要它一露面，就会吞食牲畜伤害人命。因此，每到除夕这天，村村寨寨的人们都要扶老携幼逃往深山，以躲避"年"兽的伤害，但尽管如此，还是经常会有人畜受伤、丧命，百姓们都是苦不堪言。

　　这一年的除夕，从村外来了个乞讨的老人。这时正是"年"要上岸的时刻，乡亲们一片匆忙，都急着逃亡深山，只有村东头一位善心的老婆婆看老人孤苦伶仃，就给了老人一些食物，并劝他快上山躲避"年"兽。谁知道那老人把捻着胡须笑道："如果能让我在你家住一夜，我一定能把'年'兽赶走。"老婆婆只当他是信口胡说，几经劝导老人都是笑而不答，老婆婆也没有办法，只得将家里的钥匙交给了老人，自己和家人一同上山躲避去了

　　到了午夜时分，"年"兽闯进村落，但它发现村里的气氛与往年有些不同：村东头老婆婆家，门贴大红纸，屋内烛火通明。"年"兽情不自禁地打了个哆嗦，它大着胆子靠近了老婆婆家的大门，接近门口时，院内突然传来"砰砰啪啪"的炸响声，"年"浑身战栗，再不敢往前凑了。

　　原来，"年"最怕红色、火光和炸响。这时，老婆婆的家门大开，只见院内一位身披红袍的老人在哈哈大笑。"年"大惊失色，狼狈逃窜

了。第二天是正月初一，避难回来的人们见村里安然无恙，十分惊奇。这件事很快在周围村里传开了，人们都知道了驱赶"年"兽的办法。从此每年除夕，家家贴红对联、燃放爆竹；户户烛火通明、守更待岁。初一一大早，还要走亲串友道喜问好。这风俗越传越广，成了中国民间最隆重的传统习俗。

元宵节的故事

农历正月十五是元宵节，又称为"上元节"，是我国民间的传统节日。正月是农历的元月，古人称其为"宵"，而十五日又是一年中第一个月圆之夜，所以称正月十五为元宵节。元宵节最突出的民间习俗就是吃元宵，而这一习惯据说是来源于汉朝的名臣东方朔。

东方朔是汉武帝的宠臣，他才华横溢，善良风趣，经常运用自己的智慧为他人解困。这一年的冬天，天降大雪，东方朔来到御花园观雪赏梅。他刚进园门，就发现有个宫女泪流满面准备投井。东方朔急忙上前搭救，并问明她要自杀的原因。

原来，这个宫女名叫元宵，家里还有双亲及一个妹妹。自从她进宫以后，就再也无缘和家人见面。每年到了腊尽春来、辞旧迎新的时节，就比平常更加地思念家人，觉得不能在双亲跟前尽孝，不如一死了之。东方朔听了她的遭遇，深感同情，就向她保证，一定设法让她和家人团聚。

第二天，东方朔出宫在长安街上摆了一个占卜摊。由于名声在外，不少人都争着向他占卜求卦。不料，每个人所占所求，都是"正月十六火焚身"的谶语。一时之间，长安里起了很大的恐慌，人们纷纷求问解灾的办法。东方朔就说："正月十三日傍晚，火神君会派一位赤衣神女下凡查访，她就是奉旨烧长安的使者，我把抄录的偈语给你们，可让当今天子想想办法。"说完，便扔下一张红帖，扬长而去。老百姓拿起红帖，赶紧找人到皇宫去禀报皇上。

当朝汉武帝接过来一看，只见上面写着："长安在劫，火焚帝阙，十五天火，焰红宵夜"，他心中大惊，连忙请来了足智多谋的东方朔。东方朔假意地想了一想，就说："听说火神君最爱吃汤圆，宫中的元宵不是经常给你做汤圆吗？十五晚上可让元宵做好汤圆。万岁焚香上供，传令京都家家都做汤圆，一齐敬奉火神君。再传谕臣民一起在十五晚上挂灯，满城点鞭炮、放烟火，好像满城大火，这样就可以瞒过玉帝了。此外，通知城外百姓，十五晚上进城观灯，大家都杂在人群中，就消灾解难了。"武帝听后，十分高兴，就传旨照东方朔的办法去做。

到了正月十五这日，长安城里张灯结彩，游人熙来攘往，热闹非常。宫女元宵的父母也带着妹妹进城观灯。当他们看到写有"元宵"字样的大宫灯时，惊喜的高喊："元宵！元宵！"元宵听到喊声急忙上前，终于和亲人相见，一家团聚了。

如此热闹了一夜，长安城果然平安无事。汉武帝大喜，便下令以后每到正月十五都做汤圆供火神君，正月十五照样全城挂灯放烟火。因为元宵做的汤圆最好，人们就把汤圆叫元宵，这天叫元宵节。

春龙节的故事

每逢农历二月初二，是天上主管云雨的龙王抬头的日子。从此以后，雨水会逐渐增多起来。因此，民间就叫这天为"春龙节"。我国北方广泛流传着"二月二，龙抬头；大仓满，小仓流"的民谚。每当春龙节到来，我国北方大部分地区在这天早晨家家户户打着灯笼到井边或河边挑水，回到家里便点灯、烧香、上供。旧时，人们把这种仪式叫"引田龙"。这一天，家家户户还要吃面条、炸油糕、爆玉米花，比作为"挑龙头""吃龙胆""金豆开花，龙王升天，兴云布雨，五谷丰登"，以示吉庆。

关于春龙节的来源，在民间流传着这样一个神话故事。

武则天当上皇帝，惹恼了玉皇大帝，传谕四海龙王，三年内不得向人间降雨。不久，司管天河的龙王听着民间人家的哭声，看着饿死人的惨景，担心人间生路断绝，便违抗玉帝的旨意，为人间降了一次雨。

玉帝得知，便把龙王打下凡间，压在一座大山下受罪，山上立碑：龙王降雨犯天规，当受人间千秋罪；要想重登灵霄阁，除非金豆开花时。

人们为了拯救龙王，到处找开花的金豆。到了第二年二月初二，人们正在翻晒玉米种子时，想到这玉米就像金豆，炒一炒开了花，不就是金豆开花吗？于是家家户户都爆玉米花，并在院子里设案焚香，供上开了花的"金豆"。

龙王抬头一看，知道百姓救它，便大声向玉帝喊道："金豆开花了，快放我出去！"玉帝一看人间家家户户院里金豆花开放，只好传谕，诏龙王回到天庭，继续给人间兴云布雨。从此，民间有了"二月二，龙抬头"的民谚，也形成了习惯，每到二月初二这一天，就以各种方式庆祝春龙节。

上巳节的故事

农历三月三是上巳节，从前每逢此日，都会有女巫在河边举行消灾除邪仪式，人们到河边用浸泡了香草的水沐浴，被除疾病和不祥，称之为"禊"或"被禊"。曲水流觞也是上巳节的主要活动，而这种活动相传是周朝的周公留下的。

相传，周公当年率领能工巧匠，费尽移山之力营造了都城洛邑。洛邑建成之后，他登上邙山，看见城中街巷井然，又见洛水蜿蜒，绕城东去，内心十分喜悦。他下令文武百官到洛水边集结，要举行一项大型活动。这一大型活动就是依据殷人旧习，在春阳初上、寒气未尽、乍暖还寒、容易得病之时，让大家到洛水边举行"祓禊"活动，以防治疾病，祈望健康。

祓禊，就是指人们结伴去水边沐浴。以农业为主的华夏先民冬季大多很少活动，到了阳春三月，风和日丽，气暖水温，人们以草药熏汤沐浴，不仅除去了整个冬天所积存的污秽尘垢，也有利于预防和抵抗春天流行的疾病和瘟疫，减少病害的侵扰。同时人们通过沐浴洁身，容光焕发，神清气爽，为节日期间的祭祀和男女相会做准备。

最早祓禊的是由女巫领着大家，来到郊外的水边。在举行祓禊仪式时，男女皆手持、身佩兰草，周身散发异香。男子彬彬有礼地来到女子面前，把采摘的花朵赠给自己喜欢的女子。女子则面含喜色地接受馈赠，并表示感谢。此等举止，不仅优雅，还很浪漫。兰草清新幽雅，古人用它象征爱情，男女互赠兰草，互表爱意。

可是，周公并没有像女巫那样，只是让大家进行祓禊活动而已，而是开"曲水流觞"先河。他让大家找一处河道蜿蜒、河水清浅且流速缓慢的地方，觞中盛酒，顺着河沿放入河中，使之漂浮于水上。那时，洛水北岸，绿草如茵，人群如潮，十分热闹。河上漂浮着的酒觞，一起一伏，顺流而下，众人伸出手臂，随捞随饮，十分畅快。周公举行这项活动的日子，是当年三月上旬的第一个巳日，所以叫上巳。而三月的上巳日，多逢三月三日，所以魏晋以后，民间干脆就把上巳节定在三月三了。

寒食节的故事

　　我国传统的清明节大约始于周代，已有二千五百多年的历史。清明最开始是一个很重要的节气，清明一到，气温升高，正是春耕春种的大好时节，故有"清明前后，种瓜种豆""植树造林，莫过清明"的农谚。后来，由于清明与寒食的日子接近，而寒食是民间禁火扫墓的日子，渐渐的，寒食与清明就合二为一了，而寒食既成为清明的别称，也变成清明时节的一个习俗，清明之日不动烟火，只吃凉的食品。

　　关于寒食，有这样一个传说：相传春秋战国时代，晋献公的妃子骊姬为了让自己的儿子奚齐继位，就设毒计谋害太子申生，申生被逼自杀。申生的弟弟重耳，为了躲避祸害，流亡出走。在流亡期间，重耳受尽了屈辱。原来跟着他一道出奔的臣子，大多陆陆续续地各奔出路去了。只剩下少数几个忠心耿耿的人，一直追随着他。其中一人叫介子推。有一次，重耳饿晕了过去。介子推为了救重耳，从自己腿上割下了一块肉，用火烤熟了就送给重耳吃。十九年后，重耳回国做了君主，就是著名的春秋五霸之一——晋文公。

　　晋文公执政后，对那些和他同甘共苦的臣子大加封赏，唯独忘了介子推。有人在晋文公面前为介子推叫屈。晋文公猛然忆起旧事，心中有愧，马上差人去请介子推上朝受赏封官。可是，差人去了几趟，介子推都不肯来。晋文公只好亲自去请。可是，当晋文公来到介子推家时，只见大门紧闭。介子推不愿见他，已经背着老母躲进了绵山（今山西介休县东南）。晋文公便让他的御林军上绵山搜索，没有找到。于是，有人出了个主意说，不如放火烧山，三面点火，留下一方，大火起时介子推会自己走出来的。晋文公于是下令举火烧山，孰料大火烧了三天三夜，大火熄灭后，终究不见介子推出来。上山一看，介子推母子俩抱着一棵烧焦的大柳树已经死了。晋文公望着介子推的尸体哭拜一阵，然后安葬遗体，发现介子推脊梁堵着个柳树树洞，洞里好像有什么东西。掏出一看，原来是片衣襟，上面题了一首血诗：

> 割肉奉君尽丹心，但愿主公常清明。
>
> 柳下作鬼终不见，强似伴君作谏臣。
>
> 倘若主公心有我，忆我之时常自省。
>
> 臣在九泉心无愧，勤政清明复清明。

晋文公将血书藏入袖中。然后把介子推和他的母亲分别安葬在那棵烧焦的大柳树下。为了纪念介子推，晋文公下令把绵山改为"介山"，在山上建立祠堂，并把放火烧山的这一天定为寒食节，晓谕全国，每年这天禁忌烟火，只吃寒食。

第二年，晋文公领着群臣，素服徒步登山祭奠，表示哀悼。行至坟前，只见那棵老柳树死树复活，绿枝千条，随风飘舞。晋文公望着复活的老柳树，像看见了介子推一样。他敬重地走到跟前，珍爱地掐了一下枝，编了一个圈儿戴在头上。祭扫后，晋文公把复活的老柳树赐名为"清明柳"，又把这天定为清明节。

以后，晋文公常把血书袖在身边，作为鞭策自己执政的座右铭。他勤政清明，励精图治，把国家治理得很好。

此后，晋国的百姓得以安居乐业，对有功不居、不图富贵的介子推非常怀念。每逢他去世的那天，大家都禁止烟火来表示纪念。还用面粉和着枣泥，捏成燕子的模样，用杨柳条串起来，插在门上，召唤他的灵魂，这东西叫"之推燕"（介子推亦作介之推）。此后，寒食、清明成了全国百姓的隆重节日。每逢寒食，人们即不生火做饭，只吃冷食。在北方，老百姓只吃事先做好的冷食如枣饼、麦糕等；在南方，则多为青团和糯米糖藕。每届清明，人们把柳条编成圈儿戴在头上，把柳条枝插在房前屋后，以示怀念。

端午节的故事

　　端午节是古老的传统节日，始于我国的春秋战国时期，至今已有二千多年历史。端午节的由来与传说很多，其中流传最广的就是屈原投江的故事了。

　　屈原，是春秋时期楚怀王的大臣。他倡导举贤授能，富国强兵，力主联齐抗秦，遭到贵族子兰等人的强烈反对，屈原遭谗去职，被赶出都城，流放到沅、湘流域。他在流放中，写下了忧国忧民的《离骚》《天问》《九歌》等不朽诗篇，独具风貌，影响深远（因而，端午节也称诗人节）。公元前278年，秦军攻破楚国京都。屈原眼看自己的故国被侵略，心如刀割，但是始终不忍舍弃自己的故国，于五月五日，在写下了绝笔作《怀沙》之后，抱石投汨罗江身死，以自己的生命谱写了一曲壮丽的爱国乐章。

　　传说屈原死后，楚国百姓哀痛异常，纷纷涌到汨罗江边去凭吊屈原。渔夫们划起船只，在江上来回打捞他的尸身。有位渔夫拿出为屈原准备的饭团、鸡蛋等食物，"扑通、扑通"地丢进江里，说是让鱼龙虾蟹吃饱了，就不会去咬屈大夫的身体了。人们见后纷纷仿效。一位老医师则拿来一坛雄黄酒倒进江里，说是要药晕蛟龙水兽，以免伤害屈大夫。后来为怕饭团为蛟龙所食，人们想出用楝树叶包饭，外缠彩丝，发展成粽子。

　　以后，在每年的五月初五，就有了龙舟竞渡、吃粽子、喝雄黄酒的风俗，人们以此来纪念爱国诗人屈原。

重阳节的故事

农历九月初九，为传统的重阳节。庆祝重阳节的活动多种多样，一般包括出游赏景、登高远眺、观赏菊花、遍插茱萸、吃重阳糕、饮菊花酒等活动。九九重阳，因为与"久久"同音，九在数字中又是最大数，有长久长寿的含意，况且秋季也是一年收获的黄金季节，重阳佳节，寓意深远，人们对此节历来有着特殊的感情，唐诗宋词中有不少贺重阳、咏菊花的诗词佳作，民间传说中也有关于重阳节的动人故事。

相传在东汉时期，汝河有个瘟魔，只要它一出现，家家就有人病倒，天天都有人丧命，附近的百姓受尽了瘟魔的蹂躏，却都拿他束手无策。

这一带住着一位善良勇敢的青年恒景，他勤劳耕种，奉养父母，妻子也十分贤惠，一家四口生活得十分美满。但是一场突如其来的瘟疫夺走了他的父母，他自己也因病差点儿丧了命。病愈之后，他辞别了心爱的妻子和父老乡亲，决心出去访仙学艺，为民除掉瘟魔。

恒景四处访师寻道，访遍各地的名山高士，终于打听到在东方有一座最古老的山，山上有一个法力无边的仙长。恒景不畏艰险和路途的遥远，在仙鹤指引下，终于找到了那座高山，找到了那个有着神奇法力的仙长，仙长为他的精神所感动，终于收留了恒景，并且教给他降妖剑术，还赠他一把降妖宝剑。恒景废寝忘食苦练，终于练出了一身非凡的武艺。

这一天仙长把恒景叫到跟前说："明天是九月初九，瘟魔又要出来作恶，你本领已经学成，应该回去为民除害了。"仙长送给恒景一包茱萸叶，一盅菊花酒，并且密授避邪仙法，让恒景骑着仙鹤赶回家去。

恒景回到家乡，在九月初九的早晨，按仙长的叮嘱把乡亲们领到了附近的一座山上，发给每人一片茱萸叶，一盅菊花酒，做好了降魔的准备。中午时分，随着几声怪叫，瘟魔冲出汝河，但是瘟魔刚扑到山下，突然闻到阵阵茱萸奇香和菊花酒气，便戛然止步，脸色突变，这时恒景手持降妖宝剑追下山来，几个回合就把瘟魔刺死剑下，瘟魔就此除去，当地的百姓终于得到了安宁幸福的生活。人们感激恒景仗义除妖的义举，从此九月初九登高避疫的风俗年复一年地流传下来。

壮族歌圩节的故事

农历三月三又称"三月三歌节"或"三月歌圩"，是壮族的传统歌圩节。壮族每年有数次定期的民歌集会，如正月十五、三月三、四月八、八月十五等，其中以三月三最为隆重。这一天，家家户户做五色糯饭，染彩色蛋，欢度节日。关于歌圩节的来历，在壮族民间流传着这样一个故事。

相传唐代，在罗城与宜山交界的天洞之滨，有个美丽的小山村。村中有一位叫刘三姐的壮族姑娘，她自幼父母双亡，是兄长刘二把她抚养成人，兄妹二人以打柴、捕鱼为生，相依为命。三姐不但勤劳聪明，纺纱织布是众人夸赞的巧手，而且长得清秀美丽，尤其擅长唱山歌，远近闻名，所以远近的歌手经常聚集其村，争相与她对歌、学歌。

刘三姐常用山歌唱出穷人的心声和不平，对富豪劣绅不屑一顾。当地财主莫怀仁贪恋她的美貌，想娶她做小妾，遭到她的拒绝和奚落，莫怀仁因此对她怀恨在心，企图禁了山歌。他请来三个秀才与刘三姐对歌，又被刘三姐等弄得丑态百出，大败而归。莫怀仁恼羞成怒，不惜耗费家财去勾结官府，咬牙切齿地欲把刘三姐置于死地而后快。为免遭毒手，三姐偕同哥哥在众乡亲的帮助下，趁天黑乘竹筏，顺流沿天河直下龙江后入柳江，辗转来到柳州，在小龙潭村边的立鱼峰东麓小岩洞居住。

来到柳州以后，三姐那忠厚老实的哥哥刘二心有余悸，怕三姐又唱歌再招惹是非，便想方设法来阻止。一天，他终于想出了个办法，从河边捡回一块又圆又厚的鹅卵石丢给三姐，说："三妹，用你的手帕角在石头中间钻个洞，把手帕穿过去！若穿不过去就不准你出去唱歌！"

三姐看着哥哥的满脸愠色，哪里还敢像往常那样据理争辩，她拾起丢在面前的石头，暗忖道："我又不是神仙，手帕角怎能穿得过去？"她下意识地试穿，并唱道："哥发癫，拿块石头给妹穿；软布穿石怎得过？除非凡妹变神仙！"

三姐凄切婉转的歌声直上霄汉，传到了天宫七仙女的耳里。七仙女非常感动，害怕三姐从此歌断失传，于是施展法术，从发上取下一根发簪甩袖向凡间刘三姐手中的石块射去，不偏不歪，正好把石头穿了一个圆圆的洞。三姐无意中见手帕穿过石头，心中暗喜，张开甜润的嗓子："哎……穿呀穿，柔能克刚好心欢，歌似滔滔柳江水，源远流长永不断！"

从此，刘三姐的歌声又萦绕在青山绿水间，慕名来学歌的、对歌的人们连续不断。后来，三姐在柳州的踪迹被莫怀仁知道了。他又用重金买通官府，派出众多官兵将立鱼峰团团围住，来势汹汹，要捉杀三姐。小龙潭村及附近的乡亲闻讯，手执锄头棍棒纷纷赶来，为救三姐而与官兵搏斗。三姐不忍心使乡亲流血和受牵连，毅然从山上跳入小龙潭中。

正当刘三姐纵身一跳的时候，原本万里无云的天空开始狂风大作，天昏地暗。随着一道红光，一条金色的大鲤鱼从小龙潭中冲出，把三姐驮住，飞上云霄。刘三姐就这样骑着鱼上天，到天宫成了歌仙。而她的山歌，人们仍世代传唱着。

因为刘三姐成仙这一天正是三月初三，为了纪念这位歌仙，所以这一天就成了壮族人民的传统节日——歌圩节。

傣族泼水节的故事

　　泼水节是傣族最隆重的节日，是傣族的新年，相当于公历的四月中旬，一般持续三至七天。第一天傣语叫"麦日"，与农历的除夕相似；第二天傣语叫"恼日"（空日）；第三天是新年，叫"叭网玛"，是为岁首，人们把这一天视为最美好、最吉祥的日子。这一天人们身着节日盛装，互相泼水，互祝吉祥、幸福、健康。

　　关于泼水节的来历，在民间流传有一个动人的传说。那是在很久很久以前，傣族居住的地方，原本是风调雨顺，人民安康幸福，孔雀成群，大象结队，蝶飞凤舞，欢乐吉祥。后来，有个叫捧麻点达拉乍的恶神执掌呼风唤雨、放热播冷的大权，他自恃法术高明，无视天规，乱施淫威灾于人，弄得世间四季相混淆，雨旱热冷不分，昼不见阳光，夜不见月亮，要雨无雨，要风无风，万物萧疏，瘟疫流行。恶神播下的灾难，使人类面临绝境。

　　这时候，有一位名叫帕雅桑萨的青年，苦练飞翔本领，终于学会用木板做翼凌空飞翔。他飞上天宫，将人间遭到的灾难禀告给了天王英打提拉。英打提拉查明实情，知道是捧麻点达拉乍有意为害人间。英打提拉派下天兵捉拿捧麻点达拉乍，但是他居然有死而复生的本领，众天兵天将都对他无计可施。于是，英打提拉只好变化成一位英俊的小伙子，以串姑娘的名誉，悄然进入捧麻点达拉乍的宫殿，去寻找他的七个女儿，打探恶神的生死秘诀。

　　长期被捧麻点达拉乍禁锢在宫中的七位姑娘，见英俊小伙子前来串玩，心中好不高兴。她们向英俊小伙子大献殷勤，希望得到他的爱慕，结成佳侣。英打提拉立即恢复容颜，把她们的父王降灾人类，使世间万物遭到灭顶之灾的实情告诉了七位善良的姑娘。七位姑娘本来对父王就无好感，听到他降灾人类，万物遭灾，决意帮助英打提拉除掉生父，拯救世间万物。从此，她们天天在父王面前撒娇，时时陪他饮酒作乐，暗暗寻找除掉他的方法。

捧麻点达拉乍终于有一天向七个女儿吐露了秘密。他对女儿们说，他法术高明，就是天王也无法置他于死地。因为他不怕刀劈斧剁、剑刺弓射，也不怕火烧水淹，他怕的东西仅仅是自己头顶上的头发弓赛宰（心弦弓）。七位姑娘探出恶神的生死秘诀，心中暗暗高兴。她们一个劲地撒娇，轮流着给捧麻点达拉乍敬酒，终于把恶神灌得酩酊大醉，不省人事。

七位姑娘趁机剪下他的一撮长发做弓弦，制造了一张弓赛宰。她们用弓赛宰的弓弦在捧麻点达拉乍的脖子上一划，恶神的头颅便落了下来。可是那魔头一落到地面便四面喷火，越扑火势越大。七位姑娘怕大火给天上、人间都造成灾难，只好将那魔头抱了起来。说来也怪，魔头一碰到姑娘们的身体，魔火便顿时熄灭。于是，姑娘们轮流抱住魔头，每天一换，每轮换一次便互相泼水，冲洗身上污物，直到魔头完全腐烂之日，又欢蹦跳跃地互相泼水相庆。从那以后，傣族人民从便用泼水活动来纪念善良的姑娘大义灭亲，使人类免遭灭顶之灾的功绩。

彝族火把节的故事

每年农历六月二十五是彝族的火把节，火把节一般欢度三天，头一天全家欢聚，后两天举办摔跤、赛马、斗牛、竞舟、拔河等丰富多彩的活动，然后举行盛大的篝火晚会，彻夜狂欢。传说火把节的来历是这样的——

很久很久以前，大姚县赵家店红山脚下的彝族寨子有个聪明美丽、贤惠善良的姑娘诺娜，她与英俊勇敢的小伙子阿查倾心相爱着。这一年，阴险狠毒的山官头人魔哈看中了诺娜的美貌，妄想霸占她为妾。英勇的阿查不惧魔哈的淫威，以弱胜强，以精湛的武艺战胜了险恶的魔哈，魔哈恼羞成怒，用巫术使阿查不幸坠落深渊，幸亏有众乡亲的搭救阿查才脱险。

在阿查掉下山崖的时候，诺娜姑娘也面临险境。魔哈带着一群如狼似虎的家丁把诺娜的家团团围住，要抢诺娜回家成亲。为了免遭践踏，诺娜翻越悬崖绝壁，离家逃走。为寻找阿查，她四处奔走，在红山悬崖，她终因气力耗尽，累死在悬崖之下。因为满腔悲愤无法消散，诺娜的身影就永远显映在悬崖上，后来人们就把此处叫"白人崖"。

阿查被众乡亲从悬崖下救出来后，第一时间直奔诺娜家，但是为时已晚，他到时诺娜的父母已经被魔哈所杀。阿查怀着悲痛的心情埋葬了岳父岳母后，开始在丛山峻岭中寻找诺娜的行踪，最后才在红崖上发现诺娜的白色身影。阿查痛不欲生，想跳崖与诺娜殉情，众乡亲极力劝阻，从崖边拉回了阿查，并和他一起商量复仇的办法。

次日（六月二十五日），阿查和四山八里、三村五寨的乡亲们高举着上千火把直奔魔哈家，焚烧了魔哈宫殿，烧死了罪恶的魔哈。为诺娜报了仇，为众乡亲解了恨。

为了纪念这个难忘的日子，每年六月二十五日这天下午，彝族村寨的人们都要点燃起松明火把，用这熊熊燃烧的火把去照耀四壁，烧死蚊虫，驱邪除恶，以示吉祥幸福；同辈人互敬火把，烧掉"祝祟"，以示清洁平安。然后人们举着火把到田间地头，挥舞引蛾，扑灭害虫。巡游之后，将火把插在田头地角，村前开阔地带，男女青年就围着火把跳起欢快的"左脚"，老人们围着坐火塘，打开醇香的火酒，互相敬酒，互祝吉祥。

宫女图

　　很久之前有个青年，姓天名台，他父亲早亡，只和母亲二人相依为命。天台为人勤恳，每天下田耕地、上山打柴，母亲在家中操持家事。眼见着天台的年纪一天天地大了，母亲一心想给他娶个妻子，无奈家中贫困。天台对此事也从不抱怨，只说夫妻乃是天缘注定，缘分到了，自然就有，无须强求。

　　这天，天台正在山上打柴，忽然天气大变，下起大雨。天台惦记家中老母，但风雨太大，无法下山，他急得把斧子往地上一摔。这时只听"哗啦"一声，从旁边的山崖上居然闪出一个山门，从门里走出一个道姑，道姑说："你这人毫无道理，为何无故敲我家大门？"天台一愣，忙上前施礼，说："师太对不起，我是无意的。我只见风雨交加，怕母亲独自在家有甚差错，情急之中将斧子扔在一旁，却不知师太在此，打扰了您的清净，还请见谅。"道姑说："我看你是个诚实孝顺的人，我有一件宝贝，叫如意百宝图，你拿去吧。这宝物你说长，它就长，你坐在上边，说到哪里去，它就带你到哪里去，到地方他就会自动停下，你说落，它就落，你说缩，它就缩小，你就可收起来了。"

　　天台接过如意百宝图正要道谢，却发现眨眼间道姑已经不见了，山门也关上了。天台想，我正想回家，不如试上一试。于是他取出如意图，说声"长"，宝图就一下长成像芦席那么大了。他往中间一坐，说道："我要回家。"宝图就自动升起，将天台连同柴草驮到了天台家门口。天台说声"落"，宝图就落在了地上，天台说"缩"，宝图就缩小了。天台欢欢喜喜地将宝图收藏了起来，去见母亲。他的母亲正在挂念儿子，见儿子回来了，又带回一件宝贝，非常欢喜。自此以后，天台打柴就更加便利，家中的日子也一天天地好了起来。

半年以后，天台忽然突发奇想："人家都说帝王皇宫好，我何不去看看，开开眼界。"于是当天夜深人静之后，天台取出如意百宝图，说声"到皇宫"，宝图便飞起，将他带进了皇宫御花园。天台下了宝图，天已黎明，他欣赏了各种花草，游览了假山真水。正向前走着，迎面来了一位宫女。天台上前施礼，二人交谈起来。交谈中，天台见这宫女不仅长得清秀美丽，言行也是十分得体，不由起了爱慕之心。宫女长年在深宫内院不见天日，今天见到勤劳勇敢的天台，也是十分喜欢。情投意合之下，宫女说："我早已厌倦宫廷生活，愿随郎君到乡下，男耕女织，孝敬母亲，共享天伦。"天台闻言大喜，就要带着宫女出宫。宫女又说："现在这样走不行，普天之下，莫非王土，无论你我走到哪里，皇上都能找到，到时定会惹出祸来，连累你们母子。"说完宫女取出自己的画像交给天台，说："这是皇上画的宫女图，之前皇上就下旨要封我为贵妃，现在离册封还有十天时间，你回去快想办法来救我。"

　　天台坐了宝图回家以后，和母亲说起此事，母亲也十分焦急，她想起那神秘的道姑，对天台说道："那道姑定不是凡人，她既然能赠你宝图，也一定有办法救那宫女。儿啊，你快去寻她吧。"天台也认为母亲的话十分有理，她来到山上，用斧子敲开山门，见了道姑说明来意，道姑说道："此事容易，你跟我去吧。"

　　天台随道姑来到京城以外，道姑让天台在城外等着，自己独自进了金銮殿，把皇上的御印盗了出来，交给天台，并对他说："这是皇上的御印，皇上丢了御印，一定很着急，你把它放到附近井里，等张出皇榜以后，你揭榜献了御印，就可向皇上要宫女了。"说完，道姑就不见了。

　　话说皇上丢了御印，焦急万分，张出榜示，言明谁找到御印，高官任坐，骏马任骑，要什么给什么。天台上前揭下皇榜，看榜官带着天台来到八宝金銮殿，皇上说："你能找到御印吗？"天台说："能。"天台带着人来到城南门外的井边，说印就在井里，皇上即令人打捞，找到了御印。皇上大喜，便问天台："你想要什么？"天台拿出宫女图，说要画上的宫女。皇上虽然不舍得美人，但想起自己之前的承诺，也只好答应。于是天台领着宫女回到家中，一家人和和睦睦地过起日子来。

三娘教子

传说明朝时的山西有一位名叫薛广的儒生，他祖上世代经商，到他这一代更是家境殷实。薛广一共娶了三房妻妾，妻子张氏为人跋扈，掌管家中钱财，二房刘氏尖酸刻薄，三房王氏名春娥，生性贤良敦厚，最得薛广喜欢。这三人只有刘氏生了一个男孩名叫薛倚，乳名倚哥。刘氏仗着自己生育有功，平日里气焰更加嚣张，常和张氏一同欺负三娘。三娘知书达理，顾全大局，对二人多方忍让，因此薛广也更加敬重她。

这一年薛广决定上京赶考，求取功名。临行前他叮嘱张氏、刘氏安分守己、平和度日，老管家薛保照料家中一应事宜，更和三娘依依惜别，再三嘱托，十分不舍。薛广行至镇江，在客栈中遇到同乡冯迎。薛广惦记家事，打听得冯迎要回山西家中，便修书一封托他带回，并把路上收账得来的五百两银子也一起交给了冯迎，让他一起带回家中。冯迎对薛广的要求满口答应，但一见银子便起了坏心。他送别薛广后撕毁家书，私吞银两，并回到家乡四处散播薛广客死异乡、尸骨无存的谣言。

薛家上下听到消息后十分震惊，张氏、刘氏痛哭号啕，薛保悲泣不已，三娘痛不欲生。但给薛广办过丧事后，张氏便偷偷地变卖了家产溜之大吉，刘氏也狠心丢下了年方五岁的倚哥，私下带着细软金银改嫁他人。危难中，只有三娘惦念与薛广的夫妻恩情，薛保对主人家忠心耿耿，二人不肯弃家而去，并担起了抚养倚哥的重任，主仆三人相依为命。因为家财尽失，三娘等人不得不搬离祖宅，迁居到破茅屋栖身。为了生计，三娘纺布织绢，薛保上山打柴，换取的钱粮除了日常用度，更要供倚哥上学读书。日子虽然清苦，但三娘对倚哥疼爱有加，一心盼着他学有所成，好不辜负薛广的在天之灵。

薛倚年纪幼小，性情顽皮，三娘宠爱他之外也不免有时要严加管教。一日薛倚在学堂又和同学起了争执，其他人讥笑他是没娘的孩子，他无言以对，愤愤地回到家中。三娘检查他学业时，他便十分不耐烦，推说自己今日在外玩耍，不曾去上学堂。三娘十分气愤，罚他跪下，教导他说："儿啊，你年幼无知，岂不知青春年少正是上进的最好时光，千万耽误不得。今日娘打你一次，希望你记住教训，莫再贪玩。"说着拿起竹板，就要教训倚哥。不料倚哥抓住她的手，顶撞道："你又不是我亲生的娘，凭什么打我！"三娘闻言不由得愣住了，心想自己为了这孩子忍饥受冻，日夜辛劳，到头来却得了这么句寒心的话语，不由得悲从中来，五内俱焚。倚哥见三娘脸色不对，心知自己失言，又愧又怕。

此时恰好薛保砍柴归来，他见倚哥神情不安，三娘在一旁闷坐哭泣，心里也明白了一两分。他走到三娘面前双膝跪倒，说道："三娘养育倚哥辛苦，倚哥年幼不懂事，冲撞了三娘，这一次三娘只管看在过世的东家份上，不要与他计较。"三娘悲道："你说他年纪小，但他说出来的那话却比大人更叫人伤心。现今他能对我恶言相向，待日后我老了还不知怎么对待我呢。我这每天纺绢织布的为了什么，还不如大家立刻一刀两断的好！"说着便拿出剪刀剪断了织布机上的布头。薛保也是声泪居下，急忙劝导："三娘啊，那大娘和二娘改嫁他人，丢下小倚哥无依无靠，幸亏有了三娘你有情有义，一心拉扯他成人。如今你再离去，就只有我老薛保带着他沿街要饭罢了！"

三娘哭着搀扶薛保起来，说道："老管家，那倚哥今日逃学玩耍，我训斥他，他却反说我不是他的亲娘。这、这叫我还怎么教养他？！"薛保忙拉过倚哥，向他说道："倚哥，我见你神情有愧，想来也是知道错了。你母亲以往是锦衣玉食，现在为了你吃糠咽菜，你却还这样冒犯她，还不向母亲认错，否则气坏了母亲，岂不是大不孝！"

倚哥顺势跪倒三娘面前，叩头言道："孩儿口无遮拦，实在是无心的过失，请娘亲随便责罚，只是不要气坏了自己。"三娘见此更加心酸，说道："儿啊，你父亲遭遇不测，你大娘、亲娘纷纷改嫁他人，只有为娘我苦熬至今。我为的还不是你年小，他年老，无依无靠。我做你父亲的妻子、做你的母亲，我就有责任要将这个家的担子挑起来。你是薛家如今唯一的根苗，你就要努力上进、重新光耀薛家门楣。我如今再打你，你还说不说、我不是亲娘？"说着，手里的家法竹板就要打下。薛保急忙拦住三娘："三娘，你要出气只管打老奴吧，打在倚哥身上，老奴的心酸呐！"

三娘见薛保如此，倚哥也在一旁哭得凄惨，心也软了，双手搀起倚哥说道："老管家，你的一片忠心我都明白。儿啊！日后切不可再贪玩，要苦读诗书才对得起娘和老管家待你的一片苦心。"

薛倚自此一次后，愈加明白事理，开始发奋苦读。薛家主仆三人虽然一贫如洗，但生活得也算是比较顺心。十三年后，十八岁的薛倚进京赶考，一举得中头名状元。进朝封官后他惊喜地发现父亲薛广居然也是位列朝班，已经做了户部尚书。父子二人悲喜交加地相认后，互道别来情形。

原来当年薛广赶考后高中进士，他随后立即派人回乡寻访家眷，但发现家中已是家业零落人去楼空。十多年来薛广深受赏识，官职一路高升，但他惦记家中情形，时常忧心忡忡。听得薛倚向他说明这十多年来家人四散、三娘含辛茹苦抚育幼子，薛广心痛不已。父子二人立刻命人到山西接回了三娘和薛保，薛家夫妻、父子自此团聚。薛广向朝廷奏明三娘的贤德事迹，皇帝也深受感动，对三娘大加赞赏，封她为诰命夫人，三娘教子的事迹也从此传扬开来。

宰相肚里能撑船

古时候，有个年近古稀的老宰相，又娶了个名叫彩玉的小妾。彩玉年方二九，长得如花似玉。自从嫁给这位老宰相，虽说有享不尽的荣华富贵，可她总是闷闷不乐，暗暗埋怨父母不该把她嫁给一个老头子。

一天，彩玉独自到后花园赏花散步，碰上了住在花园旁边的年轻帅气的家厨。这位赵姓家厨做得一手好吃的祖传"圣旨骨酥鱼"。在古代，没有延缓衰老、养颜美容类的药品、保健品，达官贵人的家眷养颜美容全靠食疗，圣旨骨酥鱼不仅骨刺全酥，想怎么吃就能怎么吃，而且圣旨骨酥鱼汁是保持年轻貌美的极品，因此获得过12道圣旨的御封。彩玉和年轻的家厨相谈甚欢并由此一见钟情。从此，彩玉常常偷偷地到花园里同赵姓家厨相会。

有一次，彩玉对赵厨说："你我花园相会，好时光总让人觉得过得分外地快。我有一计，可使咱俩天天多在一起相处。"赵厨连忙问是什么妙计，彩玉就如此这般地说出了自己的主意。

原来，老宰相恐怕误了早朝，专门养了一只"朝鸟"。这鸟天天五更就叫，老宰相听到鸟叫，就立刻起身上朝。彩玉让赵厨四更前就来用竹竿捅朝鸟，让它提前叫唤，等老宰相一走，他俩就可团聚了。

这天，老宰相听到朝鸟的叫声，连忙起身。等来到朝房门外，刚好鼓打四更。他想，这鸟怎么叫得不准了，就转身回了家。当他走到自家的房门外，听到彩玉说"以后早点来捅一下朝鸟"。停了一霎又说："你真像你做的圣旨骨酥鱼，虽然我每天吃，但还是天天吃不够。""在我心里你新鲜得就如一枝花。"赵厨说，"你活像粉团，却配了一块老姜。"宰相听到这里，气得浑身发抖，但并没有声张，又上朝去了。

第二天正是中秋佳节，老宰相有意把彩玉和赵厨叫在一起，在后花园凉亭中吃酒赏月。酒过三巡，月到中天，老宰相捋了捋胡子说："今晚咱赏月作诗，我先作，你俩也要接我的诗意献上几句。"说罢就高声吟道："中秋之夜月当空，朝鸟不叫竹竿捅。花枝落到粉团上，老姜躲在门外听。"赵厨一听，自知露了馅，赶紧跪在桌前，说："八月中秋月儿圆，小厨知罪跪桌前。大人不把小人怪，宰相肚里能撑船。"彩玉见事情已经挑明，也连忙跪倒在地，说："中秋良宵月偏西，十八妙龄伴古稀。相爷若肯抬贵手，粉团刚好配花枝。"老宰相听了哈哈大笑，说道："花枝粉团既相宜，远离相府成夫妻。两情若是久长时，莫忘圣旨骨酥鱼。"

彩玉和赵厨急忙叩头谢过了宰相，第二天收拾行囊双双去了远方。这事很快传了出去，人们对宰相"忍"字当头、宽宏大量，深感敬佩，"宰相肚里能撑船"这句话也就成了宽宏大量的代名词。

孝子状元

乾隆在朝为政时，经常出京微服私访。有一天，他来到古蔡薯城（今河南上蔡县），见街市上生意兴隆，黎民安居乐业，颇感欣慰。正值此时，忽听一阵号哭："娘啊，我那苦命的亲娘啊……"乾隆见前面围着一群人，于是急忙走近探看，只见街心一个二十多岁的小伙子，正捣蒜似的向着众人磕头。

此情此景打动了乾隆。他把小伙子领到一家客店，问他姓甚名谁，家住哪里，为何如此乞讨于大街。其实这小伙子是当地的一个泼皮无赖，终日游手好闲，不务正业，他见面前这老者虽然一身庶民打扮，但满脸红光，举止不俗，心中暗暗盘算："这老头大概是个有钱的老财，我若讲得好了，或许能弄个千儿八百，就可再去赌博了。"这样想着，就见他绿豆眼一转，泪水滚落下来，悲悲戚戚地说："小的名叫胡编，家住本县城北街。三岁时死了父亲，靠母亲四处乞讨，养我长到十岁。乌鸦羊羔尚知报母恩，长大后，我就学捕鱼捞虾，填补家用，孝敬老娘。每天卖鱼回来，总要给娘捎点好吃的，可老娘于前夜骤然暴病而亡，现停丧在家。但家中实在贫困，无钱葬埋，因而大街乞求，想给老娘买口棺材，乞求老伯开恩。"说着连连磕头。

乾隆听了，感慨万千，脱口而出："真乃孝子，皇上若见，必封你'孝子状元'，说不定还会招你为驸马，到那时你便不必在街头行乞了。"说完，他取出白银五百两交给胡编，叫他回家好好埋葬老娘。胡编扑通跪倒："感谢老伯大恩大德，敢问恩伯家乡何处、尊姓大名，他日发迹，好上门报恩。"乾隆微微一笑，顺手执笔在一张纸上写了"孝子状元"四字，又说道："你埋了老母，拿着这张纸到北京城去，凭着这张纸就能找到我了。"胡编把纸条揣在怀里，接连磕了三个响头，辞别乾隆回家去了。

胡编掂着白花花、沉甸甸的银子，像旋风似的先跑到一家酒店打了一坛酒，又到肉店买了卤鸡烤鸭。走到家门口，正好与县内的另一个无赖叫小马的撞在一起，二人进屋吃喝了好一阵才说起话来。小马开口问："编哥，今天发大财啦，赢了多少银子？"胡编说："是发大财了。"说着指了指身边的白银，又喝了一大口酒，拭拭嘴巴，这才把在大街乞讨，遇上富翁给他银子的经过仔细说了出来。

小马听了，接过乾隆给胡编写的字一看，想了想惊喜道："编哥，你不但发财，还要做驸马爷了。这老头要么是阁老宰相，要么是万岁皇爷。你想想他叫你到北京出示这张纸条就找到他了，他在北京不是大名鼎鼎吗？还说要招你做驸马，除了当今皇上，还有谁能说出这话呢？"胡编联想到老人的相貌举止，以及他说的"孝子状元"的话，也觉得小马说的有道理，于是抱起酒坛转了三圈，咕咚咕咚喝了几口酒，哈哈大笑。

这时小马又说道："编哥，你别高兴得太早了。你听我慢慢说，你说伯母死了，可实际上她还活着，而且是你把她卖了。她如果知道你在北京得了荣华富贵，必定会进京找你，那时你可就完了，你欺骗了乾隆爷，这可是掉脑袋的罪行。"

胡编一听，沮丧不已，开始苦想对策，他搜肠刮肚地想了好久，终生一计。他把小马抓得紧紧地说道："此事非你不可，不知贤弟肯否帮我救我。""你且说来。""我把老娘卖给了王楼村的王正心，他家的住处你也知道。你今夜去他家，设计将我老娘骗出来，在偏僻之处把她杀了埋好，这事除我之外没人追究，你就放心。现有纹银二百两你先用去，等事成之后再给你二百两。"胡编说着双膝跪倒，苦苦哀求着小马。小马呵呵笑着扶起胡编，说："咱哥俩从小在一起，是风雨同舟、肝胆相照的好朋友，何必如此呢！我一定两肋插刀，为编哥效劳。"这时已是二更天，小马接过银子，辞别胡编，回家收拾停当，带了一把刀，匆匆上路了。

小马来到王楼村后，找到王正心家，贴近王正心房檐下，见房里还点着灯，就用舌尖舔破窗户纸，见胡编他娘正独自一人在灯下掉泪，于是拍门叫道："伯母开门。""谁？""我是小马，胡编的好兄弟。""你来做甚？""编哥回心转意了，叫我请你回家，要好好侍奉你。"

胡编的母亲一听此言，忙站起身来打开门。小马见家中没有他人，便趁机哄骗她，背着她就出了村落。行走一段后，来到北关，二人走进了关帝庙。进庙后，小马一松手，把老婆子扔在地上，抽出尖刀，大叫一声："你拿命过来吧。"老婆子趴在地上，双手拽着刀把，哭叫道："你我无仇无冤，杀我何故？你叫我死个明白。"小马厉声道："自从编哥把你卖后，他假编谎言，说你死后没钱买棺材，因此大街上乞求恩舍，巧遇当今皇上，皇上念他孝心出众，封他为孝子状元，并要让他当驸马，编哥怕你进京认子，叫他落个欺君之罪，因而命我来杀你，他好太太平平享受荣华富贵。你快拿命来吧！"老婆子吓得浑身打战，眼泪簌簌，边哭边骂："我含辛茹苦把你抚养长大，你却胡作非为，终日赌博，儿媳被你气死，你卖了女儿又卖了娘，还要欺骗当今皇上，如今又来杀娘，你简直禽兽不如，今夜我纵被杀死，阴曹地府也要把冤伸，到那时管叫你小马也脱不了干系！"

这一番话直说得小马那铁打的心软了下来，他把刀扔在地上，心

165

想："胡编胡作非为，不仁不义，为当驸马杀他亲娘，良心何在。我为虎作伥、图财害命，又良心何在。常言说，杀一命不如救一命。我何不放她逃生，积点阴德。"于是他扔了尖刀，扶起老婆子："伯母请起，伯母请起，一切都是我的不是。想那胡编做事确实怙恶不悛，你进京告状去吧，万岁爷知道后必会定他欺君之罪。"老婆子说："进京千里迢迢，我老婆子这么大年纪，又没有路费，怎能去得了呢？"小马心想："我何不好事做到底。"就又说道："我愿认你为干娘，帮你进京告状，幸好胡编给了我二百两银子，咱做路费，不知伯母意下如何？"老婆子听了忙道："我正求之不得，那就辛苦孩儿你了。"就这样，小马背着老婆子，一路奔京城而去。

这一天，二人终于进了北京城，他们找了一家客栈住下，找了一个代写状子的先生，写下诉状，并打听到当今丞相刘墉疾恶如仇，人称"刘青天"，他每次上下朝都从这家客栈门前经过。小马与干娘商议定下，第二天要拦下刘墉，告状申冤。

第二天天不亮小马就穿衣起床，搀起母亲，拿着状子，跪在道旁。片刻后，果见刘墉乘着轿子，随从打着灯笼由远而近过来了。小马母子连忙高呼"冤枉"。刘墉听到有人喊冤立即落了轿子，小马母子跪在轿前道："见过青天刘老爷，小民给大人叩头。"刘墉命手下举起灯笼，把他母子上下看了看，问道："下跪者姓甚名谁，家住哪里，有何冤枉，从实诉来。"老婆子把冤枉之事细细说了一遍，小马趁势呈上了状子。刘墉看罢状子，怒气冲冲道："小子该杀。你们母子且随我上殿面见君王。"

且说小马走后，胡编想："小马杀一个老婆子，不费吹灰之力，定会干得干净利索，这下我进京享受荣华富贵就再无后顾之忧了。想那小马杀了人肯定不敢声张，再回来找不到我也只能自认倒霉了。"于是他背上银子，兴致勃勃地连夜进京了。

这日午时胡编进了京城，他先在客栈住了一夜，次日一早起来便寻到御街，恰巧碰见和珅上朝，和珅一见胡编递上的"孝子状元"字样，就知道是乾隆爷的御笔，忙请"胡状元"上轿一同上朝。胡编也不客气，昂首挺胸，坐上了和珅的八抬大轿。

这一日文武百官到齐，金钟三声响过，乾隆皇帝登上了宝殿，众文武高呼万岁。参拜已毕，太监传旨："有事早奏，无事散朝。"刘墉高呼："臣刘墉有本奏。""刘爱卿有何本奏？"刘墉跪在金殿奏道："臣刘墉今日早朝，行至御街，路遇河南上蔡县马小明和他义母刘氏，他们状告胡编花语巧言欺骗圣上、为消踪灭迹又命人杀母的罪行，因此案涉及万岁，微臣不敢过问，请万岁裁审。"

太监将状纸呈上龙案，乾隆阅过状子，问刘墉："告状人何在？""现在殿角。"小马和刘氏很快被传上金殿，乾隆问了详细情况。这时和珅在一旁早已气得脸色发青，伸手把胡编推了出来。胡编此时已吓得不知所措，只是一味地瑟瑟发抖。和珅奏道："臣今日在御街遇见这个胡编，见他手持万岁御笔，行踪可疑，就把他带上金殿来了。"刘墉在一旁笑笑说道："和大人把轿都让给他坐了，想必是怕人犯逃走，真是有大智慧。"满朝文武闻言哄然大笑，和珅敢怒不敢言。

乾隆问清事情前后经过，直气得怒发冲冠，当殿就命人将胡编拉下斩首了，又赞赏小马行侠仗义，使刘氏冤情大白，精神可嘉，特封他为"孝子状元"，择配公主，马小明跪倒金殿高呼谢恩，"孝子状元"的故事也流传开来。

田螺姑娘

传说晋朝时，在一个小县城里有个名叫谢端的孤儿。他很小的时候父母就去世了，好心的邻居收养了他。谢端忠厚老实，勤劳节俭，到了十七八岁的时候，他不想再给邻居添麻烦，就自己在山坡边搭建了一间小屋子，独立生活了。因为家中一贫如洗，所以他一直没有娶妻子。左邻右舍很关心他，帮他说了几次媒，也都没有成功。

谢端也没有因此而失望，仍然每天日出耕作，日落回家，辛勤劳动。一天，他在田里捡到一只特别大的田螺，心里很惊奇，也很高兴，把它带回家，放在水缸里，精心用水养着。一天，谢端照例早上去地里劳作，晚间回家时却见到灶上有香喷喷的米饭，碗橱里有美味可口的鱼肉蔬菜，茶壶里还有烧开的热水。他想，一定是哪个好心的邻居帮他烧火煮饭。

但令谢端没想到的是，第二天他回来又是这样，两天，三天……天天如此，谢端心里觉得过意不去，就到邻居家去道谢。他走了许多家，邻居们都说不是他们做的，又何必道谢呢。谢端心想，这一定是邻居好心肠，于是一再致谢。邻居们笑着说："你一定是自己娶了个妻子，把她藏在家里，为你烧火煮饭。还瞒着我们大家，不让我们知道。"谢端听了心里很是纳闷，想不出个头绪来，于是想探个究竟。

第二天鸡叫头遍，谢端像以往一样，扛着锄头下田去劳动，但天一亮他就匆匆赶回家，想看一看是哪一位好心人如此帮忙。离家很远，他就看到自家屋顶的烟囱已炊烟袅袅，于是他加快脚步，要亲眼看一下究竟是谁在烧火煮饭。可是当他蹑手蹑脚、贴近门缝往里看时，家里却毫无动静，走进门后，只见桌上饭菜飘香，灶中火仍在烧着，水在锅里沸腾，还没来得及舀起，只是热心的烧饭人不见了。

一天又过去，第二日清晨谢端又起了个大早，鸡叫时分就下了地，天没亮就往家里赶。这时家里的炊烟还未升起，谢端悄悄靠近篱笆墙，躲在暗处，全神贯注地看着自己屋里的一切。不一会儿，他终于看到一个年轻美丽的姑娘从水缸里缓缓走出，但身上的衣裳并没有因水而有些微湿润。只见这姑娘移步到了灶前，就开始烧火做菜煮饭。

谢端看得真真切切，连忙飞快地跑进门，走到水缸边，一看，自己捡回的大田螺只剩下个空壳。他惊奇地拿着空壳看了又看，然后走到灶前，向正在烧火煮饭的年轻姑娘说道："请问这位姑娘，您从什么地方来?为什么要帮我烧饭?"姑娘没想到谢端会在这个时候出现，大吃一惊，又听他盘问自己的来历，便不知如何是好。年轻姑娘想回到水缸中，却被谢端挡住了去路。谢端一再追问，年轻姑娘没有办法，只得把实情告诉了他。

原来，这位姑娘是天上的神女。天帝知道谢端从小父母双亡，孤苦伶仃，很同情他，又见他克勤克俭，安分守己，所以派神女下凡帮助他。神女又说道："天帝派我下凡，专门为你烧火煮饭，料理家务，想让你在十年内富裕起来，成家立业，娶个好妻子，那时我再回到天上去复命。可是现在我的使命还没完成，却被你知道了天机，我的身份已经暴露，就算你保证不讲出去，也难免会被别人知道，我不能再待在这里了，我必须回到天庭去。"谢端听完神女的一番话，感谢万分，心里很后悔，再三盛情挽留神女。神女主意已决，临走前，神女对谢端说："我走以后，你的日子会艰苦一些，但你只要干好农活，多打鱼，多砍柴，生活会一天一天好起来。我把田螺壳留给你，你可以用它贮藏粮食，随你吃多少，壳里的稻谷都不会用完。"正说话时，只见屋外狂风大作，接着下起了大雨，在雨水空蒙之中，神女讲完最后一句话飘然离去。

谢端感激神女的恩德，特地为她造了一座神像，逢年过节都去烧香拜谢。而他自己依靠勤劳的双手和神女的帮助，日子一天比一天红火起来，几年之后，他娶了妻子，过上了美满幸福的日子。

真假新娘

很久以前，在一座大山的这边住着一户人家，山的那边也住着一户人家。有一年，这两家的主妇，同时怀上了小孩。在一个吉日良时，两位妇女都到山上拜佛祈求保佑。敬神完毕，她们俩盘坐在山上的草地上，交谈起来。两个人越说越是亲密。分手的时候，她们互相约定：日后如果生下的都是男孩，就让他们结拜为兄弟；如果是女孩，她们便以姐妹相称；如果是一男一女，就让他们成为夫妇。

过了不久，山前的妇女生下一个男婴；山后的妇女，生下一个小姑娘。这个小姑娘不但模样可爱，还有个不同常人的特征：只要她笑一笑，地上便绽出一朵雪白的莲花。男孩子家里得知这些情形，十分高兴，觉得能娶到这样的媳妇，真是前生的造化。

　　天有不测风云，小姑娘还没有成年，她的母亲就得了不治之症。她在临终之时，把丈夫叫到身边，再三提到女儿的婚事；又拿出一副珍珠项链，系在小姑娘脖子上，叮嘱她身不离项链，项链不离身。说完，就悲伤地离开了人世。

　　时光一年一年地过去，山前的小男孩长成了健壮的小伙子；山后的小女孩，也长成美丽的大姑娘了。有一天，男家派出媒人到女家来求婚。这时候，小姑娘已经有了一位继母，还带来一个比她小一点的妹妹。继母听说山前那户人家很有钱，便起了歹心，在丈夫耳边上说坏话："我们的大女儿性情太过老实，到别人家做媳妇是要吃亏的，我看还是把小女儿嫁给他们吧！"丈夫说："不行！她母亲在世的时候，我亲口答应了这桩婚事，我不能食言。"于是，他热情地接待了媒人，很快定下了结婚的日期。

　　继母一计不成，又生一计，到了成亲的那天，她早早地起床，带着大女儿和自己的女儿去送亲。三个人走着走着，来到了山下的湖泊旁。继母说："新娘子，前面就到你丈夫家了，快梳洗一下准备进门吧！"姑娘听了她的话，就跪在湖边洗脸、梳头。谁知狠心的继母趁机一手夺过她的项链，随后就把她推进湖中。

　　继母淹死了前妻的女儿，把项链给自己的女儿戴上，把新衣给自己的女儿穿上，亲自把她送到山前那户人家，和小伙子成了亲。

　　在这湖的旁边，住着一个穷苦的老头儿和他的妻子。这天晚上，老太婆到湖边背水，看见水里长出一棵很好看的珍珠树，便跌跌撞撞地把老头儿叫来，老头儿高兴得不得了，跳进水里摘珍珠，老太婆高声喊道："老头子呀，别摘了。快把它拔出来，扛到家里再慢慢摘吧！"

　　老两口花了不少气力，直到天黑才把珍珠树抬进自己的小屋。珍珠树摆在屋角里，忽然轻轻地活动起来，最后变成了一个美丽的姑娘。

170

老两口害怕极了，双双跪在地上磕头祈祷。姑娘说："两位老人啊，我不是什么魔鬼，我是山前那户人家的新娘。我的继母抢走了我的项链，戴在她女儿身上，并且冒称我的名字，和山前的小伙子成了亲。现在，我的妹妹正在睡觉，项链挂在柱子上，我才能活过来。明天早晨，她戴上项链，我便又要死去。"两位老人很替姑娘抱不平，说："姑娘，不用难过，我们一定帮助你把项链找回来。"

姑娘听了，露齿一笑，屋子里"叮铃"一声，绽出一朵雪白的莲花。莲花闪闪发亮，满屋流动芳香。姑娘摘下莲花，交给老头儿，说："请把这朵花，卖给山前那位青年吧！他问多少钱，你就说不能少于一百个金币。"

第二天，老头儿拿着花，在青年的窗户下叫卖。青年从窗户里伸出头来，眼睛立刻被莲花吸引了。他想："都说我的妻子笑起来地上便会绽开白莲花，但从昨天开始，她一直嘻嘻哈哈笑个不停，为什么不见一朵花长出来呢？再说，这老头儿的白莲花，又是从哪里得来的呢？"青年一边想，一边出了家门，用重金买下了这朵雪白的莲花。

第三天天刚亮，老头儿又拿着一朵白莲花，在青年的窗户下叫卖。青年又拿着一百个金币，下楼要买这朵花。老头儿连忙摇着手说："这回我不要金币了，我要换一副珍珠项链。"青年想知道白莲花的来历，便返身回屋，趁假新娘还在酣睡，悄悄地把项链取下来，跟老头儿换了那朵白莲花。

老头儿捧着项链，高高兴兴回到小屋，把珍珠项链挂在珍珠树上，树儿轻轻地摆动，忽然变成了一个美丽的姑娘。山前的小伙子，正跟着老头儿的脚步进门，看到这种情形，以为撞上了神女，吓得全身不停地发抖。

老头儿乐呵呵地喊道："喂，小伙子！这才是你真正的新娘。家里那位，是假的，是假的呀！"老两口你一句、我一句，把事情的前前后后，通通讲了出来。小伙子找到了自己真正的妻子，高兴得不得了。姑娘看到了自己的丈夫，心里也格外快乐，笑声像银铃一样，一串连着一串，小小的屋子里，到处绽开了美丽芳香的雪白莲花。

过了两天，继母得意扬扬地来看自己的女儿。青年看到了她，便大声喊道："姑娘，快出来倒茶！"继母定睛一看，应声出来的，不是别人，正是她害死的大女儿。她羞得满脸通红，什么话也说不出来。青年说："你的心肠，真比蛇蝎还狠毒。我们却是良善之人，快带着你的女儿走吧。不过这一辈子你们也别想再进我的家门了。"

继母没有办法，只好带着哭哭啼啼的女儿逃出了女婿的家门。从此，山前的青年和山后的姑娘，结成美满的夫妻，过着幸福的生活。

阿巧养蚕

早年间，杭州里佛桥附近有一个聪明伶俐的小姑娘，名叫阿巧。阿巧九岁时，母亲就去世了，丢下了阿巧和一个四岁的小弟弟。阿巧的爹没法料理家务，就又娶了一位妻子。但是这个妻子心肠歹毒，每日里对阿巧和弟弟非打即骂，两姐弟的日子过得十分辛苦。

这一年已经到了深冬腊月，天气十分寒冷。有一天，继母叫阿巧背着竹筐，冒着北风出去割羊草。在这天寒地冻的时候，山里的青草早已绝迹，根本无处寻觅。阿巧从早晨走到黄昏，从河边找到山腰，一丝嫩草也没有找到。她又冷又怕，又想起自己亲娘，心酸不已，就坐在半山腰上呜呜地哭了起来。

阿巧哭着哭着，突然听到头顶上有一个声音说："要割青草，半山沟沟！要割青草，半山沟沟！"阿巧抬起头来，见一只白头鸟儿，扑愣愣地向山沟里飞去。她急忙站起身，擦干眼泪，跟着白头鸟儿跑去。拐个弯，那白头鸟儿一下不见了。但见山沟上挺立着一株老松树，青葱葱的犹如一把大伞，罩住了沟口。阿巧拨开树枝，绕过松树，忽地眼前一亮，只见一条弯弯曲曲的小溪淙淙地流着，小溪岸边花红草绿，人间仙境一般，与外面的冰天雪地就像两个世界。

阿巧见着青草，兴奋不已，赶快蹲下身子就割起来。她边割边走，越走越远，不知不觉之间，已经走到小溪的尽头了。这时她已割满一竹筐青草，站起来揩揩额角上的汗珠，却见前面不远的地方，有个穿着白衣的美貌姑娘，手里拎着一只篮子，慢慢地走到她的面前，笑着说："小姑娘，真是稀客呀，既来了我们家，就在这多住几天，让我多款待款待你！"

阿巧抬头望去，眼前又是另一番景象：半山腰上有一排整齐的屋子，白粉墙、白盖瓦；屋前是一片矮树林，树叶绿油油的比巴掌还大；还有许多白衣姑娘，一个个都拎着篮子，一边笑，一边唱，在矮树林里采那鲜嫩的树叶。

阿巧见了十分高兴，就在这住了下来。从此以后，阿巧就跟白衣姑娘们一起，白天在矮树林里采摘嫩叶，夜晚用树叶喂着一种雪白雪白的花果儿。白衣姑娘就教阿巧怎样将这些雪白雪白的花生果儿抽成油光晶亮的丝线，又怎样用树籽儿把丝线染上颜色：青籽儿染蓝丝线，红籽儿染赤丝线，黄籽儿染金丝线……白衣姑娘还告诉阿巧：这五光十色的丝线，是给天帝绣龙衣、给织女织云锦的。

阿巧住在山沟时，日子过得很快活，一晃就三个月过去了。这天，阿巧想起了弟弟，想把弟弟也接来，以免在家中受继母虐待。想到此，她也来不及和姑娘们打招呼，就迫不及待地跑回家去了。

临走的时候，阿巧还带走了一张撒满天虫卵的白纸。另外又装了两袋桑树籽，一路走，一路丢，心里想：明天照着桑树籽走回来好了。但是阿巧回家里一看，爹已经老了，弟弟也长成小伙子了！爹见阿巧回来了，悲喜交加地问："阿巧呀，你怎么走了十五年才回来？这些年你都在哪里？怎么你还是孩子模样，一点没变呢?"阿巧大吃一惊，就把怎样上山，怎样遇见白衣姑娘的经过告诉了她爹。左邻右舍知道了，都跑来看她，说她定是遇上仙人。

第二天一早，阿巧想回到山沟去看看。但刚跨出门，抬头就望见沿路有一道绿油油的矮树林，原来是她丢下的桑树籽，都长成了树。她沿着树林，一直走到山沟里。山沟口那株老松树，还是像把伞一样地罩

173

着，不过再进去就找不到路了。阿巧正在对着老松树发呆，忽见那只白头鸟儿又从老松树背后飞了出来，叫着："阿巧偷宝！阿巧偷宝！"

阿巧这才想起临走的时候，没有和白衣姑娘说一声，还拿了一张天虫卵和两袋桑树籽，一定是白衣姑娘生了气，把路隐掉不让她再去了。于是，她回到家里，把天虫卵孵化成虫，又采来许多嫩桑叶喂养它，在家里养起天虫来。

从这时起，人间才有了天虫。后来人们将天虫两字并在一起，把它叫"蚕"。据说，阿巧在半山沟沟里遇见的白衣姑娘，就是专门掌管养蚕的蚕花娘子。

好梦难圆

从前有个穷书生，屡试不中，仍苦读不已。这一年，赶考的日子又近了，他更是日夜用功。一天深夜，他刚睡下，便做了个梦，梦里他被关在一个四面都是墙的房间里，怎么呼喊求救都没有用，吓得他一激灵就醒了。书生觉得奇怪，便去请人解梦，解梦的先生听完笑道："好梦，好梦，置之死地而后生（升），你这次一定高中。"

书生兴致勃勃地进京赶考，发榜这天，喜气洋洋地去看，可从头到尾，不见自己的名字。他顿时身上凉了半截，没精打采地往回走。忽见街头有一位摆卦摊的老人，他想，何不求教这位老人为何自己的梦不准呢？算卦老人一见书生在这日子来问事，心中自然有数。听完书生的讲述，便连连摇头说："不祥，不祥！"书生忙问："为何不祥？"老人说："周围都是墙，要想高中岂不是没有门吗？"

书生不死心，回家继续攻读，准备来年再考。

这一年临近考期时，书生又做了个梦，梦见自己天还没亮就启程上路去赶考，匆忙间，一头撞在自家低矮的门楣上，额头上起了个大包。醒来后，感到很奇怪，于是又去请人解梦。解梦先生一听，便哈哈大笑道："恭喜，恭喜！"书生问："喜从何来？"先生说："你这是'出门就碰上了头（名）'啊，今年一准考上！"

书生又兴致勃勃地进京赶考。发榜这天，又是喜气洋洋地去看，谁知这次榜上从头到尾又没有自己的名字。在回家的路上，书生又碰到了那位算卦老人，与他述说了一通，老人听完便连连摆摆手："不好，不好！"书生问："怎么不好？"老人说："天不亮上路——净瞎摸冒撞，怎么会中呢？"

书生快快回家，还是不死心，继续研读诗书，等待下一年的考试。

又是一年寒窗，考期又快到了。这晚书生刚刚入睡，便又得一梦：书生赴京赶考没有太多盘缠，妻子便蒸了点年糕当干粮，谁知一咬，年糕硌牙，还是生的。书生醒来更觉蹊跷，白天又去请人解梦，解梦先生听了不禁连连拱手说："恭喜恭喜，好梦好梦！"书生问："这回又怎么好呢？"先生说："年糕没蒸熟，岂不是'高升（糕生）'吗！今年定会名列前茅！"书生又乐滋滋地去赶考，后来又笑哈哈地去看榜，但再一次名落孙山。他像霜打的茄子一样，提不起神来。路过街头，发现那算卦老人还在，便又向老人讨教。老人听完，啧啧嘴说："不是好梦！"书生睁大眼睛问："又怎么不好？"老人说："年糕没熟，说明时候还不到、火候还不够啊，你这回考当然不会中了！"

书生回去，仍手不释卷，看来他是不得功名死不休了。

转眼又快到考试的时节了。这夜书生读书到五更天，不觉昏昏欲睡。恍惚中，外面下起倾盆大雨，书生连忙戴上草帽，又扣上一顶斗笠，站到堂屋当中，只听得一声炸雷，书生被惊醒，原来是个梦。这梦太奇怪了，于是书生又请人解梦。解梦先生一听，赶忙拍手大笑道："恭喜恭喜，好梦好梦！"书生迷惑地问："为什么是好梦啊？"先生说："你草帽上戴斗笠，是'冠上加冠'呀！今年定会金榜题名，红袍加身了！"

书生这回劲头十足地进京赶考，发榜日，又憋着使不完的劲去看榜。结果眼珠都差点迸出来了，可还是没有自己名字。书生掉了魂儿

175

似的走在街头，恰巧又遇到那位算卦老人，便上去哭诉这一次的经过。老人听完，不禁长叹一声说："唉！"书生张大嘴巴问："您为何叹气？"老人说："你头上本已戴着两顶能挡雨的帽子了，却还站在堂屋里，那样的话，就是簸箕大的雨点也淋不到你头上啊！榜上又怎么会有你的名字呢！"

书生回到家后终日闷头呆坐，不知自己还要不要继续读书备考，也不知以后还会不会做梦、要不要解梦。

天要下雨娘要嫁人

传说古时候有个名叫朱耀宗的书生，天资聪慧，满腹经纶，进京赶考高中状元。皇上殿试见他不仅才华横溢，而且长得一表人才，便将他招为驸马。

"春风得意马蹄疾"，循惯例朱耀宗一身锦绣新贵还乡。临行前，朱耀宗奏明皇上，提起他的母亲如何含辛茹苦，如何从小将他培养成人，母子俩如何相依为命，请求皇上为他多年守寡一直不嫁的母亲树立贞节牌坊。皇上闻言甚喜，心中更加喜爱此乘龙快婿，准允所奏。朱耀宗喜滋滋地日夜兼程，回家拜见母亲。

当朱耀宗向娘诉说了树立贞节牌坊一事后，原本欢天喜地的朱母一下子惊呆了，脸上露出不安的神色，欲言又止，似有难言之隐。朱耀宗大感不解，惊愕地问："娘，您老哪儿不舒服？""心口痛。""怎么说痛就痛起来了？""儿呀"，朱母大放悲声，"你不知道做寡妇的痛苦，长夜秉烛，垂泪天明，好容易将你熬出了头！娘现在想着有个伴儿安度后半生，有件事我如今告诉你，娘要改嫁，这贞节牌坊我是无论如何不能接受的。""娘，您要嫁谁？""你的恩师张文举。"

听了娘的回答，好似晴天一声炸雷，毫无思想准备的朱耀宗顿时

176

被击倒了，"扑通"一下跪在娘的面前："娘，这千万使不得。您改嫁叫儿的脸面往哪儿搁？再说，这'欺君之罪'难免杀身之祸啊！"朱母一时语塞，在儿子和自身幸福之间无法做到两全其美。

原来，朱耀宗八岁时丧父，朱母陈秀英强忍年轻丧夫的悲痛，她见儿子聪明好学，读书用功，特意聘请有名的秀才张文举执教家中。由于张文举教育有方，朱耀宗学业长进很快。朱母欢喜，对张文举愈加敬重。朝夕相处，张文举的人品和才华深深打动了陈秀英的芳心，张文举对温柔贤惠的陈秀英也产生了爱慕之情，两人商定，待到朱耀宗成家立业后正式结婚，白首偕老。殊不料，这桩姻缘却要被蒙在鼓里的朱耀宗无意中搅黄，出现了这样尴尬的局面。

解铃还须系铃人。正值左右为难之际，朱母不由长叹一声："那就听天由命吧。"她说着随手解下身上一件罗裙，告诉朱耀宗说："明天你替我把裙子洗干净，一天一夜晒干，如果裙子晒干，我便答应不改嫁；如果裙子不干，天意如此，你也就不用再阻拦了。"

这一天晴空朗日，朱耀宗心想这事并不难做，便点头同意。谁知当夜阴云密布，天下起暴雨，因此裙子始终是湿漉漉的，朱耀宗心中叫苦不迭，知是天意。陈秀英则认认真真地对儿子说："孩子，天要下雨，娘要嫁人，天意不可违！"

事已至此，多说无益。朱耀宗只得将母亲和恩师的婚事如实报告皇上，请皇上治罪。皇上则连连称奇，降道御旨："不知者不怪罪，天作之合，由她去吧。"从此，人们便用"天要下雨，娘要嫁人"这句话来形容那些不可逆转之事。

僧人状元

明朝嘉靖年间，陕州有个寒门秀士姓李名文正，妻子赵氏名素月，夫妻俩恩爱非常。李文正寒窗苦读，盼望有朝一日蟾宫折桂。赵素月勤劳贤惠，为供丈夫读书日夜纺线织布，省吃俭用。这年正逢京城大开考场，赵素月把出嫁时陪送的簪环首饰变卖，加上平时积攒的银钱作为盘缠，送丈夫进京赴考。

岂料当时担任主考的正是奸臣严嵩，李文正在考场上虽然文思泉涌，但因无钱送礼行贿，竟被严嵩除名。李文正落榜后，心情格外沉重，想起贤妻为自己求取功名日夜劳作，费尽千辛万苦，如今一番心血全部付之东流，有何颜面回家去见妻子？何况水远山长又身无分文，山穷水尽的李文正决意了此残生。为了不给店家添麻烦，他一个人悄悄地出了京城来到东郊，在一棵柳树上上了吊。

也是李文正命不该绝，此时恰好白云山永福寺住持洞明长老云游路过此地，将气息未断的李文正救了过来。洞明长老问道："书生姓甚名谁家乡何处？为何如此轻生？"

李文正跪倒在洞明长老面前，把自己的遭遇一五一十地讲了出来，然后哀求道："老禅师既然救下小生性命，小生也已绝了尘念，恳请老禅师将小生收归门下吧！"

洞明长老叹道："今日相遇是你我的缘分，看你如此诚心，老衲收下你就是。"

李文正跟随洞明长老来到京东白云山永福寺后，老禅师为李文正剃度受戒，取法号法正。法正从此一心向佛，每日虔诚诵念经文，抄写经卷。洞明长老见他天姿聪慧，十分厚爱，除了讲授佛理，还经常与他谈古论今，师徒之间宛若挚友。

这永福寺已有百年历史，庙宇残破亟待修缮，洞明长老也早有此凤愿。于是提出要众弟子们化缘筹集修葺之资。众徒弟遵照师命各个捧着钵盂各奔东西，法正当然也在其中。

一转眼五年过去了，众弟子募化的财帛已足够庙宇修缮之用。洞明长老便请来精工巧匠，用了两年的时间将山门、大雄宝殿、两厢偏殿、经堂、钟鼓楼全部修整一新，又重新铸造了一口大铜钟，将原来那口缺耳掉牙的老钟换下。

修缮事毕，洞明长老便主持举行盛大的庆典法事。庆典的第一件事就是撞钟、奏佛乐。不料，那口新铸的大钟却连撞数次不响。众僧徒和铸造工匠面面相觑，惊诧不已。

洞明长老双手合十，口诵"阿弥陀佛"，然后对众僧徒道："钟成不响，因尚有施主善缘未了，还需徒儿们辛苦一回再去募化，铜板不在多少，以响为足。"

于是，众僧又二次下山化缘。法正下山后一个人走街串巷，手捧钵盂沿村庄乞求布施。这天，法正来到一个村庄，低头行走间忽听手中钵盂"当啷"一声响，一枚铜板落在钵中。法正抬头一看，原来是一位荆钗布裙的女子。女子两眼怔怔地望着法正，忽然泪流满面道："官人，我可把你找到了！"

法正一愣——原来这位女施主竟是他的妻子赵素月！法正心里一颤，突然想到了师父的话：难道说师父说的大钟不响因尚有施主"善缘未了"就应在素月的身上？方才赵素月将那铜板扔进钵盂中声音格外响亮，岂不是应了师父所说的"以响为足"吗？两件事都被自己遇上，莫非是佛祖有意安排……赵素月见法正沉默不语，两眼的泪水如泉般涌了出来，一边哭一边倾诉离别之苦。

丈夫进京赴考数年不归又音讯全无，赵素月日夜心神不宁，后来便离家寻夫。一个从未出过家门的妇人背井离乡，像大海捞针一般找寻丈夫，实在是件不可思议的事。赵素月身上的钱越来越少，最后不得不沿路乞讨，这样寻访了五六年都没有找到丈夫的踪影。这日她遇上一个好心的大嫂，不但让她吃了一顿饱饭，临走时还给了她一枚铜板。赵素月拿着铜板，正遇上这化缘的僧人，她想将铜板施舍给僧人结个善缘以求佛祖保佑丈夫，却没想到这僧人正是她苦苦寻找了五六年的丈夫李文正。

赵素月悲喜交加，也顾不得面前的丈夫已经是个僧人，拉住法正的手哭哭啼啼地说："官人，你我夫妻分别多年，蒙佛祖保佑在此奇逢巧遇，咱们回家去吧。"法正急忙抽出手后退两步，哽咽着说："素月，我对不起你……可是，我既入空门，便不想还俗了，你还是回去找个好人家安心过日子吧……"赵素月一听心中又气又痛，颤声说："你竟如此无情无义，不顾我这些年来的苦楚？也罢，你若不肯回家我便跟着你去，你走到哪里我就跟到哪里！"法正皱了皱眉头却又无计可施，就这样，一个僧人无奈地带着一个女人回了白云山。

洞明长老见法正带着一个女人回来，便问道："命你下山化缘，为何带来一位女菩萨？"法正只好如实对师父说明原委，洞明长老微笑道："既然如此，女施主来了不可慢待，但我寺院佛规女施主也当明白。就请到寺外村庄暂住几日，待铸好铜钟，老衲自有道理。"说罢便命法正将赵素月安排到山下一居士家中。

次日，洞明长老便派徒弟请来铸造工匠重新铸造铜钟。经过数日精心制模，然后升火化铜，铜水熔化后，洞明长老亲手将法正带回来的那枚铜板掷进铜水中。说也奇怪，那铜板落入铜水中后，立刻腾起一股耀眼的红光。洞明长老大喜，挥手道："浇铸！"

大钟一次熔铸成功。

大钟悬挂在钟楼上，洞明长老亲自撞钟三下，"咚——咚——咚——"响声浑厚、悠远、绵长，十里之外都听得见。

大铜钟铸造成功后，洞明长老命法正将赵素月接到寺中。长老对法正说："法正，现在你的佛缘已满，你妻子如此贤良，忠贞之心苍天可鉴。你还俗回乡夫妻团聚吧，日后必有善果。"

法正跪在师父面前热泪盈眶："师父恩德无以报答，请受徒儿一拜！"

临别时洞明长老又赠李文正夫妻纹银五十两，以做安家之用。李文正与妻子赵素月回到故乡陕州后，将破败房屋重新修整，生活安定下来。

李文正本想与妻子安心地过男耕女织的日子，但赵素月却一定要李文正重新温习学业，将来再进京求取功名。李文正因前次科举受挫加上几年佛门清音洗涤，对功名利禄已视若浮云。赵素月却认为丈夫才气不凡，他日定会功成名就，不可埋没。在妻子苦苦劝导下，李文正也觉得不应辜负妻子的一片苦心，于是便又开始潜心读书。一晃儿三年过去了，又逢大比之年。赵素月为丈夫打点行囊，择吉日送他起身奔赴京城。这时奸臣严嵩已倒台，考场纪律整肃严明。大考后月余开榜，李文正独占鳌头名列榜首！

在金殿上，皇帝御笔钦点头名状元时，一位大臣出班奏道："万岁，查李文正本系还俗僧人，点僧人为头名状元从古至今尚无先例，望万岁斟酌……"嘉靖皇帝道："国家选拔人才当无论出身唯才是举，况且太祖当初亦曾入寺为僧，点僧人出身的李文正为状元有何不可？"

众臣听了，齐称皇上不愧圣明天子，国运必然大兴。

因李文正是还俗僧人，世人便称其为"僧人状元"。后李文正出任知府、巡抚，为官清正，颇有政绩。

人心不足蛇吞象

过去，淮河边上住着一个教书先生，单名叫丰，丰的妻子在很年轻的时候就去世了，但是丰一直没再娶，怕娶回个后妈对儿子不好，就一直带着儿子过日子。儿子叫象，因父亲独自耕田，又在外教书补贴家用，没有时间管教象，象自小又缺少母爱，所以非常顽皮，又因父亲可怜象自小没娘，什么都依着他，平时舍不得弹象一指头，使象自小养成了好吃懒做、天下唯我的脾性。

一年秋后，丰在回家的路上发现一条小花蛇在秋风中战战兢兢曲蜷成一团，十分可怜。丰动了恻隐之心，小心翼翼将小花蛇捧起放入袖笼中带回家精心喂养。象也很喜欢小花蛇，常常去田里捉些青蛙回来喂它。小花蛇得到精心的喂养，很快长成了大蛇，食量也大得怕人，象也不愿意再为它捉青蛙了。丰决定将花蛇放入芦苇荡中。花蛇在丰家生活了十几年有点舍不得离开丰家，但它见丰已年老体弱，象又好吃懒做，生活越来越困难，只得离去。花蛇连连向丰点头，算是拜谢

181

主人的养育之恩，然后游入芦苇荡中。

　　丰渐渐老了，他多次对象说："儿呀！为父老了，前头的路也不多了，你应当学点本事，日后好自食其力。"象总是不屑一顾地说："放心吧，船到桥头自然直。"丰看儿子总是不长进，常常流下老泪摇头叹息地说："养儿不教父之过也。"

　　几年后，丰病故，众乡邻为丰安排好后事。象不学无术，好吃懒做，开始靠变卖家产维持生计，家里值点钱的东西渐渐被他变卖完了，生活越来越困难，常常是吃了上顿没下顿。眼看着冬天要到了，棉衣早在秋天就被卖了，象蜷在被窝里无法起床，而家里又没有一口吃的。他愁肠百结，在被窝里蒙头大哭，一边哭，一边埋怨父亲为什么不多留点家产。正哭着突然听到一阵"沙沙"声，紧接着门开了，象吓了一跳，以为是小偷，头蒙在被窝里，哭得更伤心了，一边哭一边说："这家除了房子外没一件东西值钱的，你要什么拿什么好了。"说完放声大哭，哭了一会觉得有人拍床，象从被窝里伸出头来一看，一条巨大的花蛇盘在床前，象的魂差点给吓出了窍。定神再一瞧，那花蛇在流泪。象猛然想起是几年前放进芦苇荡的花蛇回来了。象说："花蛇呀，难道你也没吃的了吗？"花蛇摇摇头。"那你还回来干什么？"花蛇突然开口说话："象呀，你们父子俩救过我，如今你有难处，我不能不帮帮你。"象一听花蛇能说话，一骨碌爬起来惊讶地说："花蛇你原来会说话？"花蛇点点头。象忙说："你怎么帮我呢？"花蛇说："我眼睛是夜明珠，你拿刀对照我的眼睛挖下一只可以换几百两白银，按正常生活够你享用一辈子。"象的屁股上如安了弹簧，一下子从床跳起，找了把刀来。当走到花蛇跟前时，浑身打战不敢下手，花蛇说："别怕，你挖我的左眼。"象一刀下去，花蛇的左眼珠迸出，血如泉涌，喷了象满身。花蛇疼痛难忍，在地上翻滚了好一会说："象，你好自为之，我回芦苇荡去了。"象把花蛇的眼珠洗净，揣进怀里，来到城里最大的一家药店。柜台里的小伙计听说有人要卖夜明珠，不敢乱开价，忙跑到后堂把掌柜的找了来，掌柜的反复端详着夜明珠连连赞道："好！好！"再看柜外仍穿着单衣的毛头小伙子有点不相信地问："你怎么得到它的？这可是人间少有的稀罕之物呀。"象昂起头傲慢地说："得到它有什么稀奇。"接着一五一十将养蛇、放蛇、蛇又回来报答主人之事说给掌柜听了，那掌柜的听了直咂嘴称奇，掌柜的说："要能将那蛇胆弄来，那可是价值连城地呀。"象没好气地说："那不要了蛇的命了吗？"象和掌柜的一番讨价还价后，得了二百两白银回家了。

　　象有了钱，又开始花天酒地、醉生梦死，赌场里人人认得出手大方的象爷，妓院里个个知道象爷腰缠万贯，酒馆老板也都知道象爷从不吝啬。象也常常暗自笑话他的老爹，辛苦一辈子不知什么叫福，我有福一辈子不知道什么叫苦。

　　一晃几年过去了，象手里的钱所剩无几了，赌场的老板开始逼着他讨债了，妓院的漂亮姐儿又另有新人了，酒馆的小伙计也敢冲象翻白眼了。药店掌柜的几年前说有关蛇胆价值连城的事儿，时常在象的脑中浮起。象冲着赌场的老板说："明儿个我有了钱，买下这个城，我叫你给我放马。"象冲着妓院的漂亮姐儿骂道："别猖狂，明儿个我有了钱，买下这楼。"象冲着酒馆的老板说："狗眼看人低，明儿个我有了钱，买下这城。"

　　一日，象喝得醉醺醺的，一摇一晃向芦苇荡走去。芦苇荡一望无际，到哪去找花蛇呢？找不到花蛇，取不到蛇胆，今后的日子怎么过呢？象在芦苇荡边放声大叫："花蛇！花蛇！象来了。"不一会就听风卷芦叶哗哗响，花蛇来到了象面前，象喜出望外，可当象提出要取蛇胆一事，花蛇流下了一行泪，痛心地说："象呀，你取我的胆，不是要我的命吗？"象说："我不取你的胆，我可怎么过呢？"花蛇叹息道："几年前我忍痛让你挖下了一只眼，几百两白银应该够你享用一辈子的，可你吃喝嫖赌贪得无厌，就是有再多的钱也不够你挥霍的呀，你走吧，我帮不了你！"说完痛苦地低下头，不愿再看象。象看花蛇低下头去急忙从怀中掏出刀，举刀要砍死花蛇，花蛇躲过尖刀，气得浑身发颤，心想这种恶徒留在世上又有何用？于是张开大口轻轻一吸，象如一片叶子飘进花蛇口中。花蛇把象吞入了腹中后，又游回了芦苇荡中去了。

聚宝盆的故事

很久以前，在一个村落里来了一户逃荒人家。这家共有四口人，男主人推着一辆独车，车上有一床铺被、几个陶制坛罐和黑粗瓷碗，女主人肚子挺得高高的，看样子又有了六、七个月的身孕。小车上坐着两个孩子，一个四岁、一个两岁，都是男孩。

这家人丈夫叫华良，妻子叫梁花，他们是从山东逃荒过来的。夫妇俩带着孩子在街东的一个财神庙里安了家。这财神庙只是一间丈把长宽的破庙，一尊半人高的木雕财神像，长年无人侍奉已歪倒在一边，厚厚的浮灰已糊住了这菩萨的眉眼口鼻。

华良和梁花一连两天，扫的扫，洗的洗，将小小破庙的地下、墙上打扫得干干净净。山墙头还垒了口露天灶生火做饭，在此安了家。女人的心细，她修补了神台，洗净好神像，将财神立在台上，扶摆端正，还买了两炷香，一边拱手作揖，一边祈祷，希望财神可以保佑家人平安。

华良是个世代庄稼人，耕耙收种，样样拿得起，没几天就被街上潘财主家雇为伙计。这梁花虽是个家居妇人，但做得一手好面食，发出的馒头能当球拍，擀出的面条厚薄长宽一刷齐。今晚切的面，明早也不会粘在一块儿。只在潘老爷家露了一手，整个村落就都知晓了她的好手艺。

开始时谁家想吃梁花的手擀面，就上门去请。面擀好了，东家大都送她一碗半碗面粉做工钱，一家人的日子也就这样过了下去。可这梁花身怀有孕，眼看着肚子一天天大起来，到处擀面的也不太方便。潘太太就给出了个主意，她借给了梁花十斤面粉，让梁花每天在家擀面条，门口摆个摊子，谁家要吃面条就上门来买。就这样，梁花就开起了面点店。而那财神庙自从他们一家人住了进来，神台上就开始隔三岔五地有人来上香，后来渐渐地就香火不断了。

一天夜里，华良睡觉突然醒了，再也睡不着。他爬了起来，推醒了正在熟睡的梁花，说：“快醒醒。我刚才做了个梦，梦见在耕田时耕出个大瓦盆，还没等我拾起，过来一个白胡子老头。老头说这是个宝盆，若往盆里放粒米，不一会就能变成一盆。用得好，会给人带来幸福；用得不当，会让人家破人亡。还没等我说话，老头就化作一阵烟飘走了。这梦不知是凶是吉？”梁花累了一天，本来睡得正香，被丈夫推醒，心里烦躁，说道：“管他呢。是福不是祸，是祸躲不过。”说完又转身睡着了。

第二天天亮后，东家叫华良套牛耕田。老牛一趟没到头，铁犁翻出了个大瓦盆。华良忙捡起瓦盆，揩去泥，看了看，普通的一个瓦盆，没有什么特别之处。回家后，华良把瓦盆交给梁花，高兴地说：“昨晚的梦应验了，我耕地还真的耕出了个宝盆。”梁花看到丈夫抱回一个盆，不屑又不信地说道：“我前两天就跟你商量着买个盆回来，你还说家里的盆只是裂个口子，用绳箍一下还能用。今天谁让你买了？是捡着便宜了吧？”华良说：“昨晚我跟你说梦里的事，你忘了？真是耕田耕出来的，说不定真是个宝盆。”

梁花接过瓦盆，翻过来调过去没看出什么特别，以为是丈夫编故事哄人，顺手往桌上一撂，就听“当啷”一声，发出金属的撞击声。两口子同时一惊：“哎呀！真和普通的盆不一样。”华良顺手抓了一把黄豆撂在盆里，只见盆里顿时起了层雾气，不一会儿就变成了满满一盆黄豆。华良高兴得蹦了起来，他把黄豆倒进一只口袋，又抓了一把黄豆放在盆里，不一会又是一满盆；又把盆里的黄豆倒进口袋，仍抓了一把放在盆里，又是满满一盆。

就这样一连三盆，华良还要继续变多。梁花冷静下来，并阻止住华良说：“你把昨晚的梦再细说一遍。”华良把昨晚的梦详细重复了一遍以后，盯着梁花问：“怎么啦？”梁花说：“这盆应当用来和面用，咱

185

要靠辛苦勤奋持家，不能靠取巧生财，不劳而获。否则这个家会有灾祸。"梁花立了条规矩，这盆里除每天和面外，不能往盆里放其他物件。华良向来都是听妻子的，这次自然也不例外。

从那以后，华良还是做他的伙计，梁花还是卖她的面条。不过，现在不用再买面粉了。梁花每天和完一盆面，擀完面条，抓把面粉放在盆里，第二天还是和一盆面，就这样每天都能从盆中变出一盆面来。

有天晚上，华良趁梁花睡下了，悄悄放了一个铜钱在盆里。第二天梁花正要和面做生意，发现盆里满满一盆铜钱。她知道是华良做的，很是生气，对着华良发起了脾气："你是要钱，还是要这一家老小平安？"华良憨憨笑着："钱哪有老婆孩子好呢。"梁花余气未消："那你干吗背着我弄这黑心钱？"华良说："我根本没想要，不过是好奇想试试。"梁花说："那好。你去找工匠，我们就用这钱，把财神庙修复一新，再给财神爷镀个金身。"

一晃又是一年过去了，华良和梁花攒了不少钱。他们接着财神庙往东盖起了三间宽敞明亮的瓦房。华良还是在潘老爷家当伙计，梁花也还是每天和面卖面条。这年，夏蝗成灾，飞蝗蔽天，所到之处，禾麦皆无，十户人家有五户讨饭，路边、山坡的榆树皮都被剥下充饥。这样下去肯定会饿死许多人。梁花和华良商量着，从明日起向灾民发放馒头，每人每天两个。第二天天没亮，梁花就蒸了一锅馒头，倒在一个大盆里，然后拿一个馒头放在聚宝盆里，不一会变作了一盆馒头。如此反复着，天快亮了，雪白的馒头已堆成了一座小山一样。华良带着大儿子分头在路口向过往讨饭人和贫苦人转告，说财神庙梁花向灾民发放馒头。人们一传十、十传百，财神庙前排起了长龙。灾民们手捧着雪白的馒头，对梁花感激不尽。就这样每天在梁花家门前都有成千灾民领食馒头，整个潘村无一人饿死。贫苦人家都说华良和梁花是神仙派下凡间救苦救难的菩萨。

那些富户人家中，开始有人注意华良一家了，他们对梁花每天发放馒头感觉蹊跷。百里之内小麦基本绝收，华良家哪来那么多的小麦面？每日发馒头上万个，需要蒸多少锅啊，可怎么不见梁花家烟囱冒烟呢？

人们纳闷、好奇，不断增了些猜疑。大老爷们中有问华良的，问他哪来那么多面粉；老太太、小媳妇们有问梁花的，问她蒸上万只馒头要多长时间。每当人们问华良时，华良总是憨憨一笑，说："咱媳妇有能耐。"每当人们问梁花时，梁花也都笑着说："连锅蒸省时间。"

潘老爷是个心思灵巧的人，一天他到华良家送工钱，一进门就说："他大嫂子，今年是灾年，你家也是凭手吃饭，天天接济灾民，我估摸着你的积攒已用差不多了，今年的钱提前算给你。"说着从褡裢里掏出三吊钱放在桌上；同时两眼四处乱转，一没看到粮垛，二没看到大锅，三没看到大蒸笼。离开华良的家后，潘老爷神乎其神地说梁花是天上下凡的救世菩萨，一盆一盆的大馒头挥手就来，根本不用面粉、不上笼、不生火。

人们越传越神，许多人从很远的地方慕名而来，一是一睹活菩萨尊容，二是要买几斤梁花亲自擀的面条带回去，说是吃了这面条百病不侵。梁花每天不多不少就做一盆面生意，挣的钱攒着，攒多了就全拿了出来，为全村老小做事。就这样，村子有了正式的学堂，村口的河上也有了坚固的石桥。

一转眼十几年过去了，华良和梁花都老了，三个儿子华龙、华虎、华豹也都相继成了家，沿着老房往东，山连山每家三间房。老大在街上开着饭馆，老三在街上开着布店，只有老二华虎继承父业，耕种着家里的十几亩田。因为附近上百里的人都十分敬重梁花，三房媳妇也是对婆婆敬重有加。

这一日，梁花突然得了怪病卧床不起，话也不能说，急得华良焦急不已。病入膏肓之时，梁花最放心不下的是那聚宝盆。她担心三个儿子和三个媳妇得了此物，会贪得无厌。她叫过华良，用手指指盆，比画着手势交代后事。她想说的意思是，老大有饭店产业，老三有布店产业，老二有田种，三个都能过得去，留着这盆不会有好处，不如把它埋入地下，免得惹下祸端。可这华良没有理会到梁花的意思，他误把梁花的话理解成老大饭店、老三布店都需要钱周转，老二种田每年只需种子，这盆谁也不给，由他管着。

187

就这样，梁花死后，华良分别给了老大、老三每人50锭银子，给了老二一口袋麦种，三个儿子分灶起伙，各过各的了。老二华虎辛勤地耕种着他所得的十几亩地，服侍着父亲。老大老三开着他们的店，他们每人得了50锭银子，见老头子跟老二过日子，而老二两口子只分得一袋麦种，为什么也很高兴、并不反对呢？越想越怀疑，兄弟俩就逼问父亲到底留了多少银子给老二。华良被逼得没办法，说出了实话。三个儿子这才知道父亲有个聚宝盆。老大想，这聚宝盆要是归了我，天下还有谁比我富呢？老二想，天下哪有不劳而获的美事呢？你今天不劳而获，明天还不知要损失些什么呢！我可不要什么宝盆。老三心想，这聚宝盆不能让老大一人得去。他提出这聚宝盆要三兄弟轮着用才合理。

经过一番争论，才讲定由老大华龙先用聚宝盆，以后每家用一天。老大华龙两口子乐滋滋地把宝盆抱回家，忙不迭地先把一锭银子放进盆中，不到一刻变成了一盆；倒在地上，再变一盆。就这样夫妻俩不停地忙着，反复地倒着银子，银子越变越多，越堆越高，到了半夜，整个三间屋子全堆满了，可这两人还在不停地变，不停地倒，不停地堆。突然"轰"地一声，四面墙被挤崩溃了，屋顶塌了下来，两人都被埋在了银子堆里。

话说老三夫妻俩半夜没睡，只等天亮去老大家要聚宝盆，突然听到"轰"地一响，慌忙跑出来看，只见老大家屋塌了。这时老二和老头也都听到了响声。两家人一起过来，在倒房的废墟里又扒又抠。老三想找的是宝盆，老二和老头想的是要救人。这样，一直扒到天亮，老三没找到盆，老二和老头也没找到人。倒房堆里，除了破砖碎瓦之外，根本扒不到银子，而只是一块块狗头石。这时华良想起了当年的梦，梦里白胡子老头说过："使用不当，会使人家破人亡。"这话全应验了。

王小二卧冰求鲤

　　从前有一户姓王的人家，孤儿寡母相依为命，靠母亲帮人缝缝补补、洗洗涮涮、打麻线、编芦席糊口度日。儿子王小二七八岁就帮人放牛，十来岁打鱼摸虾，十五岁时拜师学徒，十六七岁时在门口搭了个席棚开了面馆。这母子俩，母亲心地善良，儿子忠厚老实，留下了许多传奇的故事，一代代人传颂着。

　　这年冬月，初一至初十，一连十天风雨交加，冰封湖面，雪没阡陌，路断人稀。王家眼看粮缸见底，度日艰难。更雪上加霜的是，一日王母生了病，高烧不退。

　　王小二这年才十三岁，虽是个孩子，但十分懂事，踩着齐膝大雪，深一脚、浅一脚跑到城里求黄郎中给母亲看病。王母平时人缘好，黄郎中听说王母病重，毫不犹豫地随王小二前去为王母诊病。黄郎中来到王母床头，一连搭了三次脉，都没说话。王小二看郎中的脸色不对，急忙问道："黄爷，我娘病的如何？"黄郎中面带难色说："病不轻，但有治，可是……"王小二急得双膝跪地给黄郎中一连磕了三个响头说："黄爷，我家现在没有钱，来年开春，我天天给你送鱼送虾。"

　　"小二，这不是钱能解决的。"黄郎中忙扶起小二。"那是什么事？"王小二忙问，黄郎中说："药我可以不收钱，可必须用一斤重的鲜活鲤鱼做药引才能见效。眼下冰天雪地，到哪去弄活鱼呢？"王小二一听说要鱼，心想这不难，我整天逮鱼摸虾，还愁逮不到一条鲤鱼？他顺手从门后摸把鱼叉就要出门。黄郎中一把拉住王小二说："傻孩子，等你砸开冰，鱼儿早吓跑了。"王小二心想：对呀，便丢下鱼叉出门向湖边跑去，一边跑一边想办法。

　　一口气跑到湖边，小二一看，湖面被大雪封得严严实实，冰厚得

189

足可以跑马走车。王小二想：母亲治病等鲤鱼做药引，逮不到鱼母亲就没救了。虽然冰面上寒风刺骨，但是他顾不了那么多，急忙解开棉衣，脱下身上衣服，躺在冰面上，要用体温把冰焐化。

寒冰刺骨，王小二冻得一会就失去了知觉。他只觉得浑身轻飘飘的，像腾云驾雾一般往上升，一会儿穿过白云，来到一个地方，这儿山清水秀，风和日丽，鲜花盛开，清香扑鼻。只见一位白发、白眉、白须的老翁手拿鱼竿在清可见底的池边垂钓。王小二走过去向老翁深深鞠了一躬，老者伸出食指搭在嘴上轻轻一"嘘"，王小二会意，没有出声，踮着脚轻轻走到老翁身旁，向水里一瞧，高兴得差点跳起来。水中有几十条都是一斤重上下的鲤鱼，在老翁的鱼钩旁游来游去，可就是不咬钩，王小二急得满头大汗。

这儿是什么地方，离家多远，这老翁怎么没见过？王小二正想着这一连串的问题，突见一条红鲤鱼咬钩了，老者轻轻一提竿，一条鲜活乱蹦的红鲤鱼被钓了上来。老者将鱼递给王小二说："快回去给你母亲熬药。"王小二双手接过鲤鱼，心想：你怎么知道我母亲生病了呢？因急着回家给母亲熬药，王小二也没多问，双膝跪地"咚咚咚"磕了三个响头，转身就跑，刚抬脚，一脚踏空，像是从半空中往下掉似的，耳边风声呼响。王小二紧闭双眼，不一会风声停住，双脚好像碰着地面，王小二睁开眼："奇怪，怎么还趴在冰上？"但向手中看时，只见有一条鲜活的红鲤鱼，正是白眉老者钓上来的那一条，不容多想，王小二一骨碌爬起来，拼命往家跑。家里黄郎中正在熬药，药引子来得正是时候。

第二天王母病好了许多，当知道儿子卧冰捕鱼遇仙人帮助时，母亲又感动又心疼，泪如泉涌地说道："儿啊！仙人多帮善良人啊！"王小二点点头把母亲的话牢牢记在心上。

天理良心的故事

古时候，有兄弟俩，大哥叫天理，小弟叫良心。良心从小就无父无母，跟着哥哥长大。开始天理还很照顾弟弟，但是自从他娶了狠毒的妻子后，良心的日子就不好过了，但是良心还是毫无埋怨地帮着哥哥嫂子务农干活。

嫂子不仅心肠歹毒，而且十分贪心，她怕良心成家后要分走家产，就给天理出了个主意，让他害死弟弟。天理虽然不忍心，但是又怕妻子，最终一咬牙答应下来。

第二天一大早，天理带良心上山砍柴。兄弟俩来到了悬崖顶的小路上，天理装作不小心滑了一脚，良心急忙伸手去拉，不料被天理的扁担一下打到了头上，脚下踩空，一跤就跌下了悬崖。

俗话说得好，好人有好报。在悬崖底下是一片古老的森林，良心命不当绝，身子飞到茂密的树枝上一弹，弹落在软绵绵的树叶堆里昏死过去。夜风吹醒了良心。他觉得冷，动动手脚，还好；听听动静，可怕；看看周围，阴森。鬼哭狼嚎中，良心挣扎着爬起来，一脚高一脚低地走着。也不知走了多少路，他终于看见一座破庙。走不动了，他到庙里想歇口气再走。还没坐下，就听得庙外有奇怪的声音，良心忙爬上横梁藏了起来。

不一会儿，庙里进来三个妖精：老虎精、白狗精和猴头精。三个妖精称兄道弟，各自报告了吃人的经历后，三个妖精就开始讲故事。

"有理无理，大的讲起。老虎兄你讲一个！"猴妖的声音。"无理有理，小的讲起。该你讲起！"虎妖不肯先讲。"不管理有理无，一想起有件事，我就只想哭！"狗妖叹了一口气。"谁敢欺负你？快讲！"虎妖发威。"真是胆大包天了，看我怎么收拾他！"猴妖啼叫。"唉！"白狗

191

精叹道，"如果我们不是妖精就有福享不尽了！"接着，它讲了个故事。故事刚讲完，远处响起鸡叫声，三个妖精慌忙逃走。

横梁上的良心一直吓得连大气也不敢出，却死死地记住了狗妖的奇妙故事。等天大亮，庙外传来牛羊叫声，他才下来离开破庙，向目的地走去。过了一山又一山，过了一水又一水。山外有山，水外无水。良心来到了一处田地开裂、草木枯黄的干旱地。口渴找不到泉水，肚饿挖不着番薯。他正走得晕头转向的时候，迎面吹来一丝丝凉风，抬头看看，哈哈，终于到啦！

三棵参天大枫树青枝绿叶，枫树下香火旺盛，跪满了求神降雨的人们。靠近路口的枫树身上贴着一张告示，有几个过路人在围看。良心想：跟那狗精讲的一样，我去试一试！于是，他紧走几步，向路人问清了告示的内容。原来，本地已有好几个月没下雨了，不仅田地里的粮食颗粒无收，就连村里人的吃水也将断绝。一位好心的员外，特地贴出告示：有谁能使天降雨，或在附近找到水源的话，要金有金，要银有银，要人有人。金银是身外之财，有没有都无所谓，可员外家有一位花容月貌的千金小姐，是远近皆知的。良心看完告示后就高声叫道："我能找到水！我能找到水！"

良心推开挡路的家丁，闯进大堂，面见员外，说自己不要金银不要人，只想找水源。这在员外看来非常奇怪，因为以前那些揭告示的不是好吃就是好色，一开口就吃，吃饱喝足了就要先见小姐芳容，几乎个个如此。员外仔细看看眼前的良心，只见他憨厚朴实，目光正直，便忙吩咐家人好好伺候良心。

良心也不多说，就要求准备三张大锯，两担大箩，几把斧子锄头，十个壮丁。一切办齐后，他立刻领头来到三棵古枫前，指手画脚，令后生们锯倒古枫。员外却不同意，闻风赶来看热闹的村民也提出抗议。因为这三棵古枫是本村的风水树，砍了，村道会败落。不过，也有很多人同意。他们高叫，说找不到水，全村人都将活不成，还什么风水不风水？此言一出，其他村民们也就无话可说了。

第一棵枫树倒下了，树根底下挖出一块青石板，石板中央刻着一个"金"字。良心松了一口气。他不让打开，命挖第二个树桩。很快又露出一块同样的刻有"银"字的青石板。直到第三块带有"水"字的出现，良心才放心：白狗精讲的没错！这时，有的村民已拿来水桶等着，催他快打开青石板。良心不急：白狗精说过，这最后一关非常要紧，如果失误的话，将会白忙一场。于是他低声吩咐员外几句。员外收起笑脸，严肃地高声叫道："乡亲们，我们今天碰上仙人了。这青石板下面就是一口水井，我们村有救啦！不过呢，丑话说在先，另外两口井里不管有什么，任何人都不能乱动！听见了吗？""听见啦！我们听您吩咐！"村民异口同声。

在良心的指点下，"水"字青石板打开了，一股泉水喷涌而出。"哈哈，水！""找到水啦！"泉水源源不断地流着，喝不完用不完，流进田地，流进溪滩，流向别的村庄。全村上下都手舞足蹈，兴奋异常。

几个壮丁高兴地撬开了另外两块青石板，只见里面满满的都是金银。村人说，这金银是老天爷奖赏给找水人的，理应归良心所有。而良心没忘记自己事先许下的诺言，说这金银是祖先特意留给大家度荒年用的，并当场向众人分起金银来。员外的女儿得知此事，也跑下高楼做了良心的帮手。员外没有责备女儿的出格行为，心里还十分欣慰，庆幸自己家能找到这么一个好人品的女婿。

不久，良心就和员外的女儿定亲了。这消息一传十，十传百，传到了天理的耳朵里，他怎么也不相信弟弟还活着，可是天理的老婆竟十分高兴，要天理带着自己和儿子，一起去分金银。这一家三口，走了三天三夜的路，终于赶到了员外家中。良心也认出哥嫂侄子，忙请他们进去，热情地招待了一天一夜。嫂子问他怎么能死里逃生，他也一五一十地照实全都说了出来。员外想安排天理一家长住下去，偏偏做嫂子的不肯，说不给小叔添麻烦了。临别，良心给她三份金银，可她只拿一份；员外父女送她许多财宝，她却说"吃别人的口软，拿别人的手短"，一件也不要。

回到家里，天理和妻子商议着要按良心的方法再下山崖偷听妖精讲故事，要和良心一样再发次大财。于是，夫妻二人一起跳下了山崖，却再没上来。后来，善良的良心收养了天理的儿子，和妻子一起和和美美地生活了一辈子。

皮匠驸马

传说很久以前，有个公主很有才华，双手能写梅花篆字。公主年过二九，皇上想为她招一位驸马，但公主说："我有写的一张梅花篆字，把它张贴在午朝门外，谁能认得全，就招谁为驸马。"皇上点头答应，亲自写了皇榜，和公主写的那张梅花篆字一起张贴在午门外。

不想这梅花篆字贴出了一年多的时间，也没遇到一个能认识的人。一天，从乡下来了一个小皮匠，挑着皮匠挑子路过午门，看见门旁贴着一张像图画一样的字，好看得很，便放下挑子，凑过去看。这时，看守皇榜的值日官赶忙走过去问："你认得这张梅花篆字吗？"小皮匠摇摇头，慢声细语地说："一字不识。"看守皇榜的官员心想：皇榜贴出一年多了，没有一个说认得这梅花篆字的，这个小伙子只有一个字不认识，就算不错了。于是他就拉住小皮匠，立即奏请皇上禀告了此事。皇上也认为只有一字不识，学问也不错了，就降旨召见小皮匠。

小皮匠被内侍带入宫里，更换了朝服，送上朝堂去见皇上。小皮匠此时还是糊里糊涂，心想："我的挑子还在大街上，这是怎么回事呀！"他正在胡思乱想，就听皇上问："你认得梅花篆字？"小皮匠赶忙跪下回答："启禀万岁，我一字不识。"皇上见小皮匠相貌堂堂，就说："一字不识无关紧要。"随后告诉文武百官："朕意已定，将这位能识梅花篆字的年轻人招为驸马。"并立即命令当朝宰相，选择吉日良辰，给公主成亲。

几天后，小皮匠跟公主成了亲。洞房夜里，公主问他和谁学的梅花篆字，他说："我是个皮匠，根本不懂什么叫梅花篆字。"公主一听，气得浑身发抖，说："你有欺君之罪，我要奏请父王，把你推出午门斩首示众。"小皮匠一听，慌忙跪在公主面前说："公主，我的性命不值一钱，可你的名声却重于千金，我看，公主还是别张扬的好。"一番话，说动了公主的心，无奈地接受了这个皮匠驸马。

又过了些日子，满朝文武要宴请驸马。公主知道这事后，怕皮匠泄露了原本面目，就对小皮匠说："满朝文武要宴请你这位驸马，酒席筵前定会考问你一番，你可要做个准备呀。如果他们问你念过什么书，你就说念过'五经四书'。要是再问，你就说，'自从盘古立天地，哪有臣宰考驸马'，他们就不会再问你了。"小皮匠斗大的字不识一个，哪记得住这么多的话，特别对"盘古"二字，叨咕了好多遍，还是记不住。公主没办法，只好用纸壳糊了个小鼓，赴宴的时候让皮匠揣在怀里，如果到时忘了，摸摸它就会想起来的。

这一天，小皮匠应邀到麒麟阁赴宴。酒席筵前，文武百官都夸奖驸马爷认得梅花篆字，才学无人能比。有的人就问驸马爷都读过哪些诗书，谁知，小皮匠把"五经四书"这个词给忘了，一时想不起来。说也巧，他这次进京，路上碰到了一起赶考的举子，还帮这些举子挑过书箱和行李，一路上搭伴进京，倒也快活。特别是这些读书人作诗、联句，小皮匠虽不懂，却听得津津有味。有一回，一位举子吟出什么"惊涛拍岸，地卷天覆"的诗句。小皮匠这时就突然想起了这句，于是随口回答说："我读过'地卷天书'。"

这"地卷天书"文武百官都是闻所未闻，一时间也都没人提出质疑。又有人问他这"地卷天书"都包括哪些内容。小皮匠心想，不能让他们再问。谁知他又把"盘古"这词给忘了。他顺手摸了摸怀里的小鼓，不巧小鼓给挤扁了，就说："自从扁古立天地，哪有臣宰考驸马！"这么一来大家不敢再问了，只有老宰相追问说"只有盘古立天地之说，哪有扁古立天地的记载？"小皮匠这时知道说错了，只好将错就错答道："扁鼓是盘鼓的父亲，《地卷天书》上写得明明白白，你们哪里知道。"文武百官听了，想笑不敢笑，更不敢再说什么，只好都装起糊涂来，还连声称赞驸马爷学问深、见识广呢。

一年以后，越南王派使臣来中国面见皇帝，说要跟中国官员打哑谜，事关国体，满朝文武没有一个敢应对的，还是老宰相回了话："启奏我主万岁，驸马公识得梅花篆字，读过地卷天书，知道扁古的事情，有经天纬地之才，这小小哑谜一定不在话下。"皇上准奏，第二天宣驸马上朝，跟越南使臣打哑谜。

　　越南使臣和驸马爷来到朝堂，面对面坐着。开始打哑谜了，越南使臣首先用手指了指嘴头。小皮匠在琢磨：这是什么意思？忽然，他看到越南使者穿的那双皮靴，靴头破了个口，就认为是要他用牛嘴头上的皮给补补靴子。他心里想，你这个外行人，嘴头上的皮哪比得上脯肋上的皮呀！就不自觉地随手拍了下自己的胸脯。越南使臣看了，一愣神，接着又伸出了一个手指头。小皮匠想：一个外国大使补靴子，只出一两银子，未免太小气一点，至少也得出二两银子嘛！他边想边伸出了两个指头。越南使臣接着又伸出了三个指头。小皮匠一看，这位外国使者要给三两银子，后悔自己要少了价，他这是有意笑话我，就赶紧伸出四个指头摆了摆，意思是说，四两银子我也不干了。哑谜打到这里结束了，越南使臣站起身来，朝皇上说："还是天朝上国能人多，这次打哑谜你们赢了。"

　　皇上莫名其妙，问是怎么回事。越南使者说："我手指嘴头，表示口吞日月，他手拍胸脯，意思是怀抱乾坤。伸一个指头，表示一统华夷。他伸两个指头，是说仍分南北二国。我伸三个指头，表示我们越南拥有三百武将。他又伸出四个指头，说你们天朝上国有文臣四百。看起来，天朝确有能人，敝国甘拜下风，还是要年年进贡，岁岁进朝。"

　　小皮匠一听，心里想："好家伙，这里头还有这么多说道，我哪里会知道呢！"越南使者退出朝廷，皇上便问驸马爷何时学会打哑谜，怎么对答出来的。小皮匠怕露了馅，哪敢说出补靴子的那套想法，只是说："臣自幼读过地卷天书，对打哑谜略有研究，故能对答得出来。"皇上听了，着实夸奖了一番，并赏锦缎百匹，黄金千两。满朝文武明知驸马爷胸无点墨，可这次偏偏让他糊里糊涂过了关，于是也不敢再议论什么。

细柳教子

　　话说清康熙年间，山东即墨县有个叫高东方的富翁，妻子不幸因病去世，丢下个不到五岁的男孩长福。高东方自己不会教导儿子，万般无奈下就又娶了一房妻子。

　　长福的继母叫细柳，年方十九，嫁过来后，细柳和高东方举案齐眉，百般恩爱。难得的是，细柳对长福也十分关心，从不打骂。有一次，细柳要回娘家，小长福拼命大哭，一定要跟去，虽然高东方怎么劝长福也不听，但见他们母子如此情深，高东方也十分安慰。一年后，细柳也生下了一个白胖可爱的儿子，取名长怙。正是一家人和美幸福的时候，不料天有不测风云，高东方有一天和朋友喝酒，回家的路上从马上跌落而死，细柳和两个孩子顿时成了孤儿寡母。

　　光阴似箭，一晃儿长福就到了十岁，细柳将他送至私塾学习。但是，长福十分贪玩，三天打鱼，两天晒网，动不动就逃学，而且一逃学就跟着一群放牛的孩子疯玩，经常是三天两头也见不到他的人影。细柳先是痛骂长福，随后是痛打他，棍子都打断了好几根。但奇怪的是，长福根本不怕挨打，依旧逃学，好了伤疤忘了疼，依旧贪玩，细柳拿他毫无办法。

　　一天，细柳将长福叫到面前，对他说："长福，你既然不愿读书，我也不能勉强你，事到如今我也对得起你死去的爹娘了。不过，我们又不是什么大富大贵的人家，养不起吃闲饭的人。从今天起，你得学会自己养活自己了，你不是喜欢放牛吗？这样吧，你脱下身上的衣服，换上旧衣服去放牛。记住，你一天不劳动，就没有饭吃，而且我还要狠狠揍你！"

　　于是，从这天起，长福穿上破旧衣服，天不亮就外出放牛，夜深了回家，回了家也没有可口的食物等着他——他得自己热细柳和长怙吃剩的残羹冷饭。就这么过了十来天，长福实在受不了了，这样的日子太苦了。于是，他哭着跪在细柳的面前，说："娘，还是送我去读书吧，我一定好好用功。"细柳面若冰霜，好像压根儿就没有听见，转身就到了屋里。长福跪了半个时辰，见继母不会回心转意，只好拿着牛鞭、含着眼泪去放牛。

深秋了，寒风阵阵，长福还是穿着那身破单衣，而几个脚趾全部从破鞋子里露出来了；冷雨绵绵，长福冻得缩头缩脑，就像一个小叫花子。邻居们看见了，都纷纷摇头："没亲娘的孩子，可怜啊！世上的后娘，没一个好心肠的！"细柳听在耳里，看在眼里，但还是那副铁石心肠，根本不心疼长福。可怜的长福终于没有办法忍受了，他逃走了。邻居王大妈听说后，拄着拐杖问细柳："孩子他妈，你得去找找那孩子呀，好歹他也是高家的一根苗啊！"细柳眼都没抬："脚长在他身上，他要走，我有什么办法！"这下，邻居们更是在背后指责细柳心肠狠毒。

三个月后，长福在外面讨饭也吃不饱，混不下去了，只好灰溜溜地回家。但他也不敢冒冒失失地进自己的家门，于是他哀求邻居王大妈帮自己与细柳说情。细柳说："他如果能挨一百棍子，就来见我，否则，他还是不要进这个门槛！"长福听了，猛然冲进家门，痛哭流涕："我愿意挨打，只求娘让我回家！"细柳问："你知道悔改了？"长福说："我知道。"细柳说："既然你已经知道悔改了，就不用挨打了，安分放牛吧！"长福大哭："娘，我愿意挨一百棍子，只希望您让我继续读书！"细柳把头摇得跟拨浪鼓似的，坚决不同意："让你读书，那是浪费光阴，也浪费家中的银钱。"经过长福一再苦苦哀求和王大妈的劝说，细柳才勉强同意。

经历这一番磨难后，长福深知读书机会的来之不易，他开始洗心革面，重新做人。他勤奋刻苦，学业上突飞猛进，十四岁就考上了秀才，成了县里青年学子中的佼佼者，很得县令杨公的赏识。这正是：不经一番寒彻骨，怎得梅花扑鼻香。

花开两朵，各表一枝。细柳的小儿子读书五年，也不能写出一篇出色的文章。细柳知道长怙不是读书的材料，长叹一声，就让他回家务农。长怙天天面朝黄土背朝天，辛苦耕作，心中自然不满。长怙稍微流露出一点点这样的心思，细柳马上大怒："自古以来，百姓各有一种安身立命的本领。你一不能读书，二不能务农，难道你就要坐吃山空吗？"说着，细柳操起一根擀面杖就劈头盖脸地打下去，长怙见势不妙，只好乖乖地干活。这以后，长怙只要稍微有一点偷懒，细柳就破口大骂，还棍棒齐下。而最让长怙不服气的是，家里的好衣服、好食物，细柳都留给哥哥长福，长怙看着这一切，心中敢怒不敢言。

三年后，长怙熟悉了所有的农活，细柳拿出本钱叫长怙学习做生意。长怙一下子变得轻松了，手中还有一点小钱可以自己支配，于是，他开始到赌场去赌博。输了钱，他就向母亲撒谎，说是什么遇上小偷啦、运气不好啦。细柳慢慢地发现了事情的真相，把长怙叫过来，又是一顿痛打，打得长怙几次昏过去。长福担心弟弟有生命危险，"扑通"一声，直直地跪在母亲的面前："娘，弟弟年幼无知，是我没有教好弟弟，我有责任。请您打我吧！"细柳这才停止。打这以后，长怙一出门，细柳就派得力的仆人跟随，长怙也只好夹着尾巴好好做人。

几个月后，长怙对细柳说："娘，咱们乡里有几个人准备结伴到济南府做买卖，我也想去长点见识。"说完，长怙恭恭敬敬地垂手而立。细柳沉吟片刻，微笑点头："也罢，你去一趟也好。"长怙大喜。

第二天，长怙临行前，细柳拿出三十两白银和一个金元宝，对他说："长怙，这三十两银子，给你作本钱，是赚是赔都没有关系，年轻人嘛，长见识是最重要的。这个金元宝，是你祖上的遗物，我把它送你，是让它保佑你一路平安，你可一定不能去动它！"长怙心中狂喜，表面却连连点头。

到了济南，长怙找了个借口，摆脱了同乡，一个人大摇大摆直奔济南有名的赌场——得胜楼。不到十天，三十两银子就打了水漂，还欠了一些赌账。长怙想着还有一个大金元宝，心里既不发慌也不怎么心疼，得意扬扬地拿出大元宝请赌场老板给换成碎银子。没承想老板把元宝一劈开，里面居然是铜的！长怙这下子脸都白了，手心里开始冒冷汗。赌场老板白了长怙一眼，笑道："这位大爷敢情在开玩笑？"长怙赶紧辩白："小的实在不知情。这样吧，我马上去借钱，一定还上您的钱！"老板对一个伙计耳语一番，而后指着凳子对长怙说："这位爷，你先在这里一会儿，我还有点事。"

不一会儿，两个衙役气势汹汹地赶来，将长怙牢牢捆绑。到衙门后，长怙还是丈二金刚摸不着头脑，不知道自己为何进了官府，他低声下气地询问衙役，才知道是赌场老板向衙门告发自己制造假钱。因为证据清楚，加上没有保人，挨了一顿痛打之后，长怙被关进了监狱。在监狱中，因为他没有钱讨好牢子们，于是，牢子们更是对他拳脚相加，长怙吃尽了苦头。

再说细柳。当初长怙离开家，细柳就对长福说："二十天后，你得到济南府走一趟。我老了，怕到时候不记得了，你可记住哦。"长福不知道母亲是什么意思，以为母亲真的老糊涂了，不禁暗中难过。过了二十天，长福问母亲，细柳说："你弟弟现在的轻浮放荡，就像是你当年不爱学习一样啊。当年，如果不是我不怕背上恶后娘的骂名，狠下心去惩治你，你今天哪里有这样的成就啊？当年，我见你那个样子，我是一次次在背后落泪。"说着，细柳流下了眼泪，长福站在旁边，恭恭敬敬，一句话也不敢说。细柳接着说："你弟弟并没有完全收心，所以我故意给了他一个假元宝，让他受点儿罪。现在，我估计他已经在监狱里蹲着了。济南府的府尹大人就是当年的我们的县令杨公，他那么赏识你，你去求他，一定可以将你弟弟放出来，而这样，你弟弟也一定会悔改的。"

长福听了继母的话后立即出发，等他到济南一打听，弟弟果然已经蹲了三天大牢，被折磨得衣衫褴褛、狼狈不堪，见了哥哥后，只知道放声大哭。长怙到家后，见了母亲，长跪不起。细柳满脸怒容："这下你满意了吧？"长怙羞愧地哭泣，恳求母亲原谅，长福也跪下为弟弟求情。

从此以后，长怙痛改前非，踏实做生意，兢兢业业。

四方百姓都说，细柳教子有方，终于培养出了两个好儿子。

穷富两亲家

　　很早以前，淮河两岸有一对儿女亲家，男方亲家叫王实心，女方亲家叫李五义。王实心和李五义本是门当户对的两位员外，后王实心家遭了天火，烧了大半家产，变成了一个只有几十亩田地的普通农户人家，李五义仍是家有良田千顷的富户。

　　这王家有四个年轻力壮的儿子，而李家只有两个女儿。李家的大女儿在几年前王家还是富户时嫁给了王实心的大儿子。开始两年里，王李两亲家你来我往，我敬你尊的相处还算好，可自从王家遭了天火变成普通人家后，李家就有点看不起王家，处处称富摆阔，常常使王实心没有颜面。这王实心是个厚道人，平时不计较亲家公高一言低一语的，可这李五义总是认为人就是财大气粗，门面靠银子撑着。

　　一年新春，两家按常理相互拜年，相互祝福，因为王家家境一般，所以主动先给李家拜年。淮河两岸新春拜年兴"两瓶、四件、八大包"，大年初二王实心按礼数准备了拜年礼物来到亲家李五义家。李五义知道大年初二亲家公一定会来拜年，因此哪也没去，一大早就换上新袍，戴上新帽，捧着小茶壶，单等亲家上门。

　　太阳刚上房顶，王实心手提肩背，大包小包地来到亲家李五义家。两亲家公一见面，自然是互相寒暄一阵，王实心话说的诚恳："亲家公这一年不见还那么精神，一点也看不出老。"这李五义却说话带刺："唔，亲家公，这一年没见，你怎么又老了很多，日子过得不舒心吧？"王实心说："还好，还好。"李五义接过亲家公带来的礼物说："自家人客气什么呢，这些东西要花不少钱吧？嗨！这些东西我可不稀罕，可你要节省多久才能攒下这几个钱呀？！"王实心心里气愤，可又一想亲家也句句是实话，心里也就平静了许多。

中午吃饭时，亲家公李五义端上了七大碗、八大碟，整鸡、整鸭、整鱼、冷盘、烧炒色香味齐全。王实心说："亲家公太客气了，自家人何需做这么多菜呢？"李五义说："亲家公呀，不是你来了嘛，这些菜你平常是难得吃上一回吧，今个你放开量吃，解解馋。"王实心听这话，越听越不是个味。

亲家母端了满满一盆鸡汤上桌，汤盛得满，桌子没放平，轻轻一碰，黄亮亮的鸡汤溢到了桌子上。李五义生气地说："你看你，做事毛毛糙糙，去拿四锭银子来把桌腿垫平。"亲家母取来四锭白花花的银子，垫在桌腿下，桌子平稳了。一顿饭亲家公唠唠叨叨说个没完没了，都是刺人心的言语。王实心虽也吃喝了美食美酒，但心里却是十分难过。草草吃过中午饭，王实心实在没法再坐下去，起身告辞，临出门时李五义送上一句话："亲家公带摆渡的钱了吗？"王实心一听更是气往上撞，头也不回地走了。

过了年初十，为了不失礼，李五义也备了礼物过河来给王实心拜年。王家也准备了一桌十分丰盛的午宴。中途王夫人端上了满满一盆鸡汤，王实心故意碰了一下桌子，鸡汤溢出，王实心起嗓门："老大、老二、老三、老四过来！"王家四个儿子跑了过来，问父亲有何吩咐，王实心说："这桌腿不平，四个一人抱一条桌腿，把桌子摆平了。"四个儿子一齐钻入桌底，每人抱住一条桌腿稳住了桌子。这李五义开始还没在意，王实心说："亲家，我这四个儿子比你那四锭银子如何，银子是死物，但人可是活宝呀！"李五义顿时恍然大悟，才三杯酒下肚，脸就红到了耳根。

从那以后李五义再也没有以前那么高傲了。时间对任何人都不留情。一年一年过去了，李五义年岁渐老，他妻子的去世和自己一场大病用去了李家大半积蓄。可王实心的四个儿子，一个个学了手艺，日日有进账，年年有节余，原来被火烧掉的房子又盖了起来，而且比以前盖的更高更大。卖掉的田又逐步买了回来，渐渐地成了淮河下游的大财主。但王实心却没有看不起李五义，他派大儿子大媳妇精心服侍，使李五义得以安度晚年。